JULI MIN
Shanghai Story

Juli Min

Shanghai Story

ROMAN

Übersetzung aus dem amerikanischen
Englisch von Jan Schönherr

eichborn

NACHHALTIG PRODUZIERT

Die Bastei Lübbe AG verfolgt eine nachhaltige Buchproduktion. Wir verwenden Papiere aus nachhaltiger Forstwirtschaft und verzichten darauf, Bücher einzeln in Folie zu verpacken. Wir stellen unsere Bücher in Deutschland und Europa (EU) her und arbeiten mit den Druckereien kontinuierlich an einer positiven Ökobilanz.

FSC www.fsc.org
MIX
Papier | Fördert gute Waldnutzung
FSC® C014496

Eichborn Verlag

Titel der amerikanischen Originalausgabe:
»Shanghailanders«

Bei Fragen zur Produktsicherheit wenden Sie sich bitte an:
Produktsicherheit@bastei-luebbe.de

Textredaktion: Anna Valerius, Köln
Umschlaggestaltung: Manuela Städele-Monverde nach einem
Originalentwurf von: Jacket design by Charlotte Strick,
adapted from the original UK design by Luke Bird/
This cover has been designed using assets from Freepik.com
Einband-/Umschlagmotiv: © Shutterstock.com:
K-Angle | mapo_japan; © iStock.com: xijian
Satz: two-up, Düsseldorf
Gesetzt aus der Adobe Text
Druck und Verarbeitung: GGP Media GmbH, Pößneck

Printed in Germany
ISBN 978-3-8479-0187-7

1 3 5 4 2

Sie finden uns im Internet unter eichborn.de.

Für meine Mutter
&
für Haidong

INHALT

All das Gerede war ein Deckmantel.
Darunter hielt er ihre Hand.
Ein Gefühl, für das es keine Worte gab.

EILEEN CHANG, *Half a Lifelong Romance*

Es gibt kein Zurück.

EILEEN CHANG, *Half a Lifelong Romance*

Ein waschechter Shanghaier

Januar 2040

Leo trat auf den Bahnsteig der Magnetschwebebahn. Es war die 2.025.659ste Fahrt der Maglev nach Shanghai. Hin und her, her und hin, zwischen Flughafen und Innenstadt, acht Minuten pro Strecke, 365 Tage im Jahr. Nach einem kurzen Blick auf den Fahrplan hatte Leo die Zahl im Kopf berechnet, wie er es bei jeder Fahrt mit der Maglev zu tun pflegte. Seit 2036 nahm er sie öfter, denn seitdem ging Yoko, seine mittlere Tochter, auf das Internat in Boston (wohin Yumi, ihre große Schwester, ihr bald darauf fürs College gefolgt war) und flog deshalb zweimal im Jahr um die halbe Welt und zurück.

In Gedanken war Leo bei seiner Frau und den Töchtern, von denen er sich eben an der Sicherheitskontrolle verabschiedet hatte. Inzwischen (ein kurzer Blick auf die Uhr) waren sie bestimmt schon in der Lounge und scannten ihre Bordkarten für Gate 26B, PVG-BOS ein. Sobald die Mädchen ihre identischen silbernen Rollkoffer abgestellt hätten, würde Yumi shoppen gehen – und Yoko zum Buffet. Wenn Yoko nervös war, aß sie. Eko, seine Frau, wäre mit ihrem Handy beschäftigt, dessen Akku wie immer kurz vor dem Exitus stünde. Er stellte sich die drei vor, wie sie jede für sich ihren Beschäftigungen nachgingen. Vor seinem geistigen Auge nahm eine Karte des Terminals mit all seinen Gates, Geschäften und Laufbändern Gestalt an.

Die Maglev fuhr ein und wartete surrend. Es würde noch einen Augenblick dauern, bis sich die Türen piepsend öffneten. Drin stand Leo eine nicht mehr ganz junge Zugbegleiterin gegenüber, die ihn jedoch nicht ansah. Stattdessen zupfte sie sich die zu enge Weste zurecht und dachte über ihr Nichtmehrganzjungsein nach, über ihr Nichtmehrganzschlanksein. Auch Leo nahm sie nicht richtig wahr. Er dachte daran, wie er dagegen protestiert hatte, dass Eko die beiden Mädchen begleitete. Den Streit angefangen hatte er, das sah er ein, aber seine Frau hatte ihn eskaliert. Schuld war zuerst sie gewesen, dann er, dann wieder sie. Eine alte, langweilige Geschichte.

»Das schaffen die zwei auch alleine«, hatte er gesagt. Sie hatten das doch schon so oft gemacht. Yumi und Yoko mussten sich nicht von ihrer Mutter zur Schule bringen lassen. Sich von ihr nicht die überlangen Doppelbetten beziehen lassen. Leo erwartete mehr von ihnen. Waren sie denn wirklich so gewöhnlich? So kindlich? In ihrem Alter hatte Leo bereits seit über einem Jahrzehnt auf eigenen Beinen gestanden.

Aber Eko hatte unerklärlich stur darauf bestanden, ihn mit Baby Kiko allein zu Hause zu lassen. Und dann aber auch darauf, dass er sie zum Flughafen brachte. Sie hatte ihn unter Druck gesetzt, hatte behauptet, wenn er den Abschied nicht bis zum allerletzten Punkt hinausschöbe, würden die Mädchen spüren, dass er sie nicht genug liebe, sich nicht genug Mühe gebe, sich nicht genug interessiere. Gar nicht mehr aufgehört hatte sie damit, ihm im Namen ihrer Töchter Schuldgefühle einzureden. Aber wieso eigentlich? Weil er sie nicht auf Schritt und Tritt begleitete? Vielleicht wollte Eko ja selbst gern begleitet werden. Dass ihr jemand die Hand hielt bis zum Schluss. Das war nun mal ihre japanische Seite – die verlangte Gesten. Unnütze, irrationale Gesten. Doch die Worte waren ausgesprochen worden, die Anklagepunkte vorgebracht. Und als sie erst mal in der Welt waren, hatte er wohl oder übel mitkommen müssen. Denn wären sie nur ein kleines bisschen wahr, wie sollte er damit je leben?

Während Leo sich einen Platz im Zug suchte, stellte er sich vor, wie Yumi und Yoko die Fensterplätze in der ersten und zweiten Reihe des Flugzeugs einnahmen, die er immer buchte. Sie würden Shanghai unter sich zerfließen sehen. Die ganze Stadt, ihre Weite, ihre Flüsse – das Wasser, das in den letzten zweihundert Jahren langsam über die Ufer getreten war, und dann in den letzten zwanzig Jahren immer schneller.

In der Senkrechten, dreidimensional, wuchs die Stadt nur immer weiter. In die Höhe. In die Wolken. Unten schlängelte das Wasser sich wie geschmolzenes Eisen zwischen den Gebäuden hindurch. Seine Vorfahren hatten diese Stadt auf Sumpf erbaut. In ihrem Boden floss sein Blut.

Der DNA-Test, den er vor zehn Jahren mit Eko und den Mädchen gemacht hatte, ließ auf kaum andere Wurzeln schließen: All seine Vorfahren verteilten sich auf der Weltkarte als rosa Punkte in und um Shanghai. Es war fast ein bisschen enttäuschend. Neu offenbart hatte sich nur sein Typus androgenetischen Haarausfalls (Hinterkopf) und eine hohe Wahrscheinlichkeit für Gedächtnisverlust im Alter. Eko war größtenteils japanisch und jeweils ein bisschen chinesisch, sibirisch und koreanisch. Und sie würde nie etwas vergessen. Außer vielleicht, ihr Handy aufzuladen.

Die Ergebnisse der Mädchen waren ausgefallen wie erwartet: ein panasiatischer Querschnitt aus Ekos Spektrum und dem seinen. Aber nein!, korrigierte er sich, nicht Mädchen, sondern junge Frauen! Ihm war durchaus bewusst, dass der Begriff sie infantilisierte. Schließlich war es ja auch er, der sie zum Erwachsenwerden drängte.

»Sie haben ihre Freiheit, ihre Unabhängigkeit«, hatte Eko gesagt.

»Das sind aber zwei verschiedene Dinge«, hatte er entgegnet. »Du musst dich schon etwas präziser ausdrücken. Sie tun zwar, was sie wollen, aber du behandelst sie wie Kinder.«

»Sie sind doch noch jung, Leo«, sagte sie. »Es muss ja nicht jeder so schnell erwachsen werden wie du. Und hast du schon mal dran gedacht, dass ich vielleicht selbst gern bei ihnen bin?«

Und dann hatte sie sich doch tatsächlich erdreistet, ihm zu erklären, *er* müsse loslassen. Dabei hatte er sein Leben lang nichts anderes getan.

Shana war die älteste Zugbegleiterin auf der Maglev. Womöglich auch die dickste. Nachdem sie ihrem ehemaligen Chef ihre Lage geschildert hatte, hatte er sie netterweise wieder eingestellt: Ihr Mann tot, das Kind auf dem Land bei den Großeltern. Ein Stück weit war die Rückkehr auch erleichternd. Wie lange hatte sie vom Eheleben geträumt, von einem eigenen Kind, doch dann hatte sich alles als so kompliziert entpuppt. Ihr Mann, in Frankreich aufgewachsen und unfassbar schlau, ein echtes Wunderkind, hatte ihr nie das Leben ermöglichen können, dass sie beide sich ausgemalt hatten.

Sie hatte ihn im Expresszug zwischen Shanghai und Beijing kennengelernt. Damals, vor zehn Jahren, war sie zweiundzwanzig und schön gewesen. Sie schritt die Reihen ab, verteilte heiße Tücher und erntete Blicke und Komplimente für ihr langes, pechschwarzes Haar. Die Männer drehten sich sogar nach ihr um. Das sah sie aus dem Augenwinkel, während sie die dampfenden Tücher ausgab.

»Wie heißen Sie denn?«

»Wie lange arbeiten Sie schon im Zug?«

»Wo kommen Sie her?«

Shana. Seit vier Jahren. Aus Kunshan. Nelson, der so viel älter war als sie, aber auch kokett, flirty, bombardierte sie mit Fragen, die über die üblichen hinausgingen, die alleinreisende Männer ihr sonst stellten. Und dann, in Beijing, blieb er einfach im Zug sitzen. Solange sie bliebe, wolle auch er bleiben. Nur mit ihr würde er aussteigen. Er machte eine richtige Szene, klammerte sich an der Armlehne fest, als sein Freund ihn fortziehen wollte. Am Abend traf sie sich mit ihm, und er überredete sie, zu kündigen und bei ihm einzuziehen. Kein halbes Jahr später waren sie verheiratet. Bevor sie versuchten, ein Kind zu bekommen, warteten sie die erforderlichen zwei Jahre ab, nach denen ihr Körper eine eventuelle Strahlenbelastung von der Arbeit im Zug abgebaut hätte. Dann kam sofort Michael.

Als sie sich vor ein paar Monaten gemeldet hatte und ihre Stelle zurückwollte, war ihr Chef nicht gerade begeistert gewesen. Im Express sei zwischen Shanghai und Beijing nichts mehr frei, gab er zur Auskunft. »Und im normalen Zug?«, fragte sie.

Eine lange Pause, dann sagte er schließlich: »In der Maglev vom Flughafen Pudong gäb's noch was.« Die Airport-Maglev war kein Spitzenjob. Nur eine Kurzstrecke in die Stadt und zurück. Lange nicht so schick wie die Maglevs zwischen Shanghai und Beijing oder Shanghai und Hongkong, jene erst kürzlich fertiggestellten Zwei-Stunden-Strecken. Die Pudong-Maglev verwendete noch die alte Technologie, wirkte inzwischen archaisch. Im Grunde zu nichts zu gebrauchen – eine Touristenfalle, ein Testmodell.

Alle darin waren vollgepackt mit schweren Koffern, und keiner kannte sich aus.

Shana hatte ein paar Kilo zugelegt. In allen übrigen Wagen arbeiteten nur hübsche Mädchen: Ihre Westen saßen leicht auf ihren Wespentaillen. Shanas war zu eng und zu kurz und warf ständig Falten über ihrem Bauch. Sie wünschte sich ihr Leben vor Nelson zurück. Sie wünschte sich einen Teil ihres Lebens *mit* Nelson zurück. Jetzt war sie wieder bei der Arbeit. Jetzt war sie wieder ein Maglev-Girl. Sie rückte sich den blauen Hut zurecht und zog die Weste straff, während die Passagiere an ihr vorbeiströmten.

Warum wollte Eko *wirklich* mitfliegen? Am Ende hatte sie Leo doch zugestimmt, dass ihre Töchter keine Kinder mehr waren. Sie flogen ständig, nach Kyoto, Tokio und Paris, sie waren erfahrene Reisende. Was verheimlichte sie also vor ihm, was trieb sie in Wahrheit fort? Einmal, zweimal, dreimal hatte Leo sie danach gefragt und gewusst, dass die Wahrscheinlichkeit einer ehrlichen Antwort mit jedem Mal abnahm. Sie war ein Dickkopf. Leo allerdings auch. Da konnte sie noch so lange um die Wahrheit herumtanzen, am Ende würde er sie doch zutage fördern, sie von ganz tief unten ausgraben.

In der Maglev dämmerte es ihm. Nur der Anflug einer Idee, die zwar hässlich und gemein war, der er jedoch furchtlos ins Auge sehen würde: Sie wollte gar nicht ihren Töchtern helfen. Sie wollte nur fort von ihm. Vielleicht, um etwas Neues zu finden. Oder sogar etwas – jemanden – gar nicht so Neues.

Panik und Wut ergriffen ihn, und er schloss die Augen, zählte bis zehn, konzentrierte sich auf seine Atmung, genau wie sein neuer Therapeut Dr. Zhu es ihm geraten hatte. Na und? Auch diese Frage hatte er zu stellen gelernt. Was würde das schon ändern? Und welche Indizien hatte er überhaupt? Welche Beweise?

Na und? *Na und?*

Durchatmen und an das Hier und Jetzt denken, an etwas Schönes.

Die Maglev, die ausgebleichten blauen Sitze. Hin und her, her und hin – für immer? Bis sie stillgelegt würde, ausrangiert. Leo dachte an sein Pferd, Py, das bald eingeschläfert werden müsste. Der alte Hengst lebte im Stall des Hotels neben ihrem Landhaus, dem Hof, den sie 2032 gekauft hatten, auf dem Höhepunkt seiner – wie hatte Dr. Wen das noch genannt? – genau, seiner »manischen Paranoia.«

Aber Leo bereute nichts. Der Hof, das Haus in den Bergen bei Vancouver, das Boot vor der Küste von Changxing Dao, das Dorfhaus in Zhejiang mit dem Keller voller Goldbarren und Trinkwasser, die Pferde, das Weingut in Frankreich: Tief drin glaubte er noch immer, die Welt könnte jeden Tag in Stücke fallen. All die Strukturen, die das Leben, wie sie es kannten, aufrechterhielten, würden schlagartig und vollständig zusammenbrechen.

Er und sie – die Mädchen, Eko – würden überleben müssen. Sie waren zu wichtig. »Für wen denn?«, hatte Dr. Wen gefragt. Na, für ihn natürlich! Und wer weiß? Vielleicht auch für die Welt, die Zukunft der Menschheit.

Die Maglev füllte sich, eine junge Frau kam den Gang entlang und steuerte die Bank neben ihm an. Sie fummelte an ihrem roten Hut herum, der zu ihrem roten Mantel passte, und – was Leo eher ahnte, als es bei seinem kurzen Blick zu sehen – zu ihrem roten Lippenstift. Sie war nervös.

Es war Marys erste Fahrt mit der Maglev und ihr erster Besuch in Shanghai. Genau genommen war sie überhaupt zum ersten Mal weg von zu Hause. Sie war auf dem Weg zu einem

Mann – einem, den sie vergangenes Jahr auf WeChat kennengelernt hatte. Er hatte ihr Geld für das Flugticket und die Maglev geschickt. Als wäre es ein besonderer Leckerbissen, mit diesem Schnellzug in die Stadt zu fahren, wo er sie abholen würde. Ihr war die Maglev egal – lieber hätte sie ein bisschen Taschengeld bekommen. Und wäre es nicht sowieso netter gewesen, er hätte sie direkt am Flughafen erwartet? Schon jetzt war ihr bang ums Herz. Sie sah sich um. Auf der anderen Seite des Gangs saß ein gut aussehender Mann in einem teuer wirkenden Kaschmirmantel. Dichtes, welliges Haar, an den Schläfen silbergrau gesprenkelt. Ein waschechter Shanghaier!

Die Türen der Maglev piepsten, dann schlossen sie sich, und der Zug fuhr an, beschleunigte sanft und leise auf ein Tempo, das vorn im Wagen auf einem Display angezeigt wurde. Schnell kletterten die digitalen Ziffern von 1 auf 400 km/h. Trotz ihres Unbehagens angesichts der Reise: Diese Geschwindigkeit war schon beeindruckend.

Vor dem Fenster raste Shanghai vorbei, so schnell, dass nur verwischte Farben blieben. Viel sehen konnte Mary nicht. Sie wartete auf Hochhäuser, hektischen Verkehr und elegante Leute, die am Bund, der legendären Uferpromenade, Händchen hielten.

Aber noch waren sie in den Außenbezirken von Pudong. Die Landschaft war Mary vertraut: die Häuser, die Felder, die winzigkleinen, namenlosen Bauern in der Ferne. Es sah genauso aus wie zu Hause, wo ihre Eltern Kohlköpfe zogen, von denen einige bis nach Shanghai reisten. Das hatte sie oft gedacht, wenn sie den Kohl in seine kleinen Schachteln packte: Sogar die kommen noch vor mir nach Shanghai.

Mary würde das höchste Gebäude der Welt sehen. Fotos auf dem Bund knipsen. In der Schwebenden Blase den Tranquility Tower hinabfahren. In einem Meerjungfrauenkostüm mit den Schildkröten im Aquarium schwimmen. All die Dinge, die sie für ein paar Tokens daheim auf dem Bildschirm erlebt hatte: Bald wären sie real.

Den Wunsch fortzugehen hatte sie immer schon gehabt. Er war mit ihr geboren worden, so essenziell und einmalig wie ihre Schönheit. Mary hatte beides kultiviert. Als sie vor fünf Jahren vom Staat den Homescreen bekommen hatten, wurde ihre Sehnsucht nur weiter angefacht. Seither hatte sie täglich stundenlang davor gesessen, war durch simulierte Shanghaier Straßen spaziert, hatte virtuellen Kaffee getrunken und mit Fremden in Bars am Bund geplaudert. In der Stadt würde es keinen kümmern, dass sie schon fünfundzwanzig war. Angeblich heirateten dort manche Frauen erst mit vierzig. Fünfzehn Jahre – Zeit genug für ein komplettes neues Leben.

Mary hatte ihren Eltern eine Sprachnachricht auf dem Homescreen hinterlassen. Das Lesen hatten die beiden nie gelernt, und mit dem Screen kamen sie nur mäßig zurecht. Aber sie würden das grüne Blinklicht bemerken und wissen, welche Taste sie drücken mussten. Stark und sachlich würde Marys Stimme ertönen: »Ma, Ba, ich gehe nach Shanghai. Sucht nicht nach mir. Ich schicke Geld.« In eine kleine Tasche hatte sie ihre hübschesten Kleider gepackt.

Mary war bloß ein Mädchen vom Land aus Anhui, aber sie wusste, dass sie schön war. Sie war klein, doch ihr Gesicht war fast perfekt, zumindest, wenn sie ihre Augen hinbekam. Sie musste nur ein paar Streifen durchsichtiges, auflösbares Tape zurechtschneiden und sie an ihre Monolider kleben, schon wirkten die Augen doppelt so groß. Mit der Zeit hatte sie genau gelernt, wo und in welchem Winkel sie das Tape anbringen musste, um die gewünschte Form zu erzielen – sie mochte ihre Augen eher viereckig, nicht rund. Immer wieder sah sie aus dem Fenster, staunte über die flüssige Fahrt des Zugs. Oh, eine Kurve! Der Zug neigte sich nach rechts. Fast fürchtete sie, auf den Gang zu rutschen. Ob der attraktive Mann ihr aufhelfen würde?

Ein Blick in den Taschenspiegel: Gut sahen die Augen heute aus. Es gab Gute-Augen-Tage und Schlechte-Augen-Tage. Abends, bevor sie ins Bett ging, wusch sie sich die klebrigen Tape-Reste ab, und ihre dicke Haut schob nach und nach die fremden Falten aus den Lidern. Mary hatte gelesen, jahrelanges Tapen könne die Lider dazu bringen, die Falten zu behalten, aber ihr Spiegelbild schaute sie jeden Morgen unzufrieden aus denselben schlupflidigen Äuglein an.

Mary hasste den Morgen, auch wegen ihres Aussehens, ihres natürlichen Ichs. Obwohl sie deshalb regelmäßig zu spät zu ihrer Arbeit im Hotel kam, nahm sie sich stets die Zeit zum Tapen. Der von Lichtern umkränzte Spiegel in ihrem kleinen Bad war geschmückt mit ausgemusterten Tape-Streifchen. Wenn sie die Lichter anknipste, sah er aus wie eine vielstrahlige Sonne. Oder wie ein dickmähniger Löwe. Oder wie ein Pfirsich, in den sich eine Heerschar Würmer grub.

Wenn sie in Shanghai ankäme und endlich Xin begegnete, würde es noch eine Weile dauern, ehe sie die erste Nacht zusammen verbrächten. Vorher wollte Mary sich im für plastische Chirurgie bekannten Neunten Volkskrankenhaus die Augen machen lassen. Nie wieder Tape, endlich frei! Die Vorstellung berauschte sie noch mehr als der Gedanke an die Begegnung mit Xin. Sie blickte zu dem Mann neben sich. Vielleicht war sogar noch was Besseres drin?

Bei ihrem nächsten Blick aus dem Fenster hatte die Aussicht sich verändert. Jetzt rasten sie vorbei an hohen Wohnblocks, manche davon noch im Bau. Kräne reckten ihre Metallhälse in den Himmel.

Shana erkannte den Mann auf Platz 14C und wahrte Abstand. In all den Arbeitsjahren in den Zügen hatte sie es zwar gelegentlich mit einem netten Stammgast zu tun gehabt, aber nie mit irgendwem aus ihrem Privatleben. Die Falten in der Weste schnitten ihr in die Haut, und sie zupfte sie neuerlich glatt. Das Gesicht des Manns kam ihr bekannt vor, doch sein Name wollte ihr partout nicht einfallen. Dann wusste sie auf einmal wieder, woher sie ihn kannte: Er war ein Freund von Nelson, von der Uni. Die beiden waren gemeinsam an den Start gegangen, aber Nelson war erst aus der Bahn geflogen und dann einfach gestorben. Auf dem Weg durch den Gang beäugte sie den Mann genauer. Älter war er geworden, sah aber immer noch gut aus. Als sie an ihm vorbei musste, wandte sie sich wortlos von ihm weg, wollte nicht gesehen werden. Sie dachte daran, wie Nelson von ihm erzählt hatte. Leo. Genau. Jetzt fiel es ihr wieder ein, der Name, einfach alles. Er hatte früh in Immobilien investiert und einen Volltreffer gelandet, hatte mehrere Wohnungen gekauft, als Shanghai noch ein billiges Pflaster war. Auch seine Frau fiel ihr ein, diese hübsche, unnahbare Franko-Japanerin, die stets nur Französisch sprach. Die drei kleinen Mädchen. Einmal war die Familie bei ihnen zum Essen gewesen, in dem hübschen Backsteinhaus in der Anfu Lu, das Nelson gemietet hatte, als man ihnen das Startkapital für das Café *Je t'aime* bewilligte. Es war ihr Zuhause und ihr Büro gewesen. Heimlichtuerisch und zwielichtig war es dort zugegangen, immer schlich jemand aus einer Tür, bog um die Ecke, beendete ein Meeting, lungerte auf der Terrasse herum. Rund um die Uhr roch es nach frisch gebrühtem Kaffee. Dick pappte das Kaffeepulver in sämtlichen Ritzen, auf jedem Tisch, jedem Stuhl, zwischen den Tasten der Computerkeyboards.

Zu dem Essen hatten Leo und Eko die Mädchen mitgebracht. Shana wusste noch, wie ihr das Händchenhalten aufgefallen war. Die Hände der Eheleute hielten stets Kontakt, ihre Finger strichen ständig aneinander. Das war allerdings nicht seltsam, sondern schön, weil die Hände der Frau schön waren: zart, lang und hübsch manikürt. Und auch Leos Hände waren schön, groß und kräftig. Shana konnte sich vorstellen, wie es sich anfühlte, von ihnen umarmt zu werden: warm, trocken und weich. Die Mädchen waren reizend. Frühreif hübsche Gesichter auf Kinderkörpern. Sie traten immer als Trio auf. Strahlten Wohlstand aus. Schon damals, nach den ersten zwei gescheiterten Geschäftsideen, ahnte Shana die Grenzen ihres Manns, spürte, dass er ihr nie würde geben können, was diese Familie besaß.

Nach dem Abschied wollte Shana an jenem Abend noch schnell den Müll rausbringen. Da hörte sie Leo und Eko – ein paar Häuser weiter standen sie unter einer Laterne. Leo schrie. Eko blitzte ihn an. Ihre Gesichter waren unter der Laterne deutlich erkennbar. Wo waren die Kinder? Shana erinnerte sich noch gut an diese Mienen, an ihre Sorge um die Mädchen. Sie sah alles wieder vor sich.

Leo sah aus dem Fenster, die Maglev raste gerade über eine Brücke. Er war auf dem Weg in ein leeres Zuhause, und ein leeres Zuhause mochte er gar nicht. Über so viele Jahre hatten seine Geschäftsreisen stets mit Überschwang und Heiterkeit geendet: Er kam durch die Tür, und seine Töchter bestürmten ihn, stürzten ihm in die offenen Arme und quiekten vergnügt, wenn er seine Mitbringsel aus der Tasche zog. Der herzliche Kuss auf die Wange von seiner Frau, trotz seines unvermeidlichen Eintagebarts.

Jetzt erwartete ihn etwas anderes. Die beiden Großen waren fort und Yukiko sicher mit Freunden unterwegs oder schlicht zu cool, um seinetwegen aufzubleiben. Auf dem

Esstisch ein Teller mit Fruchtschnitzen, den die Haushälterin in Plastikfolie gewickelt hatte, im Kühlschrank eine eiskalte Pepsi. Die pappsüße Cola – sein einziger abendlicher Luxus, eine traurige Willkommensparty.

Also besser draußen bleiben, unter Menschen, und im Kopf Probleme lösen. Arbeitsprobleme, Managementprobleme, die er am wenigsten leiden konnte – dann Matheprobleme, seine Zuflucht, sein Trost. Obwohl die Mathematik heute nur noch ein Hobby für ihn war, verbrachte er nach wie vor viel Zeit mit ihr. Vor einigen Jahren hatte er begonnen, das Fundament seines intellektuellen Bezugssystems zu überdenken. Er war überzeugt: Der Siegeszug des Intuitionismus, das nondeterministische Wesen des Universums, unsere Unfähigkeit, die Unendlichkeit in Begriffe zu fassen, der unvermeidliche Kollaps des Relativismus – aus der Vergangenheit ließ die Zukunft sich so wenig ableiten, wie die Zukunft die Vergangenheit vorhersagen konnte.

Zu verdanken hatte er das Yoko, im Guten wie im Schlechten. Seine mittlere Tochter war die Einzige, die sich für Zahlen und Theorien interessierte. Als er ihr zum zehnten Geburtstag die *Kurze Geschichte der Zeit* geschenkt hatte, hatte sie es genauso verschlungen wie er selbst in dem Alter. Yoko war aus demselben Holz geschnitzt wie er und hatte seine lange vergessene Leidenschaft für all diese fundamentalen Fragen neu entfacht. Der Zeitpfeil, die Grenzen der Erkenntnis, die Unendlichkeit. Erst letzten Sommer hatte er sich gemeinsam mit ihr durch Euklids *Elemente* gearbeitet.

In letzter Zeit dachte er oft darüber nach, seine Fachgebiete, Physik und Ingenieurswissenschaft, aus intuitionistischer Perspektive neu zu reflektieren. Es wurde nämlich immer augenfälliger, dass die klassische Mechanik nicht die Wahrheit der Welt, des Universums abbildete. Alles, was er über unendliche Präzision zu wissen glaubte, musste neu gedacht werden. Dann würde er vielleicht verstehen, wie Information *gemacht* wird, nicht entdeckt, und wie man Veränderung vorhersagt – oder den Versuch, sie vorherzusagen, aufgibt. Als Yoko noch kleiner war, hatte sie in seinem Arbeitszimmer oft über ihren Schulaufgaben gebrütet, während er seine eigenen Herausforderungen anging. Wer da hereinkam und sie stumm beisammen sitzen sah, scherzte oft: »Yoko und ihr Vater, ewig mit Unendlichkeit beschäftigt.«

Jetzt war sie wieder in der Schule und lernte ohne ihn, von Meistern ihres Fachs. Sie fehlte ihm jetzt schon. Seine Yoko war schon was Besonderes. Das waren sie natürlich alle drei. Aber Yoko ... Vielleicht würde sie ja eines Tages alles entschlüsseln.

Wer glotzte ihn da so an? Leo war zu alt für solche Spielchen. Dennoch: Er vergaß seine Erschöpfung. Konnte sich nicht verkneifen, einen Blick auf die vollen roten Lippen zu werfen, auf die geschminkten Augen, die schlanken – nackten – Beine, die aus dem kurzen Rock und dem roten Mantel ragten. Frauen. So viele Frauen auf der Welt. Ihre Blicke trafen sich, dann schauten sie beide weg. Vor dem Fenster eine Landschaft aus Eisen, Stahl, Himmel und Wolken. Er spreizte die Finger, biss die Zähne zusammen. Das alte Tier in ihm: Er wurde gern gesehen, gern bewundert. Auch in seinem Alter war er noch attraktiv. Zumindest für gewisse Frauen. Weniger für junge als für jung gebliebene. Für Frauen, die was auf sich hielten. Frauen von Welt.

Noch einmal linste Leo über den Gang, doch die Frau in Rot blickte nicht zurück. Stattdessen sah sie aus dem Fenster. Wie der Blitz raste dort eine entgegenkommende Maglev vorbei, und die ihre wackelte ein wenig. Die Frau zuckte zusammen und sah sich erschrocken um.

Erneut trafen sich ihre Blicke. Angst in ihrer Miene, und eine Frage: Ist das okay, soll das so sein? Eindeutig ihr erstes Mal an Bord dieses Zugs. Gelassen lächelte er sie an: Ja, alles in Ordnung.

Die Maglev war schnell, bald würden sich alle ihre Sachen schnappen, auf den Bahnsteig schlurfen, Koffer auf Rolltreppen und in Fahrstühle hieven. Und aus dieser Bewegung heraus würde der Menschenstrom, die beinahe elektrische Spannung in der Luft, sich auflösen.

Doch dann bremste der Zug auf einmal unerwartet ab. Leo sah zu, wie die Zahl auf dem Display kleiner wurde. Sie fiel und fiel, bis in den einstelligen Bereich, landete schließlich auf Null. Die Passagiere sahen einander an. Da stimmte was nicht. Leo stand auf und spähte den Gang hinab. Andere taten es ihm gleich, sahen sich um und aus den Fenstern. Gemurmel schwoll an. »Was ist los?« Kurz dachte Leo, es wäre endlich so weit: der Krieg, der sämtliche Länder der Erde in die Knie zwingen würde. Der Anfang der Apokalypse. Die Endzeit. Dann schob er den Gedanken weg. Die Endzeit war nie gekommen, und er hatte schon vor Jahren beschlossen, nicht mehr daran zu denken.

Leo verspürte den Drang, ein Foto zu machen. Er wollte den Augenblick festhalten, wie er es früher oft getan hatte. Er wollte es seiner Frau zeigen, ihr davon erzählen. Er wollte reden. Das wollte er immer. Das Dumme war nur, dass Eko längst nicht mehr zuhörte. Jahrelang hatte er an ihr vorbeigeredet. Schließlich hatte er ihr gar nichts mehr erzählt. Aber nicht, um sie zu bestrafen. Sie hatte das Interesse verloren, und damit war auch seines verflogen.

Hätten sie wieder nach Frankreich gehen sollen? Mehr Zeit in Kyoto verbringen? Wer hätte gedacht, dass er, dass sie beide nach all den Jahren noch in Shanghai wären, dass sie ihr Leben hier, in seiner Heimatstadt, zu Ende führen würden? Vordergründig wegen seiner Arbeit, ja. Aber hatte er sie alle vergebens hier festgehalten? Wäre in Frankreich oder Japan eine andere Familie aus ihnen geworden? Und wenn ja: Was für eine?

Shana marschierte durch den Gang und wich den ihr in den Weg ragenden Köpfen aus. Sie zwängte sich in die Fahrerkabine. Dort drängten sich bereits mehrere Zugbegleiterinnen.

»Wir haben was erwischt. Konnten's nicht sehen, wir waren zu schnell.«

»Und was war es? Auf dem Gleis?«

»Doch hoffentlich kein Mensch, oder?«, fragte Shana.

Schweigen, dann schüttelte der Fahrer den Kopf. »Glaub nicht, nein.«

»Aber du hast es nicht gesehen.«

»Wie hat sich's denn angehört?«

»So ein kurzer Knall war das.«

»Wer steigt aus und schaut nach?«

Der Fahrer rief bei der Verkehrsaufsicht an. Die war schon auf dem Weg. Ehe es weiterging, mussten sie den Zug inspizieren.

Shana hatte noch nie einen Unfall im Zug erlebt. Zu Anfang ihrer Arbeit als Zugbegleiterin hatte sie regelmäßig für solche Fälle üben müssen, sich aber immer nur halbherzig beteiligt. Besonders gewissenhaft war sie nie gewesen. Nur jung und schön.

Die Übungen kamen ihr vor wie etwas aus einem anderen Leben – vor Nelson, vor dem harten Kaltstart nach seinem Tod. Ihr Herz raste. Sie war aufgeregt, nervös und besorgt. Aber ihren Wagen würde sie unter Kontrolle behalten. Sie fühlte sich, wie wenn ihr Sohn über die Steine in einem Fluss hopste. »Ma!«, rief er, und sie hielt die Luft an, zwang sich, annähernd so selbstbewusst wie er von Stein zu Stein zu springen. Sie wollte ihrem Sohn nicht beibringen, sich vor irgendwas zu fürchten.

»Bitte bewahren Sie Ruhe«, sagte sie in ihrem Wagen. »Es ist alles in Ordnung. Wir müssen nur kurz das System überprüfen, dann kann es sofort weitergehen. Vielen Dank für Ihre Geduld.«

Sie sah, wie Leo erst sie anschaute und dann auf seine Uhr blickte. Er hatte sie nicht erkannt. Die junge Frau in der Bank neben ihm zitterte beinahe vor Angst, während sie sich mit großen Augen verstört umsah. »Hilfe«, schien sie stumm zu rufen. Eindeutig so eine, der ihr Leben lang immer geholfen worden war. Hübsch war sie. Nein, schön. Wie ein Püppchen. Ihr Anblick machte Shana müde. In letzter Zeit wurde sie nie mehr richtig wach.

Jetzt, wo der Zug stand, malte Leo sich aus, wie seine Türen aufschwangen. Er könnte aussteigen und von dem erhöhten Gleis aufs Gras hinabklettern. Seit Jahren war er nicht mehr glücklich. Er stellte sich vor, wie er sich das hübsche Mädchen schnappte und aus dem Zug entkam, dachte wieder an das alte Haus vor der Stadt – an die Felder, die sich in den Himmel streckenden Glaswinkel. Und an die Wochenenden mit den Tieren und Brettspielen, an die Ausritte in die Berge mit den Mädchen.

Leo malte sich aus, wie sie zusammen durch die Felder rannten und sich dort draußen einrichteten. Seine Töchter waren so gut wie erwachsen. Eko verdiente ihr eigenes Geld. Die Tage auf dem Hof waren die glücklichsten seines Lebens gewesen – vielleicht könnte er sie mit einem neuen Menschen ja rekonstruieren. Das Land gehörte ihm noch, es wurde von einem Bauern aus der Gegend bestellt, der ihnen jede Woche eine Kiste Gemüse nach Shanghai schickte.

Dort draußen könnte er sich verstecken. Wie lang würde es wohl dauern, bis sie ihn fänden? Würden sie eine große Suchaktion starten? Er würde noch ein Kind bekommen – einen Sohn, versteht sich. Ihn zu Hause unterrichten. Diesmal alles richtig machen. Alles von vorn. Ein neues, nachhaltiges Leben.

Die junge Frau kramte einen kleinen Spiegel aus der Tasche. Sie zog ihren Lippenstift nach, stocherte mit dem kleinen Fingernagel an ihren Lidern, zupfte auf eine Art an ihrer Haut, die sie unnatürlich wirken ließ, unmenschlich. Da sah Leo alles klar vor sich: die junge Frau, die Unsicherheiten der Jugend. Wie mühsam die ersten Jahre einer Partnerschaft waren, all das Aneinanderanpassen, das Verhandeln, das Nachgeben irgendwann. Genau da lag Leos Problem: Für ihn ging immer nur ganz oder gar nicht. Belangloser Sex kam nicht infrage. Es müsste schon um ein richtiges Leben gehen, um ein Kind, einen Hof, ein in sich geschlossenes System. Und er würde nie vergessen können: Weder wer er war, noch wer sie waren, wie sie ihn alle vier geprägt hatten. Die Bindung zu seiner Familie war so hartnäckig wie die Schwerkraft. Letztlich liebte er sie alle, war immer noch verliebt. Eko zog ihn immer noch an, mit ihren Geheimnissen, ihrem Schweigen, ihrer gestrengen Schönheit.

Der Zug fuhr wieder an. Die Zahl auf dem Display stieg erst langsam, dann schneller. Eine Frau redete leise und beruhigend auf ihr aufgeregtes Baby ein. Ein junger Mann in Shorts und Sandalen streckte die langen Beine in den Gang. Eine ältere Frau und ihre noch ältere Mutter plauderten ungerührt weiter; sie hatten damit gar nicht aufgehört. Alle anderen im Zug schauten sich höchstens noch einmal kurz um, dann lehnten sie sich wieder zurück und wandten sich ihren Fenstern zu. Sie waren fast da, fast zu Hause.

Rouge Allure

Januar 2040

Im Duty-free-Shop steckten die Mädchen mit dem Rücken zu ihrer Mutter die Köpfe zusammen, als tüftelten sie an einem kniffligen Projekt oder verrieten einander Geheimnisse.

Irgendwas an Yoko hatte sich verändert, etwas, das Eko nicht einordnen konnte. Eine neue Gehemmtheit, vielleicht. Irgendwie war ihre mittlere Tochter anders.

Aber wie auch nicht? Alleine wohnen: Das veränderte einen natürlich. War nicht auch sie an der Uni eine andere geworden? Und dann noch einmal, in Shanghai? So viele Jahre hatte sie immer neue Gestalten angenommen, sich angepasst, optimiert, die Grenzen ihres Selbsts verschoben, die Umrisse ihrer Persönlichkeit – so oft, dass sie inzwischen völlig aus der Form gegangen war. Ausgeleiert. Verdünnt. Blutleer. Man konnte die Dinge immer wieder umgestalten, ja, aber worin bestand ihr Wesen, ihre Wahrheit? Womöglich konnte das nur eine Mutter jemals wirklich wissen.

Sie hoffte, ihre Töchter würden Männer finden, die ihr Wesen liebten und ehrten, die es konturierten. Männer, die sie nicht zwangen, sich zu ändern. Gut, Yumi könnte etwas Änderung vielleicht nicht schaden. Sie könnte weniger fies sein, weniger giftig.

Seit wann trug Yoko eigentlich Make-up? Was war passiert, vergangenes Semester am Internat, zwischen Sommer und Winter? Hatte sie etwa endlich die Jungs für sich entdeckt? Bisher hatte Yoko ihre Schönheit nie bemerkt. Sie war eindeutig die Schönste der drei, obwohl Yumi sich am meisten dafür anstrengte. Vielleicht war das ja die Ursache von Yumis geballter Grausamkeit.

Eko wollte, dass dieser Moment andauerte, hoffte, er sei ein Vorgeschmack der Zukunft: ihre beiden Ältesten in trauter Eintracht. Jetzt drehten sie sich zu ihr um. Yumi und Yoko hatten den gleichen Lippenstift aufgelegt, ein helles, kräftiges Rot, zwei knallige Kleckse im Gesicht. Eko erschrak.

Im ersten Moment sahen die Mädchen fast identisch aus. Yumis Lippen waren klein und dreieckig, Yokos rund und voll, doch die Farbe hatte alle Unterschiede eingeebnet. Wenn Eko ihre Töchter ansah, zog sie oft Vergleiche: Yumi das Abziehbild ihrer selbst, Yoko mit der hohen Nase ihres Vater, Kiko entzückend, aber immer dabei, die neuesten Trends auszuprobieren.

Eko trat zu ihnen an den Aufsteller mit teurem Makeup, hinter dem ein Plakat mit roten, rosanen und orangenen Ringen prangte. Wie ein Rosenfeld, oder eine von Seurat gemalte Parkbank im Herbst.

»Den nehm ich«, sagte Yumi. Seit Eko und Leo ihr fürs College eine eigene Kreditkarte gegeben hatten, fragte Yumi gar nicht mehr. Die Rechnung kam monatlich: riesige Beträge für Kaffee, Takeaway, nächtliches mexikanisches Fastfood und Shopping auf der Newbury und der Boylston Street. Einerseits fand Eko beruhigend, wie unerschrocken ihre Töchter Geld ausgaben – auf verdrehte Weise machte es sie sogar stolz. Schaut her, was sie haben! Schaut her, wie frei sie sind! Andererseits fragte sie sich aber, ob sie alles verbockt, die Mädchen verzogen, einen furchtbaren Fehler gemacht hatte.

Yumi scannte den Code, um zu bezahlen, und der Anblick ihrer unabhängigen Töchter versetzte Eko einen Stich. Bald würde sie die drei verlassen. Sie hatte sich entschieden. Mit ihren roten Lippen und Kreditkarten waren sie alt genug. Sie brauchten sie nicht mehr. Aber traurig wäre es doch, wenn Eko und Leo sich die Feiertage und die Besuche aufteilen müssten – und später die Leben, Familien, Enkel.

Eko war jemandem begegnet – nein, das war das falsche Wort: Sie war ihm *wieder*begegnet. Einem alten Freund. Einem, mit dem sie im ersten Jahr an der Uni zusammen gewesen war, noch bevor sie Leo überhaupt kannte.

David. So viele erste Male hatte sie mit ihm erlebt. Tequila-Shots und tanzen bis zum Umfallen, der kleine tätowierte Kreis, den sie auf ihrem Nacken verbarg. Er war der Erste, der mit ihr aus Paris weggefahren war. Einmal hatten sie das Wochenende in Den Haag verbracht, gratis, mit Bonuspunkten von einer Kreditkarte. Heute konnte Eko sich nichts Öderes vorstellen. Damals war es grandios.

Wer war sie damals gewesen? So heiter, so freundlich, so wenig an Konflikt gewöhnt. Manche Menschen kitzeln das Beste aus einem heraus. Andere das Schlimmste. Woran waren sie gescheitert? Eko hatte gefunden, er sei nicht attraktiv genug. Wie vergänglich, wie trügerisch, wie unnötig all das doch letztlich war.

Im Lauf der Jahre hatte sie online Davids spärliche Fotos gesehen. Die Frau, die er geheiratet, den Sohn, den er großgezogen hatte, und irgendwann immer weniger Bilder der Frau. Es hatte eine Scheidung gegeben.

Dann hatte eine Freundin von der Uni eine neue Gruppe in einer App aufgemacht, die all ihre Kommilitonen und

Freunde wieder zusammenbrachte – plaudern, in Erinnerungen schwelgen, Kontakte knüpfen. Leo war seinerzeit schon Doktorand gewesen und deshalb nicht in dieser Gruppe. Als sie ihn mit zwanzig kennengelernt hatte, war Leo ihr schon so viel älter vorgekommen, so weise.

David. Erneut scrollte Eko durch seine Fotos und Videos, schmökerte in ihrem Chat mit ihm. Nichts Verfängliches, aber doch sehr vertraut, vertrauter als nötig. Als er erfuhr, dass sie die Mädchen nach Boston begleiten wollte, brachte er eine Geschäftsreise nach New York ins Spiel. Der Entschluss war gefasst: ein freundschaftliches Wiedersehen zum Mittagessen im Museum of Modern Art.

»Mom.« Yumi hatte ihre Schminke gekauft und wartete. Eko sah sie an, hob die Brauen. *Ja?*

»Ich schau mich noch in ein paar Läden um. Wir treffen uns am Gate, okay?«

»Ist gut.«

»Kommst du mit, Yoko?«

»Nein, ich will noch mal nach Rouge gucken.«

Yumi sah sie skeptisch an. »Auch unter dem ganzen Make-up bleibst du immer noch ein Weirdo.« Mit einer wegwerfenden Geste zog sie ab. »Machs gut, Weirdo.«

Eko verspürte den vertrauten Schmerz, den sie oft für Yoko empfand, das ewige Opfer von Yumis Grausamkeiten. Aber letztlich war es harmlos. Es könnte viel, viel schlimmer sein. Yoko besah sich die Lippenstifte, machte einen nach dem anderen auf und wieder zu. Eko schaute erneut auf ihr Handy, blieb an einem Bild von David auf einer Ranch hängen, auf seinem Kopf ein Cowboyhut. Sie grinste.

»Okaasan.«

Eko erstarrte. So hatte sie seit Jahren niemand genannt. Japanisch war die Kindheitssprache ihrer Töchter gewesen; es war zuerst von Französisch und Chinesisch verdrängt worden, dann von Englisch. Sie steckte ihr Handy weg und blickte auf, sah ihre Tochter im Spiegel.

»Okaasan. Ma.« Tränen rannen über Yokos Wangen. Das Gesicht im Spiegel wandte sich ab und nuschelte die Worte, die Eko nie so früh von ihrer mittleren Tochter erwartet hätte, ja eigentlich von keiner ihrer Töchter. »Ma, ich bin schwanger.«

Über ihren Köpfen schwirrte eine Drohne. Eko nahm ihre Tochter in den Arm und verbarg sie vor der Kamera. Wann hatte sie Yoko zum letzten Mal umarmt? Knuddeln war nicht Yokos Ding, ganz im Gegensatz zu Yumi, die sich von Eko immer noch beiläufig durchs Haar streichen ließ, und zu Kiko, die sich nach jedem Auftritt, jedem Vorhang sofort ihre Umarmung abholte. Von Yoko war nie eine Einladung, nie eine plausible Ausrede für körperliche Nähe gekommen, von Anfang an nicht. Manchmal, wenn Yoko hastig das Bein wegzog, das auf dem Sofa ihre Mutter gestreift hatte, oder nur lapidar nickte, wenn Eko ihr zu einem Erfolg bei einem Robotik- oder Mathe-Wettbewerb gratulierte, glaubte Eko fast, Yoko fände ihre Nähe abstoßend. Ganz die Tochter ihres Vaters, dachte sie oft. Eine kann er meinetwegen haben.

Deshalb ließ Eko sich nun Zeit damit, diese Yoko im Arm zu halten, die genauso roch wie ihre große Schwester: Kokosnuss und Milch. Die beiden teilten sich ein Bad, benutzten dasselbe Shampoo. Yoko schniefte mittlerweile nur noch leise. »Ist schon gut«, wisperte Eko in ihr weiches Haar. »Keine Sorge. Ich helfe dir.«

Der Lippenstift fiel Yoko aus der Hand, und Eko hob ihn auf. Chanel Rouge Allure.

»Bitte erzähl das wirklich keinem, Ma. Nicht Dad, nicht Yumi und auch nicht Kiko. Niemandem. Bitte.«

»Okay. Niemandem. Komm, wir setzen uns erst mal.«

»Ma, ich wollte den ...«

»Ah, den Lippenstift? Klar.« Eko nahm noch einen zweiten von derselben Sorte und ging damit zur Kasse. Sie hatte sich längst angewöhnt, von allem je ein Exemplar für beide Mädchen zu kaufen. Mit zitternden Händen nahm sie die Tüte entgegen. Während der ganzen Winterferien war ihre Tochter schwanger gewesen. Beim Abendessen, im Auto, unter demselben Dach. Vielleicht hatte Yoko die erschütternde Entdeckung sogar zu Hause gemacht. Gedanklich ging Eko ihre Optionen durch. Gleich in den USA? Nein, illegal wäre zu kompliziert. Vielleicht besser zurück nach Shanghai, oder weiter nach Japan oder Paris. Auf vertrautes Terrain.

Sie winkte Yoko zu sich, und zusammen gingen sie zum Gate. Bis zum Boarding war noch etwas Zeit, und Yumi würde shoppen bis zur letzten Minute. Eko sah sie beinahe vor sich, wie sie zaudernd immer wieder dieselben Kleider anprobierte, unzufrieden mit irgendeinem winzigen Detail.

»Wie ist das überhaupt passiert?« Eigentlich hatte Eko sanfter einsteigen wollen, doch die Worte waren schon heraus, bevor sie es verhindern konnte. »Willst du darüber reden?«, setzte sie noch einmal an.

Yokos Augen waren leicht geschwollen, ihre Lippen immer noch knallrot. Aber sie war wieder gefasst, wieder sie selbst.

»Da ist so ein Junge in der Schule«, begann sie. Sie sah ihre Mutter nicht an, blickte hinaus ins Terminal. Auf dem Sitz neben ihr, bloß durch eine Armlehne getrennt, fühlte Eko sich erneut weit weg. »Keine Ahnung.« Yoko schüttelte den Kopf. »Wir haben nicht richtig aufgepasst.«

Eko hatte mit ihren Töchtern nie ausdrücklich über Sex gesprochen, über Jungs, über Verhütung. In dieser Hinsicht hatte sie versagt. Aus den Lautsprechern schallte der letzte

Aufruf für einen Flug nach London. Die beiden hörten zu, bis die Durchsage erst auf Chinesisch, dann auf Englisch verklungen war.

»Dein Freund?«, fragte Eko.

»Ja, glaub schon.«

Eko nickte erleichtert. Immerhin kein Zwang im Spiel. »Weiß er es?«

»Nein. Soll er auch nicht.« Yoko sah sie eindringlich an. »Ich will wirklich, wirklich, wirklich nicht, dass jemand das erfährt.«

»Okay. Verstehe.« Zu gern wollte Eko ihre Hand halten. An Yokos Stelle hätte sie sich das gewünscht. Aber sie fand, sie hatte den richtigen Zeitpunkt, die Gelegenheit verpasst.

»Was machen wir denn jetzt, Ma?«

»Erst mal fliegen wir nach Boston, Yumi an die Uni bringen. Dann kümmern wir uns drum, in Ordnung?«

Yoko nickte.

»In den Staaten geht's nicht«, sagte Eko. »Zu riskant. Wie wäre Shanghai?«

»Nein! Auf keinen Fall!«

»Wir können es ganz heimlich machen, uns in Pudong verstecken oder so.«

»Nein. Nicht in Shanghai.«

»Gut. Dann Paris. Genau. Wir können in die alte Wohnung. Und der Flug wird auch nicht so anstrengend. Was meinst du?«

»Okay. Paris.«

»Ich rufe in der Schule an und gebe Bescheid, dass du ein paar Tage später kommst. Dass es dir nicht gut geht.«

»Wird es wehtun?«

»Nur ein bisschen«, log Eko.

»Was sagst du Dad?«

»Dass du in der Schule fehlst, bekommt der gar nicht

mit. Danach fragt er nicht mal. Was mich betrifft, behaupte ich einfach, ich müsste was wegen Grandma regeln. Wenn du magst, können wir sie wirklich besuchen. Ist schön da, wo sie jetzt wohnt, und von Paris ist es nicht weit.«

»Keine Ahnung. Vielleicht.«

»Klar, eins nach dem anderen. Entscheiden wir später.«

»Ma. Es tut mir leid.«

»Ach Yokochan, dir muss überhaupt nichts leidtun.«

»Und was ist mit meinem Training?«

»Das wird schon. Keine Sorge. Ich gebe dem Coach Bescheid, dass du nachkommst. Du bist der Star im Team. Ersetzen können die dich gar nicht.«

Seit vergangenem Sommer trainierte Yoko für die Mathe-Olympiade – ein Platz in der amerikanischen Nationalmannschaft war ihr so gut wie sicher. Eko und Leo hatten sie extra an die Highschool in Boston geschickt, weil es dort eins der besten Mathe-Programme der Welt gab. Ein Jahr später war Yumi ihr gefolgt, nach Harvard.

Mit einer digitalen Währung – gekauft von ihrem eigenen Geld, das sie mit ihren Stickereien verdient hatte – buchte Eko Flüge nach Paris. Dann kam die Durchsage: Ihr Flug war zum Einsteigen bereit.

Yumi kam mit einem Haufen Tüten an.

»Ich hab dir was mitgebracht, Maman«, sagte sie, indem sie Eko ein Tütchen auf den Schoß stellte. »Dir steht der bestimmt viel besser als Yoko.« Es war der rote Lippenstift.

Sie landeten in Boston, kurz bevor der dortige Flughafen für vierundzwanzig Stunden geschlossen wurde, und kurz nachdem ein Schneesturm abgeschmolzen war. Während sie vorsichtig über Pfützen hinweg in ihr Auto kletterten, trabte ein Schwung bewaffneter Beamter durch den Haupteingang ins Terminal. Erneut fiel Eko auf, wie furchtbar sie

Amerika fand. Nachdem sie Yumi im Wohnheim abgesetzt und im Charles Hotel übernachtet hatten, brachen Yoko und sie nach Paris auf. Sie kamen am frühen Abend an, Ekos liebster Tageszeit. Die Straßen glänzten im Licht der surrenden Laternen und der orange untergehenden Sonne.

Der Plan war, gleich am nächsten Morgen mit Yoko zu einem Gynäkologen zu gehen, um einen Termin für den Eingriff auszumachen. Leo erzählte sie, sie müsse ein paar Dinge wegen ihrer Mutter regeln: Daphne sei krank, und sie wolle sie auf dem Heimweg besuchen. Eine hässliche Lüge, aber etwas Besseres fiel ihr nicht ein.

Während der Autofahrt ins 15. Arrondissement sprachen Eko und Yoko kein Wort. Yoko schwieg oft. Von Anfang an war sie anders gewesen. Bis zum Alter von fünf Jahren war sie fast völlig unfähig, verbal zu kommunizieren; mit ihrer Einschulung hatten Leo und Eko ein Jahr gewartet, zugunsten einer intensiven Sprachtherapie. Und einmal hatte Yoko, die sonst so oft allein war, sich fast krankhaft auf eine Klassenkameradin eingeschossen, eine Südafrikanerin namens Angel. So in der siebten oder achten Klasse musste das gewesen sein. Yoko war dermaßen versessen darauf, sich mit Angel anzufreunden, ihr das passende Weihnachtsgeschenk zu besorgen, dass Eko sich fragte, ob ihre Tochter womöglich lesbisch war. Leider hatte Angel selbst kein großes Interesse an einer Freundschaft mit Yoko gehabt, und die ganze Sache war sang- und klanglos wieder abgekühlt.

Die Wohnung lag im obersten Stock eines Hauses ohne Fahrstuhl. Kaum dass die beiden ihre Gesichter gescannt hatten, um die Tür zu öffnen, schloss Yoko sich zehn Minuten im Bad ein, und Eko hörte sie würgen.

Im Alter von zwölf bis zwanzig war die kleine Wohnung Ekos Zuhause gewesen. Ihre Mutter hatte sie Anfang der Nullerjahre gekauft, nach einem knappen Jahrzehnt des

Überwasserhaltens in Paris, allein mit Eko und weit fort von ihrer japanischen Heimat und allem, was sie kannten. Abgestottert hatte sie sie langsam, über viele Jahre.

An der Wohnung war lange nichts mehr gemacht worden. Man sah ihr den schrulligen, eklektischen Stil von Ekos Mutter an, all die Dinge, die Daphne in den Secondhand-Läden der Gegend gefallen hatten: ein Mohairteppich im Stil der Siebziger, eine Tiffany-Leuchte auf einem Beistelltisch in Form eines Glaswürfels, ein waldgrünes Samtsofa, ein schmales, deckenhohes Bücherregal voller Highheels in allerlei Farben. Neben dem Kristall-Aschenbecher auf dem niedrigen Kaffeetisch lagen Ekos Bücher über Stickerei, in mehreren Sprachen.

Auf dem runden Tisch in einer Ecke des Wohnzimmers stand die alte Singer, mit der Eko als Schülerin einfache Baumwollkleider genäht und ausgebessert hatte. In einer großen, runden Hutschachtel hatten sie einen losen Haufen Schnittmuster aufbewahrt: McCall's, Vogue Paris Original, Butterick, Simplicity. Nur zum Spaß, als Witz, hatten sie sich sogar mal an einem elisabethanischen Ballkleid aus Reconstructing History versucht. Das fiel Eko jetzt wieder ein. Wo waren all diese Kleider abgeblieben? Wie konnten Klamotten sich einfach so in Luft auflösen?

Nachdem Eko ausgezogen war, hatte Daphne zwanzig Jahre allein gelebt, dann fünf Jahre mit einem japanischen Bildhauer, den sie von der Arbeit kannte. Als auch der auszog, gab sie endlich ihren Job als Assistentin des Kulturattachés an der japanischen Botschaft auf, und als sich abzeichnete, dass sie so bald keine Beziehung mehr haben würde, ließ sie sich von Eko und Leo in der Résidence St. Clair im Süden unterbringen.

Früher war Eko oft mit den Mädchen nach Frankreich gefahren, um ihre Großmutter zu besuchen, doch statt bei

Daphne hatten sie da immer auf dem Landgut bei Bordeaux gewohnt. Die Wohnung war zu klein, zu unpraktisch. Aber dieses Mal, wo Eko angeblich allein reiste, war sie genau das Richtige.

In ihrer Jugend hatte Eko im Schlafzimmer geschlafen und Daphne im Wohnzimmer, wo sie ein Schrankbett installiert hatten. Das probierte Eko nun aus – sie musste das Tischchen verrücken und das Sofa dichter an die Wand schieben, aber das Bett funktionierte noch. Ein kurzes Knarzen, schon war es ausgeklappt. Bezogen war es auch noch. Eko legte sich hin, atmete den Geruch muffigen Bettzeugs ein, besprüht mit altem Parfüm. Sie versuchte, sich an ihren eigenen Schwangerschaftsabbruch zu erinnern, aber die Details blieben verschwommen. Vor allem wusste sie noch, wie sie hinterher allein auf ihrem Bett im Wohnheim gelegen hatte, mit diesem tiefsitzenden Schmerz im Bauch. Erzählt hatte sie davon nie irgendwem. Aber spielte das jetzt noch eine Rolle? Sie könnte es Yoko erzählen. Vielleicht würde ihr das helfen.

Trotz ihrer Armut hatte Ekos Mutter immer gern reich aussehen wollen: Sie kleidete sich makellos und puderte sich das Gesicht. Ihr endlos langes Haar trug sie in sanften Locken – »Salonstil«, nannte sie das. Doch im Salon hatte Eko ihre Mutter nie gesehen. Einmal alle sechs Monate, zu Neujahr und im Frühsommer, schnitt und färbte sie sich selbst das Haar. Auch Eko hatte ihre ganze Kindheit über lange Haare gehabt, geschnitten und gestylt von ihrer Mutter.

Dann, mit sechzehn, hatte sie es kurz geschnitten und blau gefärbt. Wild war sie gewesen, mit ihren Doc Martens und dem pflaumenlila Lippenstift, der ihre Gitanes befleckte. Ihre Mutter war von früh bis spät auf der Arbeit und betreute Veranstaltungen in der Botschaft – Eko futterte unterdessen im Wohnzimmer ihr Hachis-Parmentier von Maggi und legte die Stiefel auf den Tisch. Jedes Mal bekam sie von dem kleinen Becher Instant-Hack mit Kartoffeln erst Bauchkrämpfe, dann Blähungen.

»Ich glaube, ich hätte das mit deinem Vater schon hinkriegen können«, sagte Daphne ganz selten, wenn sie etwas getrunken hatte. »Ich hätte nur ein bisschen älter, klüger und gewiefter sein müssen.«

»Aber, ähm, war er nicht gewalttätig oder so?«, fragte Eko.

»Ach, das sind sie alle, mein Schatz. Die einen mehr, die anderen weniger.«

Eko wohnte gern allein mit ihrer Mutter, sie mochte ihre separaten Leben auf beengtem Raum. Was daran so gut war? Ihr unbedingter Freiheitsdrang, ihre sprudelnde Individualität; die Seidentapete; die Secondhand-Streifzüge mit ihrer besten Freundin Elodie; die Poster an der Wand. Eko hörte die Strokes, ihre Mutter stand auf Vanessa Paradis.

Am Wochenende hieß es putzen und schaufensterbummeln. Geld hatten sie zwar nie, aber sie probierten trotzdem alles an und gönnten sich auch ab und zu mal etwas, wenn es einfach zu toll war, *magnifique.* Das hängten sie dann an die Wand: einen Ledermantel, der ihnen papierdünn bis auf die Knöchel fiel; eine Seidenbluse mit Trompetenärmeln und Edelsteinknöpfen; ein grünes Bondage-Kleid von Alaïa. Tagelang betrachteten Mutter und Tochter die Stücke und bewunderten ihre Perfektion, bis sie es nicht mehr aushielten. Dann trugen sie sie abwechselnd. Sie hatten exakt dieselbe Größe.

All das Darben, Sparen, Knausern: Erst, als Eko selbst Mutter wurde, verstand sie, wie schwer das gewesen sein musste. Jetzt war dieses Gefühl – die Angst, dass es nicht reicht – unendlich weit weg. Ihr Haus in Shanghai war randvoll mit Dingen – den Dingen ihrer Kinder. Was für ein Überfluss, in dem sie da jetzt lebte! Ihre Töchter, ihre Wohnungen, die Kleider, der Krempel. Die Spielsachen. Mit der Zeit hatten die Kinder Spielzeug für ein ganzes Leben angehäuft. Und als sie ihm entwachsen waren, hatte sie es verschenkt. Einfach so.

Eko wartete mit Yoko auf den Arzt. Es war ihr gelungen, einen frühen Termin zu bekommen, den ersten des Tages. Am Telefon hatte sie gesagt, sie mache sich Sorgen, die Schwangerschaft sei zu weit fortgeschritten. Das Fenster könne sich schließen. Da hatte der Arzt Yoko sofort dazwischen geschoben.

»Du hast es doch keinem erzählt, oder?«, fragte Yoko. Sie saßen allein im Wartezimmer.

»Nein, Yoko, natürlich nicht. Kein Sterbenswörtchen.«

»Schwörst du's?«

»Hoch und heilig.«

»Und wenn Papa rauskriegt, dass ich die erste Schulwoche verpasst hab?«

»Dann sage ich, ich hätte dich auf einen Mädels-Ausflug nach Paris entführt. Er weiß ja, dass ich alles tue, um euer Französisch zu verbessern.«

»Der merkt doch, dass du lügst. Dass da was faul ist.«

»Dann lüge ich eben noch mal.«

Yoko warf Eko ihren kalkulierenden Blick zu. »Hast du mich auch schon mal belogen?«, fragte sie.

»Nein«, antwortete Eko.

»Und wie soll ich dir das glauben?«

»Vielleicht gar nicht.« Eko wusste, dass es sinnlos war, die Wahrheit schönzureden – oder sich auf einen Logikwettbewerb mit ihrer Tochter einzulassen. »Zumindest wollte ich es nie.«

»Liebst du Papa?«

»Was? Ja. Selbstverständlich.«

»Aber –«

»Liebst du deine Schwestern?«, konterte Eko.

Yoko überlegte. »Definiere Liebe.«

»Ich glaube«, sagte Eko, »man liebt jemanden, wenn einem dessen Wohlergehen ehrlich am Herzen liegt.«

»Das glaubst du? Na, wenn das so ist: Nein.«

»Nein?«

»Wieso sollte ich? Yumi ›liebt‹ mich ja auch nicht. Nicht nach deiner Definition. Sie klaut meine Sachen. Gibt sie nicht zurück. Sie ist gemein. So behandelt man doch keinen, den man lieb hat. Und Kiko braucht niemanden, der sie liebt. Die liebt sich selbst genug.«

Eko seufzte. »Yumi will sich ändern. Wir haben uns in den Ferien lang unterhalten. Sie weiß es und will sich mehr Mühe geben.«

»Klar, du nimmst sie natürlich mal wieder in Schutz.«

»Was soll ich denn sonst tun?«

»Ehrlich sein! Sie ist 'ne fiese Bitch. Kannst du ja nichts dafür, aber wahr ist es trotzdem.«

»Ich habe mein Bestes getan. Versucht, euch zu erziehen.«

»Mama. Hier geht's nicht um dich.« Yoko schwieg. Dann sagte sie: »Ich glaube, Liebe ist, wenn man meint, man bräuchte jemanden zum Überleben. Zum Überleben im weitesten Sinne.«

»Also wie du *denkst*, das ist schon manchmal ...«

»Was? Was ist es manchmal?«

»Es ... erstaunt mich. Yoko, wir brauchen einander. Familie – das ist das Allerwichtigste.«

»Ja, so lautet das Narrativ. Genau das sagen Menschen, die einen in einer toxischen Beziehung festhalten wollen.«

»Wo hast du das denn nur her?«, fragte Eko. Yoko antwortete nicht. »Wenn dein Vater und ich mal nicht mehr sind, bleiben dir nur deine Schwestern.«

»Ja, von *euch*«, erwiderte Yoko. »Mich lieben die nicht.«

»Aber sicher tun sie das!«

»Yumi *lügt*, Mama!« Yoko wurde zunehmend frustrierter. »Du hast ja keine Ahnung, wie die lügt!«

»Doch, Yoko. Ich kenne Yumi. Ich kenne euch alle.«

»Das wirst du trotzdem nie verstehen.«

Allein saßen sie auf ihren Wartezimmerstühlen. Es wäre aber auch egal gewesen, wenn jemand neben ihnen gesessen oder ihnen aus der Ferne zugesehen hätte. Sie sprachen Japanisch, waren geborgen in ihrer »Japanisch-Blase«, wie sie es früher immer genannt hatten.

»Ich glaube, auf eure je eigene Weise habt ihr euch alle gegenseitig lieb«, stellte Eko schließlich fest.

»Dann ist Liebe also nicht definierbar, sondern rein subjektiv?«

»Vielleicht.« Yoko musste sie immer in die Ecke drängen. Genau wie ihr Vater. »Liebst du deinen Freund?«

»Nach deiner Definition? Wahrscheinlich nicht. Über sein ›Wohlergehen‹ hab ich mir nie groß Gedanken gemacht. Und nach meiner? Nein. Ich brauche ihn nicht.«

Eko machte eine kapitulierende Geste. »Und wie ist er so?«, erkundigte sie sich.

»Er ist im Mathe-Team.«

»Verstehe. Und für welche Art Mathe interessiert er sich?«

»Ist schon okay, Mama. Du musst nicht versuchen, mit mir über Mathe zu reden.«

»Okay.«

»Er ist auch vorzeitig am MIT aufgenommen worden, wie ich. Wir fangen zusammen an.«

»Ach ja?«

»Ja. Er hat da schon bei einem Forschungsprogramm mitgemacht.«

»Ist er Amerikaner?«

»Kanadier.«

»Yoko Yang?«, rief da die Sprechstundenhilfe. Eko war enttäuscht. So lang hatte sie mit Yoko seit Jahren nicht gesprochen. Sie stand mit auf, doch Yoko trat vor sie, hob eine Hand und versperrte ihr den Weg.

»Ich will da lieber allein rein.«

»Was? Wirklich?«

»Ja.«

»Okay. Gut, okay.« Eko legte ihre Jacke wieder auf den Stuhl. »Ich bin hier, wenn du mich brauchst.« Während Yoko durch die Tür verschwand, kam eine andere Frau ins Wartezimmer und grüßte Eko mit einem knappen Bonjour.

Hatte sie ihre Tochter da allen Ernstes alleine hineingehen lassen? Sollte sie nicht doch einfach reinplatzen und verlangen, dass man sie einbezog, dass man sie informierte? Wie war hier in Sachen Alter überhaupt die Gesetzeslage? Aber Yoko war natürlich schon über achtzehn. Ekos Handy vibrierte. Eine Nachricht von David.

Freu mich auf morgen.

Das hatte sie völlig verschwitzt. Schnell verfasste sie eine Antwort: *Bitte entschuldige, ich musste spontan nach Paris, wegen meiner Mutter. Nächstes Mal?* Die Frage löschte sie jedoch sofort wieder. Wann mochte das nächste Mal realistischerweise sein? Im Sommer? Nein, besser weglassen. Sie verschickte die Nachricht und sah sich nach einem Motiv für ein Foto um, nach irgendetwas, das bewies, wo sie war, aber die Rezeption sah aus wie jede beliebige andere auf der Welt. Stühle, die meisten leer; Zeitschriftenregale; Werbung für In-vitro-Fertilisation und Eizellenspende;

Broschüren über die neuesten, experimentellen Methoden, Leben aus einem Haarbüschel zu erschaffen; gerahmte Illustrationen des Uterus.

Mutter werden – was für eine grausige Angelegenheit. Ekos Uterus war futsch, wäre fast freiwillig gegangen. Als Yoko kam, kam sie mit solcher Wucht und solchem Tempo, dass sie alles mit sich riss. Die Hebamme hatte Yoko von der Nabelschnur befreit und alles andere einfach von Hand zurück in Eko gestopft, in der Hoffnung, der Körper würde es wieder annehmen: den Uterus, die Eileiter, die Eier, das Blut. Eko hatte gefährlich viel davon verloren. Sie benötigte zwei Transfusionen und lag mehrere Tage im Krankenhaus. Aber wie durch ein Wunder – so nannte es die Ärztin – kehrte alles irgendwie an seinen Platz zurück.

Als sie mit Kiko schwanger war, war Eko ständig auf der Hut. Es war eine Hochrisikoschwangerschaft. Gleich nachdem Kiko schreiend auf die Welt gekommen war, bekam Eko eine Hysterektomie. Alles raus, Schluss mit Babys.

Was Frauen alles erdulden mussten – all das Prokeln und Stochern, das Kleben und Absaugen, das Dehnen und Nähen ihrer Fortpflanzungsorgane. Um Babys zu machen, kleine Mädchen. Aus denen später junge Frauen würden, die dasselbe ertragen mussten. Wie konnte die Wissenschaft dermaßen fortgeschritten sein und die Familienplanung immer noch so primitiv? Eko stand auf und bat die Sprechstundenhilfe, sie zu ihrer Tochter zu bringen.

Im Behandlungszimmer lag Yoko auf dem Stuhl, von einem Papierumhang bedeckt, die Beine über die Bügel gespreizt. Als sie Eko eintreten sah, kniff sie hastig die Knie zusammen.

»Mama! Ich wollte doch allein sein!«

»Ich weiß, mein Schatz.«

»Dann bleib auch draußen!«

»Nein, Liebes.«

Der Arzt reichte Yoko ein Tuch und erklärte Eko, er habe erst mal eine Voruntersuchung gemacht: Yoko sei noch früh dran. Ein paar Tabletten würden ausreichen. Den Embryo könnte sie dann zu Hause abstoßen.

»Ich weiß ja nicht«, erwiderte Eko. »Könnten sie nicht auch eine Absaugung vornehmen?«

»Eine was?«, fragte Yoko mit großen Augen.

»Das ginge schneller, Süße, und wäre sauberer, gründlicher.«

»Was redest du denn da? Hören wir lieber auf den Doktor.«

»Ich weiß schon, was ich sage.« Yoko sah sie skeptisch an, doch der Arzt stimmte Eko zu. Eine Absaugung wäre invasiver, ginge aber auch schneller. »Sie würden sie doch sedieren, oder?«, fragte Eko.

»Eine leichte Betäubung geht, ja.«

Eko bemerkte Yokos Schweigen, bat den Arzt, sie beide kurz allein zu lassen. »Yokochan. Du bist nicht die erste Frau, die abtreibt, und du wirst nicht die letzte sein. Der Doktor macht das jeden Tag. Rechne es dir aus. Du hast Angst, ich weiß. Du bist verwirrt. Aber lass mich dir helfen. Ich habe so was vor langer Zeit auch mal gemacht.«

»Was?! Wann denn?«

»Während des Studiums.«

»Mit Papa?«

»Nein. Das war noch vor seiner Zeit.«

»Echt? Das hast du nie erzählt.«

»Du hast nie gefragt.«

»Auch eine Absaugung?«

»Was anderes. Ich war später dran als du, ich hatte keine Wahl. Aber ich kenne Frauen, die es mit Tabletten, und andere, die es per Absaugung gemacht haben.«

»Wirklich?«

»Ja. Das kommt öfter vor, als du denkst.«

Traurig war das, Mutter zu sein. Kindern kam nie der Gedanke, ihre Mütter könnten dieselben Dinge getan, in denselben Schlamasseln gesteckt haben wie sie. Immer glaubten sie, sie würden das Leben neu erfinden. Eine Mutter war kaum ein richtiger Mensch – eher ein Symbol, eine Statue, ein Sofa.

»Okay. Du hast recht. Ich will nicht zu lange ausfallen.«

So war das mit Yoko. Sie war zutiefst, ja bis zum Äußersten vernünftig, ganz im Gegensatz zu ihren Schwestern. Yumi hörte nicht mal zu, Kiko tat stets das Gegenteil von dem, was man ihr riet.

Eko holte den Arzt zurück. Gemeinsam vereinbarten sie den Eingriff, noch für denselben Vormittag, nach einer Blutprobe und einigen weiteren Tests.

Am Abend, in der Wohnung, ging Eko in Yokos Zimmer – ihr eigenes altes Zimmer – und stellte ihr ein Glas Wasser auf den Nachttisch. Nur ein wenig wund war ihre Tochter, sonst ging es ihr gut. Zum Glück war es Yoko erspart geblieben, das Blut und alles andere sehen zu müssen. In ihrem Schlüpfer, in der Kloschüssel. So tough und sachlich sie sich auch gab, war Yoko doch sensibel.

Eko legte ihr die Hand auf die Stirn. Trocken und kühl. Yumi war das Kind gewesen, das oft aus heiterem Himmel Fieber gehabt hatte, so hohes, dass sie einmal sogar einen Anfall bekommen hatte. Eko legte eine Schachtel Schmerztabletten neben das Wasserglas.

»Ich gehe ein Stück spazieren«, sagte sie. »Ruf mich an, wenn du was brauchst, ich bleibe in der Nähe.« Yoko nickte und drehte sich auf die Seite. In ein, zwei Tagen könnten sie über den Rückflug nach Boston sprechen.

Eko trat hinaus in die Abendluft. Paris änderte sich nie. Nicht richtig, nicht so, wie Shanghai sich andauernd änderte, ganze Stadtviertel abriss und Neues an ihrer Stelle hochzog. In Paris fühlte Eko sich jedes Mal wieder wie mit fünfzehn, spürte das Knistern der Möglichkeiten in der Luft. Heute war dieses Gefühl jedoch gedämpft. Sie war erschöpft und brauchte einen Drink.

Früher hatte sie sich manchmal in die Bar um die Ecke, ins *Allez!*, geschlichen. Die steuerte sie jetzt an. Sie war immer noch da, am selben Ort, nur hieß sie mittlerweile *Voulez-vous?*, und die Möbel waren nicht mehr rot, sondern blau. Eko setzte sich an die schummrig beleuchtete Theke. Auch die Klientel war anders, weniger gerade erst volljährige Mädchen, dafür mehr Geschäftsleute. Eko bestellte sich einen Sauvignon Blanc und zückte ihr Handy.

David hatte geantwortet: *Kein Problem, hoffe, deiner Mutter geht's gut. Sag Bescheid, wenn du mal wieder in der Stadt bist.* Erneut scrollte Eko sich durch seine Fotos. Sie kannte sie alle auswendig. Ihr Blick blieb an einem aus einem botanischen Garten hängen, auf dem David sich eine gepflückte Blume vor ein Auge hielt, die aussah wie eine Alpen-Anemone. Eko zog ihr Skizzenbuch hervor und zeichnete sie ab, ließ Davids Gesicht weg und vergrößerte Blüte, Blätter und Stiel. In Wahrheit war die Alpen-Anemone zwar keine Baumblüte, doch in Ekos Zeichnung wurde sie eine. Weitere Blumen blühten auf den Zweigen. Der Baum wurde zum Füllhorn, zu einem wilden Strauß.

Eko leerte ihr drittes Glas Wein, fotografierte die Zeichnung, postete sie auf ihrem Channel und sah zu, wie die Likes, Votes und Benachrichtigungen eintrudelten. Sie bestellte noch einen Wein.

Was war David denn schon? Ein Hirngespinst, ein Traum, eine schöne Jugenderinnerung, sonst nichts. Hätte sie sich damals für ihn entschieden, würde heute womöglich Leo seine Rolle spielen – der attraktive, smarte, reiche Kerl, die verpasste Chance aufs Glück. Was tat sie hier eigentlich? Konnte sie nach all der Zeit nicht einfach die Zähne zusammenbeißen und weitermachen? Jetzt, wo die Mädchen bald aus dem Haus wären, könnte das Leben mit Leo vielleicht sogar besser werden.

Yoko hatte sich nicht gemeldet. Eko suchte in sich nach tiefen Gefühlen wie Mitleid, Reue oder Trauer, fand aber nur alte Schwermut. Natürlich liebte sie Yoko, doch die hatte sich ihr immer widersetzt, alles Bemuttern abgewiesen. Yoko war brillant und von Anfang an ein ganz eigener Mensch gewesen, eine Insel. Manchmal kam es Eko sogar vor, als sehe ihre mittlere Tochter auf sie herab. Yoko war ewig undurchdringlich.

Trotzdem, dachte Eko, vom Weindusel betäubt, werden sie alle ihren Weg gehen. Sie waren mit Grips und Schönheit gesegnet. Dank ihrem Vater hatten sie Geld. Was brauchten sie mehr? Und was war schon so eine Abtreibung. Nur ein winziger Ausrutscher, bloß eine Woche in einem langen Leben.

Ein Mann nahm neben Eko Platz, und sie spürte – witterte – seine raubtierhafte Erwartung.

»Bonsoir, mademoiselle.« Seine Stimme war tief und angenehm, der Akzent kam aus Marseille.

»Oh, je ne suis pas une mademoiselle«, entgegnete Eko.

»Excusez-moi, *monsieur.*« Eko konnte sich das Lachen nicht verkneifen. Sie drehte sich zu ihm. Ein freundlich wirkender Franzose, im Maßanzug und um die fünfzig, etwa in ihrem Alter. In der Hand hielt er ein Glas mit einer bernsteinfarbenen Flüssigkeit. Sie lächelte. »Wo kommen Sie denn her?«, fragte er.

»Hier aus dem Viertel.«

»Ach ja? Sie wirken *plus exotique* als dieses Viertel.«

»In diesem Arrondissement leben viele Japaner.« Sie gab ihm, was er wollte. Andernfalls hätte er sowieso nur weiter nachgebohrt.

»Haben Sie das gemalt?« Er zeigte auf die Zeichnung.

»Ja.«

»Wunderschön. Genau wie Sie.«

Wieder musste Eko lachen. Seit – ja, seit wann eigentlich? Seit Jahrzehnten? – hatte sie niemand mehr in einer Bar angegraben. Angesäuselt wie sie war, fand sie es lustig.

»Dann sind Sie also Künstlerin?«

»Ja, so kann man das wohl nennen. Und Sie?«

Er streckte ihr die Hand hin. »Ich bin David. Und nur geschäftlich hier.«

Der Name brachte sie zum Kichern. Ein irrer Zufall. Kein Ring an seiner rechten Hand, wie sie erst sah und dann auch spürte, als ihre Finger sich zwischen die seinen schoben. Sie trug ihren Ring an der Linken.

»Ihr Lachen sitzt aber ganz schön locker«, sagte er.

»Genau wie Ihre Komplimente.«

»Ich bestelle Ihnen noch was, ja? Wie heißen Sie?«

»Eko. Aber nein, danke. Ich muss zurück – meine Tochter wartet. Und ich hab einen langen Flug vor mir, vielleicht sogar zwei.«

David verbeugte sich höflich und hob sein Glas. »Eko. *Écho, écho, écho* ... Ich werde Sie nie vergessen. Sie haben wirklich Talent.« Er zog sich ans andere Ende der Theke zurück, Eko bezahlte und ging.

Warum jener David und nicht dieser? So viele Davids auf der Welt, dachte sie auf dem kurzen Heimweg. Als sie die Tür aufschloss, merkte sie, dass sie die Zeichnung in der Bar vergessen hatte.

Am nächsten Morgen teilten Eko und Yoko sich ein Baguette mit Blaubeermarmelade vom Markt. Es gehe ihr gut, sagte Yoko, nur müde sei sie und noch immer ein bisschen wund. Den Tag verbrachten sie in der Wohnung. Eko putzte, Yoko spielte Handyspiele. Sie war wieder zu dem Mädchen geworden, das Eko kannte: T-Shirt, Sweatpants, Dutt und Brille, ein paar blasse Sommersprossen.

Am Abend fand Eko eine Nachricht der Résidence St. Clair auf ihrem Handy. Sie öffnete die Chat-App. *Bitte melden Sie sich bei Gelegenheit. Es ist nichts Akutes, aber wir möchten gern mit Ihnen über den Zustand Ihrer Mutter sprechen.* Eko wählte die Nummer und kam sofort durch.

»Geht es ihr gut?«, fragte sie gleich als Erstes.

»Ja, bestens«, versicherte Alexandra, die für die Pflege ihrer Mutter zuständig war.

»Und worüber wollten Sie reden?«

»Ach, nichts Schlimmes. Es ... Also, in letzter Zeit gab es gewisse Anzeichen für Probleme mit dem Kurzzeitgedächtnis.«

»Sie meinen, sie wird vergesslich?«

»Von früher weiß sie alles noch. Sie hat nur ein paar klitzekleine Schwierigkeiten mit alltäglichen Dingen.«

»Zum Beispiel?«

»Na ja, sagen wir, wir sind nachmittags im Pool. Der Trainer fragt, was sie zum Mittagessen hatte, und sie weiß gar nicht mehr, dass sie schon gegessen hat. Solche Dinge.«

»Und wie lange geht das schon so?«

»Ein, zwei Wochen vielleicht. Aber seien Sie unbesorgt, wir haben damit viel Erfahrung. Unser topmoderner Memory Room ist ein wunderbares Therapieinstrument.«

Geduldig ließ Eko sich den Memory Room erklären, seine Technik, die Referenzen seines Entwicklers, seine Erfolgsgeschichte. Ein banges Gefühl stieg in ihr auf. Hatte sie das etwa ausgelöst? War ihre Lüge über die Gesundheit ihrer Mutter wahr geworden, um sie zu bestrafen?

»Ich bin zufällig gerade in Paris«, fiel sie Alexandra ins Wort. »Ich komme vorbei und rede mit den Ärzten.«

»Oh! Das wäre toll. Sie erzählt die ganze Zeit von Ihnen und freut sich bestimmt, Sie zu sehen.«

»Ja. In ein, zwei Tagen.« Eko legte auf und sah sich im Zimmer um. Überall die Handschrift ihrer Mutter.

Auf dem Sofa räusperte sich Yoko. Sie hatte gedaddelt und zugehört. Yoko hörte immer zu. »Grand-mère verliert ihr Gedächtnis? Was hat sie denn? Alzheimer?«

»Ja, vielleicht. Ich weiß auch nicht.«

Yoko schüttelte den Kopf. »Total bescheuert. Kein Schwein interessiert sich für Alzheimer, weil die Betroffenen alt sind und sich nicht wehren können. Für Prostatakrebs hat man nur ein Heilmittel gefunden, weil die betroffenen Männer nicht senil waren und die Forschung finanzieren konnten.«

»Das wusste ich nicht.«

»Tja, jetzt weißt du's. Jedenfalls: Wir können sie besuchen. Mir geht's gut.«

Die Résidence St. Clair war ein Hochhaus in Nizza und ganz dem Luxusleben für Senioren gewidmet. Leo und Eko hatten Daphne schon in den ersten Tagen des Baus ein Plätzchen gesichert – ein Freund, der reichen Chinesen europäische Immobilien verkaufte, hatte Leo den Tipp gegeben. Sie hatten ihr eine Sea View Suite für eine Person besorgt: Blick aufs Meer, ein großes Schlafzimmer, ein kleines Wohnzimmer, riesige Schränke und ein barrierefreies Bad.

Vor drei Jahren war Daphne dann freudig eingezogen. Zwar gab es in dem Gebäude eine voll ausgestattete Klinik und 24h-Pflege, aber die meisten Bewohner waren kerngesunde Rentnerinnern und Rentner. Daphne war eine charmante, gesprächige Dame, die leicht Freunde fand. Vom ersten Tag an hörten Leo und Eko nur Gutes.

Eko und Yoko stiegen aus dem Express-Minibus von TravelDay, den Eko auf Japanisch eingestellt hatte. Der automatische Kofferraum lud ihr Gepäck aus, der Bordcomputer flötete: »Travel dē o shinrai shite go ryokō itadaki, arigatōgozaimasu. Tanoshī ichinichi o osugoshi kudasai«, begleitet vom Glöckchen-Jingle der Firma, und schon sauste der Bus weiter zu seinem nächsten Fahrgast.

»*Merde*«, sagte Eko. »Ich hab ihr gar nichts mitgebracht.« Yoko peilte unbeeindruckt den Eingang an. »Du hast locker ein Dutzend Lippenstifte in der Tasche. Gib ihr halt davon einen.«

Sie meldeten sich an und wurden nach oben gelassen. Leo hatte auf einem Zimmer im obersten Stock bestanden, weil: Wozu sollte das alles sonst gut sein? Mit dem Glasfahrstuhl ging es hinauf, dann klingelten sie an der Nummer 5201. Daphne öffnete die Tür mit einem Windstoß. Ihr blaues Seidenkleid und der Schal peitschen auf den Flur wie lange, lockende Finger. Drinnen standen alle Fenster auf.

»Eko! Yoko! Was für eine schöne Überraschung! Ich wusste ja gar nicht, dass ihr kommen wolltet. Ihr Schlawinerinnen, eine alte Frau so zu überfallen!« Daphne trug ihr grau gesträhntes Haar wie üblich in einem hoch gebundenen French Twist. Ihr Gesicht war geschminkt, die Augen tiefschwarz umrandet.

»Gut siehst du aus, Okaasan«, sagte Eko, während sie eintrat, um die Wohnung in Augenschein zu nehmen. Die Putzkolonne kam jeden Tag vorbei, und alles war picobello. Eko schloss zunächst die Fenster im Schlafzimmer, dann die im Wohnzimmer. Jetzt, wo die Brise ausgesperrt war, wirkte alles wie erstarrt.

In der Stille servierte Daphne Yoko eine Tasse Tee und Süßigkeiten. »Wie kann es sein, dass du jedes Mal schöner wirst, wenn ich dich sehe, Yokochan?« Sie legte ein paar Yōkan in eine flache Schale und beäugte Yokos lässigen Look. »Nur ein bisschen Make-up, und du bist nicht mehr aufzuhalten.« Sie wandte sich an Eko. »Sag's den beiden anderen nicht, aber Yoko ist die Allerschönste!«

»Aber Okaasan, sie sind alle drei wunderschön.«

»Ja, früher warst du die große Schönheit. Jetzt sind deine Töchter an der Reihe.«

»Von wegen, eine große Schönheit war ich nie. Dank deiner kurzen Stummelbeine.«

»Ach ja, meine Beine! Diese Beine! Die Tragödie meines Lebens.« Daphnes Beine waren ausgesprochen normal, vollkommen durchschnittlich. Nur etwas kurz, und ein kleines bisschen dick.

»Hast du schon zu Mittag gegessen, Okaasan?«

»Ja, ja, sicher. Eine leckere Pilzsuppe. Und ihr? Falls nicht, bestellt euch ruhig was.«

»Ach so, nein, danke«, nuschelte Eko, war jedoch froh und erleichtert, dass ihre Mutter sich an ihr Mittagessen erinnerte. »Wir haben unterwegs gegessen. Unterhaltet ihr euch doch ein bisschen, ich bin gleich zurück. Muss nur ein paar Rechnungen begleichen.«

Auf dem Weg zur Tür hörte sie, wie Daphne ihrer Tochter von den täglichen Schwimmstunden erzählte, von ihrem heißen Trainer. »Komm doch heute mit, dem fallen glatt die Augen aus dem Kopf.«

»Du konntest Schwimmen doch nie leiden, Okaasan«, rief Eko schon halb aus dem Flur.

»Nein, Liebes, ich hatte bloß immer Angst davor. Weil mein Vater – dein Urgroßvater, Yoko – mich mit vier in die Thermalquelle geworfen hat. Vor einer Ewigkeit war das, in

Kyoto. Im Winter! Da gab es noch keine schönen Pools und keine attraktiven Trainer. Nur einen Haufen Kinder, die sich im Wasser drängelten wie Klöße in der Suppe. Ein fieser alter Mistkerl war dein Urgroßvater. Aber nichts im Vergleich zu deinem Großvater, das kannst du mir glauben.«

Eko schloss die Tür. Sie hatte diese Geschichte schon so oft gehört: der böse Vater, der böse Ehemann und die große Heldin, die alles hinter sich gelassen hatte, um in Paris neu anzufangen.

Mit dem Fahrstuhl fuhr sie hinab in die Klinik. Abgesehen von ein paar Bewohnern bei irgendeiner Form von Physiotherapie war die wie ausgestorben. Eko linste ins Büro des Arztes.

»Ah, Eko, kommen Sie rein!« Eko nahm Platz und wartete, bis Dr. Bernard Daphnes Akte vor sich hatte. »Also, wie Sie wissen, zeigt Ihre Mutter einige sehr geringe Anzeichen für ein noch sehr frühes Stadium von Altersdemenz. Wir haben mit ihr viel Zeit im Memory Room verbracht und uns dabei auf Erzählübungen konzentriert.«

»Aber wie ist das denn möglich? Sie hat keine genetische Veranlagung für Alzheimer.«

»Na ja. Solche Gedächtnisstörungen müssen nicht immer gleich Alzheimer sein. Wir vermuten eher, dass sie von einer Erkrankung vor einigen Monaten herrühren.« Mit dem Stift kratzte Dr. Bernard sich den vollen, roten Schopf.

»Eine Erkrankung? Davon weiß ich ja gar nichts?«

»Ja, hm. Daphne wollte nicht, dass ihre Familie informiert wird.«

»Aber was hatte sie denn? Was Ernstes?« Unruhig rutschte Eko auf dem Stuhl herum. Sie stellte ihre Handtasche auf den Boden und sich selbst auf ein längeres Gespräch ein.

»Nichts allzu Ernstes, nein, aber eben doch eine Infektion, gefolgt von mehreren Tagen hohem Fieber.«

»Wie bitte? *Fieber?* Und da geben Sie mir nicht Bescheid?«

»Ihre Mutter ist voll zurechnungsfähig«, erwiderte Dr. Bernard. »Und sie bestand auf Vertraulichkeit.«

»Und was für eine Infektion ist das gewesen?«

»Keine ungewöhnliche, für Einrichtungen wie diese. Genau genommen waren viele hier betroffen.«

»Gab es etwa ein Problem mit dem Essen? Oder mit der Hygiene? Falls ja, müssen wir davon wissen, Dr. Bernard! Nicht nur als zahlende Kunden, sondern auch als Investoren.« Eko beugte sich ein Stück über den Tisch, stach beim Sprechen mit dem Finger auf das Holz ein. Mit den Jahren war sie in solchen Dingen immer besser geworden.

»Nein, nein, bitte, kein Grund zur Sorge.«

»Kein Grund zur Sorge?! Meine Mutter hatte eine Infektion und Fieber, und Sie haben uns kein Wort gesagt!« Eko war selbst überrascht von ihrer Wut. »Zwingen Sie mich nicht, mich an den Vorstand zu wenden«, drohte sie.

»Okay. Ich verstehe sie ja. Einen Moment.« Dr. Bernard warf einen Blick auf den Computer, dann aus dem Fenster und schließlich auf die geschlossene Tür hinter Eko. Dann sagte er langsam und leise: »Also wissen Sie, das war eine ganz gewöhnliche, gut behandelbare ... Geschlechtskrankheit.«

Eko sah ihn ungläubig an. »Eine was?«

»Eine Geschlechtskrankheit«, wiederholte der Arzt mit entschuldigender Miene.

»Oh.«

»Ja. Unangenehm, aber, wie gesagt, absolut heilbar. Sie war in Rekordzeit wieder gesund. Allerdings vermuten wir eben, dass die Erkrankung eine vorübergehende Amnesie ausgelöst haben könnte.« Eko blickte aus dem Fenster, über die Straße und aufs Meer. »Mit der passenden Behandlung sollte sich das nicht verschlimmern. Es könnte sogar zügig besser werden. Wir rechnen mit einem vollständigen Erhalt des Langzeitgedächtnisses. Und wir haben unsere Pflegekräfte angewiesen, besonders genau auf Daphnes tägliches Programm zu achten.«

»Sie hat erzählt, sie hätte heute Pilzsuppe gegessen.«

»Moment, das schaue ich sofort mal für sie nach«, sagte der Arzt und räusperte sich. »Ah ja, da haben wir's. Hm, heute gab es Paella mit Meeresfrüchten, dazu einen Radieschensalat und zum Nachtisch Mousse au Chocolat.«

»Also keine Pilzsuppe«, sagte Eko.

»Leider nicht, nein.«

Eko spitzte die Lippen. Ihr war, als rausche ihr das Meer in den Ohren, obwohl die Fenster geschlossen waren und der Raum totenstill. Dr. Bernard wartete. Niemand sonst auf dieser Erde würde sich nach Daphne noch erinnern, niemand sonst würde noch wissen, wie es gewesen war. Und hinzu kam all das, was Eko selbst nicht wusste, was man ihr nie erzählt hatte.

»Weiß sie es? Meine Mutter?«, fragte Eko.

»Sie redet nicht gern darüber. Aber ja, sie scheint es durchaus zu merken. Sie weicht Fragen aus, wenn sie die Antwort nicht kennt. Sie flunkert.«

Eko nickte. »Und die Behandlung?«

Dr. Bernard erzählte ihr vom Memory Room, von den Spielen, die allen Bewohnern zur Verfügung standen, und von der individuell zugeschnittenen Gedächtnis-Reha, die Daphne gegen einen Aufpreis erhalten könnte. Halb hörte Eko zu, halb schweifte ihr Geist zu David ab, der ihr so unglaublich weit fort schien. Am Ende unterschrieb sie alle nötigen Papiere und ging wieder nach oben.

In der Suite saß Yoko auf dem Sofa und ließ sich von Daphne schminken und frisieren. Ekos Mutter hatte Yoko überredet, ein paar alte Sachen von ihr anzuziehen. Eko erkannte ein klassisches Kleid von Dolce & Gabbana, das ihre Mutter sehr liebte. Yokos dichtes Haar war zu einem eleganten French Twist hochgebunden, ihre Haut war zugekleistert mit Foundation.

»Maman, ich hab Grand-mère den Lippenstift gegeben«, sagte sie. Daphne hatte ihn ihr bereits aufgetragen.

»Komm her, Ekochan«, sagte Daphne und winkte Eko mit dem Chanel Rouge Allure näher.

»Danke, ist schon okay«, erwiderte Eko.

»Ach komm. Nur zum Spaß.«

Eko blickte ihre Mutter an, dann ihre Tochter und schließlich schon wieder aus dem Fenster. Zu dieser Jahreszeit gab es hier keine Touristen. Der Strand war leer. Meer und Himmel waren grau.

Sie setzte sich zu Daphne und Yoko auf das Sofa. Schloss die Augen und öffnete den Mund zu einem halben Lächeln. Spürte, wie ihre Mutter ihr die samtige Farbe auf die Lippen strich.

Moshi moshi Marilyn Monroe

September 2039

Kiko hatte keine Ausrede dafür, dass sie Sexarbeit machte. Wenn jemand es herausfände und ihren Eltern erzählte, hätte sie ihnen nichts zu sagen. Es gab keinen tieferen Grund, nur blanke Neugier.

Dazu gekommen war es wegen eines Gerüchts, dass sie über Takako Takahashi gehört hatte. Diesem Gerücht zufolge traf Takako, die in die zwölfte Klasse ging, sich mit einem älteren Geschäftsmann, der sie mit Chanel-Handtaschen und Fahrten in seinem Maserati-Cabrio entlohnte. In Japan war so was angeblich ganz normal.

Kiko brauchte von fremden alten Männern weder Chanel-Handtaschen noch Maseratis. Sie konnte einfach ihren Vater um das neueste Modell bitten, und so sehr der auch über seine verwöhnten Töchter meckern mochte – wieso bitte braucht eine Sechzehnjährige eine Designertasche? –, würde er am Ende doch nachgeben. Und falls nicht, musste sie nur zu ihrer Mutter gehen, die ihr entweder die neue Tasche kaufen oder ihr ein älteres Modell aus der eigenen Sammlung überlassen und dann stillschweigend abwarten würde, ob Dad es überhaupt merkte. Was er sicher nicht täte. Was er nie tat.

Kiko – Baby Kiko, wie sie zu Hause genannt wurde –

bekam oft, was sie wollte. Vielleicht war es die daraus erwachsende Langeweile, wegen der sie mal etwas auf andere Weise bekommen wollte, auf eine, die sich dunkler, unbekannter anfühlte. Aufregend, so als betrete man das schummrige Zelt eines Wanderzirkus.

Kiko hatte noch nie einen Wanderzirkus gesehen. Sie war in der Shanghai Acrobatics Show gewesen (lahm), im Cirque du Soleil in Macau (cool) und im SeaWorld in Orlando (eher traurig), aber nie in einem richtigen Wanderzirkus, so einem mit rot-weiß gestreiften Zelten auf einem plattgetrampelten Feld. Sie notierte »Wanderzirkus« in ihrem Tagebuch, in der Liste der Dinge, die sie in Zukunft erleben wollte.

Bevor sie dank Takako von Madame Sun erfuhr, hatte Kiko mehrere Monate gedacht, sie hätte von der Liebe die Nase voll. Oder vielleicht dämmerte ihr auch nur, dass man Liebe vorspielen, verkaufen und eintauschen kann. Die vergangenen drei Jahre war sie mit Peter Ozzy zusammen gewesen, dem Lacrosse spielenden Sohn des Chefs vom Disneyland Shanghai. Sie gingen in dieselbe Klasse der SH Foreign und kannten sich schon eine Ewigkeit.

Kiko hatte sich Peter ausgesucht, ihre beste Freundin Jessica hatte Sam erwählt. Sie waren in der achten Klasse, als sie beschlossen, sich feste Freunde zuzulegen.

Auf drei machten sie vor ihren Spinden kehrt und gingen auf die Auserkorenen zu. Kiko teilte ihrem kurz und bündig mit: »Peter, du bist ab jetzt mein Freund, kapiert?«, und Jessica tat dasselbe mit Sam. Die ganze Woche hatten sie das immer wieder durchgespielt, hatten sogar ein Notfall-Übernachtungstreffen abgehalten, um alle Eventualitäten zu klären. Falls die Jungs sich weigerten, würden sie sich eine Ohrfeige einfangen. So wüssten alle, wer das Sagen hatte.

Peter packte sein Geometriebuch weg, nahm ein Päckchen Kaugummi aus dem Spind und hielt es Kiko hin: »Willst du einen?«, fragte er, als hätte er sie gar nicht gehört. Einen Augenblick lang sah sie ihn nur wortlos an, unsicher, ob sie ihm eine schmieren sollte oder nicht. Das hatten sie nicht geplant. Dann fragte er noch einmal: »Willst du einen, *Freundin?*« Er lächelte. Kiko hatte die richtige Wahl getroffen. Peter war unendlich süß.

Jessica dagegen stieß auf Widerstand. Als Sam von seiner neuen Beziehung erfuhr, schaute er geknickt und fragte: »Muss ich?« Jessica sagte: »Ja!« und zog ab, mit hochrotem Kopf und dennoch, irgendwie, dem Gefühl eines Triumphs. Nachdem er zwei Wochen kein Wort mit ihr gewechselt hatte, schickte Sam einen Gesandten in Form von Barry Peterson zu Jessica, um ihr mitzuteilen, dass er nicht mehr ihr Freund sein wollte. Daraufhin saß sie den ganzen Nachmittag heulend im Bad, während Kiko ihr den Kopf streichelte. »Du findest schon noch einen«, sagte sie. »Andere Mütter haben auch hübsche Söhne.« Damals waren die beiden dreizehn.

Kiko ging zu Peters sämtlichen Lacrosse-Turnieren. Einmal fuhr sie sogar heimlich im Mannschaftsbus mit, als das Team gegen die französische Schule am anderen Ende der Stadt spielte. Wenn Peter zur Halbzeit auf die Bank musste, saß sie auf seinem verschwitzten Schoß, den Arm um seinen Hals, und sowohl ihre als auch seine Freunde machten sich lustig über ihre wechselseitige Abhängigkeit. Peter und Kiko streckten den anderen die Zunge raus und knutschen die restliche Pause demonstrativ miteinander rum. Sie waren glücklich, und sie stellten dieses Glück zur Schau vor ihren Freunden, die bloß Kinder waren und nichts von der Liebe wussten. Ihre dagegen war für die Ewigkeit gemacht.

Was für eine Zeit für eine junge Liebe! In der Achten wurden ständig Bar und Bat Mitzwahs für die Kinder aus den USA und Israel gefeiert. Wenn die anderen beim Klammerblues von der Tanzfläche schlichen oder alberne Pseudo-Schieber tanzten, blieben Kiko und Peter stets auf dem Parkett, eng umschlungen, ihr Kopf an seiner Brust. Manchmal waren sie die Einzigen, die tanzten, und das war auch gut so – mit Peter Ozzy zusammen zu sein, fühlte sich an, als wäre nichts auf der Welt so wichtig, so einmalig, wie ihre Liebe.

In der Neunten verbrachten sie fast jedes Wochenende im Disneyland Shanghai. Peter und Kiko machten ein Spiel daraus, Sex in jedem verborgenen Winkel des Parks zu haben. Natürlich fuhren sie auch mit den Fahrgeschäften, übersprangen mit stolz gezückten VIP-Pässen die Warteschlangen. Ein Wochenende widmeten sie ganz der neuesten Attraktion des Parks, dem Space Mountain, fuhren wieder und wieder damit, kehrten wieder und wieder schwindlig, geblendet und glücklich zurück ins Tageslicht.

Peter wohnte in der Wohnanlage neben Kikos. Beide Anlagen waren ummauert und bewacht und lagen nur wenige Blocks entfernt von der Schule. Kikos Haus und Garten waren größer – sie hatte ja auch zwei Schwestern, und Peter war ein Einzelkind –, doch in Peters Anlage gab es das bessere Clubhaus, inklusive Swimmingpools, einer innen, einer im Freien. Deshalb war Kiko häufig dort.

Manchmal beäugte sie dann Peter Ozzy senior. Er und sein Sohn sahen sich geradezu unheimlich ähnlich, bloß, dass Peter senior größer, breiter und ewig mit einem Fünf-Uhr-Schatten maskiert war. Er war der Mann am Ruder des Parks, in dem Kiko und Peter so viel Spaß hatten, den sie praktisch als ihr Eigentum ansahen, wirkte jedoch immer ausgesprochen ernst. Kiko fragte sich, wie viel Kind in dieser erwachsenen Version ihres Freunds noch steckte, das ihn auf die Stelle bei Disney geführt haben mochte. Irgendetwas musste da doch sein, irgendein Glaube an den Zauber dieses Orts.

Außerdem begaffte sie gern Peters Mutter, die Frau von Peter senior. Patricia Ozzy *machte* überhaupt nichts, lief aber immer herum, als müsse sie zu einem Meeting. Sie trug Kostümjacken und Bleistiftröcke, was jedoch ausgesprochen seltsam wirkte, weil Mrs. Ozzy aussah wie ein Pornostar. Ihre Brüste waren riesig, ihr langes Haar so blond, dass es fast weiß wirkte. Darauf steht Mr. Ozzy also, dachte Kiko oft, wenn sie Patricia musterte.

Baby Kiko war äußerlich das genaue Gegenteil von Mrs. Ozzy. Sie war rundäugig, rundgesichtig, flachbrüstig und knopfnasig. Ihre Arme und Beine waren spindeldürr, ihr seidig schwarzes Haar hing ihr bis zur Taille. Sie war so blass wie ein Blatt Papier. Niedlich war sie, süß – ein Kleinkind in der Uniform eines Schulmädchens.

Kikos größter Lebenstraum war es, ein Star zu werden. Jessica ging es genauso. Gemeinsam planten sie Diäten und Trainingsprogramme für ihre Figur und übten aneinander, sich zu schminken. Falls es zu mehr nicht reichen sollte, wollte Jessica Maskenbildnerin werden. Die Nähe zum Rampenlicht würde ihr zur Not genügen. Für Kiko aber hieß es alles oder nichts. Sie hatte keinen Plan B.

Jessica war zwar nicht schön, aber groß und schlank, und sie hatte markante Gesichtszüge. Sie könnte jede Rolle spielen: die Schurkin, die Verführerin oder die gewitzte, schlagfertige Heldin einer Krimiserie im Kabelfernsehen. Wie Kiko war Jessica nicht vollständig chinesisch, aber sie war zur Hälfte weiß, während Kikos Eltern beide aus Ostasien stammten. Jessica schielte auf die Filmbranche in Hongkong, Kiko hatte eher China und Japan im Auge.

Mit ihrer Mutter hatte Jessica bereits vereinbart, dass sie bei einer Abschlussnote von mindestens 1,5 eine Nasen-OP bekäme. Kiko hätte einen solchen Deal mit ihren Eltern niemals abschließen können, denn sie wollte neue Titten. Und zwar nicht nur ein kleines Upgrade der Natur, sondern so richtig dicke. *Playboy*-Titten, Möpse wie die von Mrs. Ozzy. Wie sollte sie das ihrem Vater auch nur *sagen?* Ihm, der sie noch immer Baby Kiko nannte? Ihre Mutter war nicht einmal ansatzweise sexy – sie hatte sich eine Karriere mit Nadel und Faden aufgebaut, fertigte komplizierte Stickereien von Blumen und Tierchen wie Streifenhörnchen und Hummeln an. Auf Social Media postete sie sorgfältig arrangierte, warm ausgeleuchtete Fotos, bekam manchmal auch Geld von Firmen dafür, deren Produkte anzupreisen. Immer war sie kultiviert, adrett und hübsch. Kiko konnte mit diesem Look nichts anfangen. Kiko wollte eine Göttin sein, eine Fantasie.

Wenn Jessica ihre Concealer, Foundations und Selbstbräuner auf Kikos zarte Haut auftrug, beklagte die sich immer über dasselbe: Sie war zu niedlich. Wieso nur war sie nicht ein bisschen größer auf die Welt gekommen, ein bisschen glamouröser? Jessica gab ihr jedes Mal dieselbe Antwort: Wenn man es recht bedachte, seien doch viele Stars niedlich. Marilyn Monroe, zum Beispiel, war im Grunde niedlich. Sie sprach und sah aus wie ein Kätzchen. Und Audrey Hepburn – die hatte doch den Körper eines Kindes! »Aber Kiko«, sagte Jessica dann, »du bist eher eine Marilyn, du hast dasselbe Babyface.«

So kam Kiko zu dem Schluss, dass ein echter Star entweder das Gesicht eines Kindes und den Körper einer Frau haben musste, oder das Gesicht einer Frau und den Körper eines Kinds. Und wenn sie dann in den Spiegel sah, wurde sie traurig. Denn ihr Gesicht war niedlich, und ihr Körper auch.

Aber weil Jessica das immer sagte, sah Kiko sich sämtliche Filme von Marilyn Monroe an. Am liebsten mochte sie *Wie angelt man sich einen Millionär?*, obwohl sie lustig fand, dass Marilyn sich mit einer läppischen Million abfand. Eine Million hatte heutzutage doch jeder. Aber vor fast hundert Jahren war das vermutlich noch viel.

Ein paar Wochen lang versuchte sie, Marilyns hohe Stimme zu imitieren. »Alles okay, Baby Kiko?«, fragte ihr Vater erschrocken, als er es eines Abends hörte. Lachend nahm sie ihre echte Stimme wieder an und klopfte ihm spielerisch auf die Schulter. »Ach Daddy, das verstehst du nicht!«, sagte sie, wie sie ihm auf alles geantwortet hatte, seit sie drei Jahre alt gewesen war. Und als er das wie immer witzig fand, erklärte sie: »Ich erweitere nur meinen Stimmumfang.«

»Warum erweiterst du stattdessen nicht mal deine Algebra-Kenntnisse?«, erwiderte er, ohne wirklich eine Antwort zu erwarten. Er hatte längst die Hoffnung aufgegeben, die jüngste seiner drei Töchter könnte irgendwie mathematisch veranlagt sein.

Jeden Abend schrieb Kiko in ihr Tagebuch: »Ich werde ein Star. Ich werde ein Star.« Nachdem sie ihren Eltern mit zehn mitgeteilt hatte, sie wolle Schauspielerin werden, hatten die ihr Schauspielunterricht und Theater-Sommercamps ermöglicht. Dennoch warnte ihre Mutter sie von Zeit zu Zeit vor der »harten Wirklichkeit« des Showbusiness. Vor Männern, die junge Frauen ausnutzten. Davor, wie Frauen dort manchmal zu Dingen gezwungen wurden, die sie nicht wollten.

Einmal erwiderte Kiko darauf: »Du tust doch ständig Sachen, die du nicht willst.« Spätabends hörte sie ihre Eltern häufig mit gedämpfter Stimme streiten. Am nächsten Morgen hatten sie dann immer steife Mienen, die erst nach zwei, drei Tagen wieder weicher wurden. Kiko wusste nicht, worüber sie stritten, doch es schien offensichtlich, dass ihr Vater jedes Mal gewann. Als sie das damals erwähnte, sah ihre Mutter sie etwas erschrocken an und sagte: »Das ist was anderes. Ich bin verheiratet.« »Wieso ist das was anderes?«, gab Kiko darauf zurück. Jedenfalls wusste Kiko längst, wie der Hase lief. Das Showgeschäft war immer schon ein hartes Pflaster für junge Frauen gewesen. Das hatte sie von Marilyn Monroe gelernt.

»Berühmt sein ist gar nicht so toll, wie es aussieht«, fing ihre Mutter wieder an.

»Und das weißt du wegen deiner vielen Fans?«, konterte Kiko, sarkastischer, als sie gewollt hatte.

»Ich bin nicht berühmt. Nur meine Arbeit ist beliebt.«

Aber in gewisser Hinsicht war ihre Mutter durchaus berühmt. Sie hatte fast zwei Millionen Follower auf Social Media – größtenteils, aber nicht nur aus Japan –, die treu jedes Bild von ihrer Arbeit liketen. Sie hatte drei Bücher über Naturstickerei veröffentlicht. Ständig gab sie Interviews, und manchmal ließ sie sich per Livestream bei der Arbeit zusehen. Kiko hatte bloß zwanzigtausend Follower, und auch die nur, weil sie ihre Mutter angebettelt hatte, ihr Profil bei sich zu verlinken. Ihre Fotos waren hauptsächlich Selfies, oft im Duo mit Jessica, ergänzt durch ein paar künstlerische Schnappschüsse der Straßenkatzen von Shanghai.

Peter wollte Lacrosse-Profi werden. Im Sommer trainierte er deshalb immer mit einem Team in den USA. Kiko blieb – mit Ausnahme der alljährlichen Urlaubsreise der Yangs – in Shanghai. Während ihres ersten getrennten Sommers waren auch Kikos große Schwestern eine Weile zu Hause,

Yumi für ein Online-Praktikum vor ihrer Reise nach dem Schulabschluss, Yoko auf Urlaub vom Internat. Für Kiko hätten das schöne Tage sein sollen, stattdessen war sie ständig bedrückt. Täglich textete sie Peter, schrieb ihm auch handschriftliche Briefe, obwohl die ewig unterwegs waren. Das machte die Briefe aber nur romantischer, fand sie.

Ihre Schwestern zogen sie wegen Peter oft auf, doch sie gaben ihr auch Ratschläge. Yumi meinte, viele Leute würden ihre Highschool-Liebe heiraten. Yoko sagte, die Jungs auf der Highschool seien viel reifer als die auf der Mittelschule. »Wart's ab, wenn du erst auf der Highschool bist, kommen die dir alle vor wie Kinder.«

Jeden Abend setzte die Familie sich gemeinsam zum Essen, und wie die drei Schwestern wieder vereint waren, wie das Haus vor ihnen und ihren Sachen überquoll, fand Kiko warm und gemütlich. Ihre Eltern waren überglücklich – das Glück strömte ihnen fast spürbar aus sämtlichen Poren. Wenn sie nach dem Essen durch den Garten spazierten, hielten sie Händchen.

Alle nannten sie damals wieder Baby Kiko, und Kiko musste zugeben, dass ihr das gefiel. Zu gern sah sie ihre Schwestern, die so schön waren, so selbstsicher. Trotzdem fand Kiko, die morgens zu Theaterproben ging und nachmittags Tanzstunden nahm, dass ihr im Leben irgendetwas fehlte, selbst jetzt, wo alle da waren. Peter hatte ihr gezeigt, dass mehr in ihr steckte als nur Baby Kiko.

In einem Sommer wurden Jessica und sie richtig verrückt nach Marilyn Monroe. Auf ihre Filme folgten Bücher, Dokus und Biopics. Kiko kannte ihre Biografie bald in- und auswendig: Marilyn, eigentlich Norma Jeane Mortenson, hatte in Wahrheit rote Haare und eine Stupsnase gehabt und war eher zierlich. Es gab eine Mutter, mit der sie kaum Kontakt hatte, und einen Mann, der sie daran hindern wollte, ihre Träume zu verfolgen. Kiko bewunderte Marilyns Bereitschaft, für Ruhm alles zu geben. Ihr Hunger war unglaublich. Genauso übergroß wie meiner, dachte Kiko. Auch sie würde auf dem Weg zum Ruhm alles und jeden auffressen. All die Männer, die Marilyn geheiratet und vielleicht bloß ausgenutzt hatte, waren nur Fußnoten ihrer Lebensgeschichte. Sie war noch immer eine Legende.

Jessica sagte, Peter würde Kikos neuesten Fimmel bestimmt albern finden, und sie sollte ihm besser erst mal nichts davon erzählen. Kiko erkannte, dass Jessica sich außen vor fühlte, also stimmte sie ihr zu. Marilyn ging nur sie beide etwas an. Peter würde das sicher nicht stören. Klar, Kiko wollte ihm alles erzählen, was sie über diese wunderschöne, tragische Frau erfahren hatte, aber dafür war sowieso nicht genug Zeit. Peter war weit fort und beschäftigt. Und Kiko fand es nicht schlimm, wenigstens ein paar Monate lang ein so unschuldiges Geheimnis mit Jessica zu teilen.

Aber aus der Heimlichtuerei wurde Gewohnheit, und als Peter am Ende des Sommers zurück nach Shanghai kam, behielt sie das wahre Ausmaß ihrer Recherchen für sich. Er bemerkte das neue Poster von Marilyn in Kikos Zimmer und erfuhr auf diese Weise, dass sie ein Fan war. Auch wusste er, dass sie Theater und Schauspielerei mochte. Mehr steckt nicht dahinter, dachte er.

Mit der Zeit erkannte Kiko immer mehr Parallelen zwischen Peter und Marilyns zweitem Ehemann Joe DiMaggio. Peter war der netteste Junge, den sie kannte; genau die Art Mann, die nach ihrem Tod jedes Jahr Rosen auf ihr Grab legen würde. Aber genau wie Joe neigte er zu Eifersucht und Klammern.

Kürzlich hatte Kiko, die bereits eine versierte Ballett-, Stepp-, Jazz- und Modern-Tänzerin war, mit Swing angefangen. Die ganze Musik aus den 1950ern hatte sie darauf gebracht. An ihrer Schule gab es keine Swing-Kurse, und an der Tanzakademie auch nicht, also ging sie zu einem anderen Studio in der alten Französischen Konzession.

Peter hatte keine Zeit für diesen Kurs und ohnehin kein Interesse. Allerdings gefiel ihm die Vorstellung überhaupt nicht, dass die fünfzehnjährige Kiko, die nun seit zwei Jahren seine Freundin war, dort mit einem fremden Mann nach dem anderen tanzte.

Kiko dagegen fand es toll. Sie mochte die fröhliche Musik, den schnellen, wilden Tanzstil, die Art, wie sie dabei grinsen, lachen und sich entspannt führen lassen durfte – alles so völlig anders als beim durchstrukturierten Ballett und dem bierernsten Modern Dance. Steppen und Jazz fühlten sich an wie Spaß nach Rezept. Swing war authentisch.

Letztlich war Peters Eifersucht nicht unbegründet. Kiko leugnete es zwar, aber der Wechsel von einem Partner zum anderen – ein Händepaar ergreifen, davonwirbeln, beim nächsten landen – war herrlich. Mit einem Partner zu tanzen, war wie ein Kuss: intim und unverbindlich. Freundlich, flirty, aber zu nichts verpflichtend.

Man kann durchaus sagen, Peter und Kiko hätten sich wegen Marylin getrennt. Dazu kam es nach dem dritten getrennten Sommer. Peter war sehr eifersüchtig gewesen, hatte Kiko pausenlos geschrieben und gefragt, wo sie war und was sie trieb. Kiko kam sogar der Verdacht, er könnte eine App damit beauftragt haben, ihr regelmäßig diese Nachrichten zu schicken. Ständig trudelten leicht abgewandelte Varianten von »Wie läuft's, Kiks?« und »Ich liebe dich« bei ihr ein.

Kiko war beschäftigt – Proben für eine Show mit dem Shanghai Conservatory, Swing (Ballett hatte sie aufgegeben) und Recherchen über die japanische Promi-Szene. Was sie dabei erfuhr, war immer wieder überraschend. Zum Beispiel schienen die Mädchen in Japan – im Unterschied zu allen anderen Orten, über die sie sich informierte, zu China, Hongkong oder Hollywood – es selbst von den unwahrscheinlichsten Orten aus ins Kino zu schaffen: aus Hostessen-Bars und -Cafés, ja sogar aus der Pornobranche. Als wäre, sobald sie Stars waren, alles, womit sie vorher Geld verdient hatten, vergeben und vergessen. Sie bekamen weiße Westen.

Sogar ihre Online-Profile waren anders. In den USA herrschte meist Alltagscontent vor: Hunde, Freunde, Boote. In China fand man oft High Glam: Events, Ballkleider, Modenschauen. In Japan drehte sich alles nur um nackte Haut: halbnackte Frauen, gespreizte Beine im Bikini, gebeugt über ein Auto, laszive Blicke in die Kamera. Wer machte bloß diese Bilder? Kiko sichtete die Kommentare und Tags und kam auf eine Liste von ausnahmslos japanischen Fotografen, die mit den »heißen Girls«, den Influencerinnen, arbeiteten. Sie notierte die Kontaktdaten in ihrem Tagebuch.

Weil sie dafür nicht das Profil verwenden konnte, das mit dem ihrer Mom verlinkt war, richtete Kiko ein neues, geheimes Profil ein und folgte all diesen Fotografen, Models und Schauspielerinnen. In ihrem Zimmer stellte sie das Handy passend auf und inszenierte sich selbst in ähnlichen Posen. Mit den richtigen Tags schuf sie sich bald eine kleine Followerschaft, die schon nach ein paar Wochen die Tausendermarke knackte. Manchmal schickte sie die Fotos an Peter. Zurück kam meistens ein Feuer-Emoji.

Als Peter vom Lacrosse in den USA zurückkehrte, besuchte er Kiko zu Hause. Wie üblich nach den getrennten Sommern, mussten die beiden sich erst einmal wieder annähern. Kiko stellte sich – wie sie das inzwischen in allen unklaren oder schwierigen Situationen tat – vor, sie sei Marilyn Monroe. Sie malte sich die Schauspielerin an einem Filmset aus, wie sie selbstbewusst eine Szene mit ihrem Co-Star spielte. So saß sie nun auf ihrem Bett, Peter legte ihr den Kopf in den Schoß, und sie strich ihm durchs Haar. Auf dem Boden, stets in Reichweite, lagen Peters verdreckter Lacrosseschläger und ein Ball. Er swipete sich durch die sexy Fotos, die Kiko ihm im Lauf des Sommers geschickt hatte. Plötzlich setzte er sich grinsend auf und verbarg das Display vor ihr.

»Was machst du denn da?«, fragte Kiko.

»Wart's ab«, antwortete er mit fliegenden Fingern.

»Was machst du? Zeig her!« Kiko versuchte, ihm das Handy zu entreißen, doch Peter wich ihr aus und drückte es sich an die Brust.

»Okay«, sagte sie. »Ich lass mich deshalb nicht auf ein Lacrosse-Match mit dir ein.« Das sagten die beiden immer, wenn sie sich scherzhaft stritten. Aber Peters Miene wurde plötzlich finster. Sein Grinsen war verschwunden, sein Blick huschte schnell über das Display – von links nach rechts, von oben nach unten. Dann hielt er ihr das Handy hin und fragte: »Bist das du?« Er hatte ihr Geheimprofil entdeckt. 5.557 Follower. All die Fotos, die sie ihm geschickt hatte, und noch viele mehr.

»Wie hast du das gefunden?« Voller Angst dachte sie daran, dass das auch ihren Eltern oder Schwestern gelingen könnte.

»Ich wollte das hier posten.« Er zeigte es ihr: ein eher braves, schulterfreies Bild von Kiko mit dem Text MEINE FREUNDIN! »Da ist aber eine Plagiatswarnung von meinem Bot aufgepoppt, die hab ich angeklickt und bin hier gelandet. Kiks, bist du das?«

Kiko sagte erst mal gar nichts, sah einfach nur Peter und das Handy in seiner Hand an, dessen Display vom Raster der sexy Fotos ausgefüllt wurde, die sie im Sommer gemacht hatte. Die beiden so nebeneinander zu sehen – Peter und ihr Profil –, ließ sie erkennen, wie überhaupt gar nicht sie zusammenpassten. Sie musste sich erklären. Aber sollte sie nicht einen Partner haben, dem sie sich nie erklären musste? Die Typen, die ihre Bilder kommentierten – die jedes ihrer Fotos liketen und sagten, sie sei die Schönste von allen –, würden Schlange stehen, um sie zu daten. Und Peter war bloß sauer.

»Was ist das für 'ne Scheiße?«, fragte er.

»Ich muss mich vor dir nicht rechtfertigen«, sagte Kiko. Sie spürte, wie sich etwas in ihr änderte – eine kühle Distanzierung, als wäre Peter plötzlich unwichtig geworden, als schwebte sie immer weiter fort von ihm, von dieser Szene. Als sähe sie ihnen beiden bei dem Gespräch nur zu.

»Was hast du dir dabei bloß gedacht? Tust du das nur für die Likes? Kiko, das ist *Irrsinn.* Deine Brüste ...«

Er scrollte durch die Fotos und blieb an einem hängen, auf dem sie sich vornüber beugte und durch gespreizte Beine in die Linse blickte. In der Ecke stand ihr Bett, dasselbe, auf dem sie jetzt saßen.

»Lösch das, Kiks. Das ist unter deiner Würde. Und außerdem ...« Er stockte. Kiko betrachtete ihn; es kam ihr vor, als hätte sie seit dem Beginn des Streits kein einziges Mal geblinzelt. Sie war zur Statue erstarrt. »Ich hab gedacht, die Bilder sind für mich.«

Endlich brachte sie den Mund auf: »Tut mir leid.«

Peter las die Kommentare durch, die jedoch größtenteils japanisch waren. Er schüttelte den Kopf.

Kiko hasste ihn mit jedem Kopfschütteln ein wenig mehr. Sein simples Leben, sein harter Lacrosse-Ball, der wie eine

Verlängerung seiner selbst war. Wie er sie kannte, oder das wenigstens glaubte. Die Worte stiegen ihr wie Blasen aus dem Bauch, voll Angst und Kraft und mit unaufhaltsamer Geschwindigkeit.

»Peter, das funktioniert so nicht.« Sie fühlte sich wie eine Siegerin, verspürte aber gleichzeitig ein unerklärliches Frösteln, von dem ihr die Zähne dermaßen klapperten, dass sie deren Tanz mit aller Kieferkraft unterbinden musste. »Ich liebe dich nicht mehr.«

Peter legte das Handy weg und sah sie ungläubig an. »Das meinst du nicht ernst, Kiks«, sagte er. »Nur deshalb? Echt? Lösch es halt! Das hat bestimmt keiner gesehen, den wir kennen. Hoffe ich zumindest. Lösch es einfach. Ich weiß, ich war den Sommer über ziemlich abgelenkt, das tut mir leid. Aber jetzt bin ich wieder da, Kiks, also vergessen wir das einfach, okay? Ich verzeihe dir. Ich liebe dich.«

»Nein, Peter, ich lösche es nicht. Das ist meine Karriere. Mit uns ist Schluss. Es tut mir leid.«

»Deine Karriere? Als Hure, oder was?!« Er war aufgebracht, nahm den dreckigen Ball in die Hand, als wollte er ihn zerquetschen.

Da wusste sie es: Sie musste wählen, zwischen ihrem Profil – ihrer Karriere – und Peter. »Wie kannst du so was sagen?« Sie stellte sich eine Nacktszene in einem späteren Film vor. Wie würde Peter das wohl finden? Deshalb mussten Schauspielerinnen Schauspieler daten. Sie würde Peter niemals ganz gehören. »Du weißt doch, dass ich Schauspielerin werden will. In Japan läuft das eben so.« Marilyn hatte für alle möglichen Fotos posiert. In den USA. Vor ewigen Zeiten. Es war immer so gelaufen. Der Preis war seit jeher derselbe.

»Dafür musst du keine Schlampe sein«, erwiderte Peter, stand auf und suchte seinen Kram zusammen.

»Du bist der Einzige, mit dem ich je geschlafen hab«, sagte Kiko. »Wenn mich das zur Schlampe macht, von mir aus.«

Peter lachte. »Du spinnst doch, Kiks.« Er ging zur Tür. »Denk mal in Ruhe drüber nach, was du da machst. Und ruf mich an, wenn du es eingesehen hast.« Wie immer ließ er auf der Schwelle dreimal seinen Lacrosse-Ball aufprellen.

Kiko hörte ihn durch den Flur gehen. Sie stellte sich vor, wie er nach links ins Wohnzimmer bog, vorbei an der Bibliothek und durch die Haustür. Die Wachen am Tor kannten ihn. Er würde hinüber zu seiner Wohnanlage gehen und auf dem Weg in sein Zimmer seine Mutter ignorieren. Und dabei ständig angepisst den Ball aufprellen lassen.

Kiko stand auf und schloss die Tür. Nie mehr wieder müsste sie den Dreifach-Dotzer dieses Balls hören. Sie zog sich die Hose aus und brachte ihr Handy in Stellung. Sie spreizte die Beine, streckte vor ihrem Schritt den Mittelfinger aus und wartete auf das Blitzlicht.

Kurz nach der Trennung zog Kiko auf der Schultoilette ihren Lippenstift nach. Eine Spülung ging, hohe Absätze klackerten in ihre Richtung. Es war Takako. Sie schenkte Kiko ein knappes Lächeln und sagte Hallo, stellte ihren schwarzen Chanel-Rucksack neben das Waschbecken. Kiko betrachtete sie im Spiegel. Takako trug lange falsche Wimpern, ihre Nägel waren spitz gefeilt wie Piks auf einer Spielkarte, gelgehärtet und dunkel violett. Der Nagel des linken Ringfingers war mit einem funkelnden Ring gepierct.

»Is' was?«, fragte Takako plötzlich und sah Kiko im Spiegel in die Augen. Wieder lächelte sie. Kiko fühlte sich auf einmal wie in einem Film: Zwei Frauen unterhielten sich auf der Toilette.

»Deine Nägel sind schön«, sagte Kiko, um nicht zu schweigen. In Wahrheit wollte sie Takako nach ihrer Wahrheit fragen – wissen, was Takako wusste, was sie vom Leben wollte. Mit anderen Worten: Sie wollte ihre Freundin sein.

Kiko packte ihren Lippenstift weg. Gern hätte sie Takako einen Grund dafür genannt, weshalb sie nie mit ihr gesprochen hatte, seit sie in der Achten an diese Schule gekommen war. Sie waren die einzigen Japanerinnen hier; die meisten besuchten die japanische Schule in Pudong oder in Gubei. Kiko wollte sich entschuldigen. Ihr Leben war einfach so voll gewesen, mit Jessica und Peter. Stattdessen sah sie zu, wie Takako sich das Gesicht puderte.

Auf Japanisch sagte sie schließlich: »Was machst du eigentlich am Wochenende, Takako?«

Takako betrachtete ihr Werk und seufzte. Dann antwortete sie auf Japanisch: »Ich weiß schon, was man über mich erzählt.«

»Oh.« Unsicher, was sie erwidern sollte, wusch Kiko sich ein zweites Mal die Hände.

»Ich mach das nicht, weil ich muss«, fuhr Takako fort. Jetzt sah sie im Spiegel wieder Kiko an. »Ich hab Bock drauf.«

»Aber hast du keine Angst?«, fragte Kiko und vergaß vollkommen, so zu tun, als wüsste sie nicht, wovon Takako sprach.

»Die Typen werden gründlich überprüft«, sagte Takako. »Und sowieso ist mir im Grunde egal, was mit mir passiert.«

Wieder wusste Kiko nicht, was sie sagen sollte. Ihre Hände waren definitiv sauber, also zog sie zwei Streifen Papier heraus, um sie abzutrocknen. Ganz langsam und gründlich tat sie das, ließ keinen Tropfen zurück. »Anderen aber nicht«, sagte sie schließlich. Sie konnte ja kaum sagen: »Mir ist nicht egal, was mit dir passiert«, denn bis heute hatte sie sich nie groß für Takako interessiert. Und sie konnte auch nicht sagen »Deinen Eltern ist es wichtig«, denn sie wusste rein gar nichts über Takako.

Takako schnaubte. »Also? Willst du auch, oder was?«

Obwohl Kiko noch immer vor dem Waschbecken stand, fühlte sie sich wie von zwei starken Händen weggestoßen. Beschämt stellte sie fest, dass ihre Achseln vor Schweiß glitschten.

»Keine Ahnung«, sagte sie. Doch Takako kramte bereits in ihrem Rucksack und zog ein Louis-Vuitton-Täschchen hervor. Beim Öffnen kratzen ihre spitzen Fingernägel über das harte Leder. Aus dem Täschchen holte sie eine strahlend weiße Visitenkarte, von der sich geprägte Buchstaben abhoben. Kiko nahm sie entgegen und hielt sie unters Licht, um das Gespenst eines Namens zu entziffern: Lily Sun. Darunter stand nur eine Telefonnummer. Kiko strich mit den Fingerspitzen über die Lettern, als wären sie Braille.

Takako hängte sich den Rucksack über eine Schulter und strich sich das Haar aus dem Gesicht. »Von mir erfährt keiner was«, sagte sie. »Mach, was du willst.«

Kiko wusste nicht, wie lange sie es klingeln lassen sollte; sie hatte seit gut fünf Jahren nicht mehr telefoniert. Jedenfalls wartete sie lange. Es machte fast Spaß, dem Klingelzeichen zuzuhören und zu warten, dass jemand abnahm. Dadurch wurde alles noch spannender. Schließlich verstummte das Läuten und eine sanfte, zarte Stimme sagte: »Moshi moshi.«

Kiko erkannte in der Stimme sofort die von Marilyn – wenn Marilyn Japanisch spräche. Ohne lange nachzudenken, dämpfte sie selbst ihre Stimme und antwortete in derselben Sprache: »Hallo. Ich habe die Nummer von Takako.«

Lily Sun klang zwar wie Marilyn, sah ihr jedoch überhaupt nicht ähnlich. Sie war stockdünn und trug nur Schwarz – einen Pulli, der sich ihren Hals hinauf und über die Arme streckte, schwarze Hose, schwarze Stiefel, hohe Absätze. Augenscheinlich hatte sie kein bisschen Make-up im Gesicht, und jeden Finger ihrer linken Hand zierte ein Diamantring. Sie waren alle unterschiedlich: ein schmaler Ring am kleinen Finger, ein klobiger am Ringfinger, ein baumelnder Anhänger am mittleren, ein Goldring mit Diamantintarsien am Zeigefinger und ein ringsum mit großen Diamanten besetzter am Daumen. Von dieser Hand möchte ich nicht geohrfeigt werden, dachte Kiko.

Sie nahmen im Teezimmer Platz, dessen einziges Fenster unten längs der Wand verlief. Durch den langgezogenen Streifen Glas sah man Moos, Pflanzen und einen kleinen Bach. Wie auf einer Stickerei von Kikos Mutter.

»Lieber Chinesisch oder Japanisch?«, fragte Lily Sun.

»Ist beides okay«, sagte Kiko, überrascht von der Frage.

»Ich bin halb Japanerin und halb Chinesin.«

»Echt? Ich auch. Gibt nicht viele von uns hier«, sagte Kiko. »Mal abgesehen von meinen Schwestern, natürlich.«

»Ja, es ist eine eher seltene Mischung.« Lilys Eltern, erzählte sie, hatten sich kennengelernt, als ihr Vater zum Studium in Tokio gewesen war. Dann erzählte sie noch mehr Dinge aus ihrem Leben, schilderte, wie sie als Escort angefangen hatte, um sich während des Studiums über Wasser zu halten. Besser als jeder Bürojob, mit dem sie es je versucht hatte. Und sie hatte es mit vielen versucht.

Kikos Nervosität legte sich. Sie war zwar ohne konkrete

Erwartungen gekommen, hörte sich nun aber doch erleichtert an, was Lily (»Nenn mich Lily Sister«, hatte sie beharrt) zu sagen hatte. Das Treffen war kein Test, keine Bewertung, nur Plauderei zum Kennenlernen.

»Kennst du viele japanische Männer?«, wollte Lily wissen. Kiko schüttelte den Kopf. »Männer sind das Einfachste, was es gibt auf der Welt. Insbesondere Japaner.«

»Inwiefern?«

»Das Ding mit japanischen Männern ist, sie haben alle einen Fetisch. Sie machen kein Geheimnis daraus, und sie merken es auch nicht eines Tages einfach so. Nein, sie suchen sich gezielt einen aus, kultivieren ihn und identifizieren sich damit. Wie ein Hobby oder ein Beruf. Mir macht das die Arbeit leichter. Japanische Männer verraten mir ihren Fetisch immer schon beim Vorgespräch.«

»Was haben die denn so für Fetische?« Die Worte kullerten wie Murmeln über Kikos Zunge, fremdartig und schwer.

»Schulmädchen, Cosplay, Essensspielchen, Füße, Orgien – hauptsächlich so Standardzeug eben. Manche wollen Rollenspiele. Andere bestimmte Orte. Ganz selten steht mal einer auf Gewalt. Die Sorte nehmen wir aber eher nicht als Kunden an.«

»Ich bin Schauspielerin«, verriet Kiko ihr. Mit Peter hatte sie zwar nichts besonders Ungewöhnliches gemacht, aber das Wort »Rollenspiel« war hervorgestochen, und sie wollte Lily irgendetwas anbieten.

»Gut zu wissen«, sagte die.

»Gerade spiele ich die Ophelia in der Schulaufführung.«

»Ophelia, hm?« Kiko sah, wie die Rädchen sich in Lilys Kopf drehten. »Und was hast du sonst so drauf? Irgendwelche guten Imitationen vielleicht?«

»Ich kann fast jeden Akzent nachmachen«, erwiderte

Kiko. »The rain in Spain stays mainly in the plain«, sagte sie auf Cockney.

»Oh!« Lilly klatschte staunend in die Hände.

»In Hartford, Hereford, and Hampshire, hurricanes hardly happen.« Diesmal sagte sie es in bestem BBC-Englisch.

Lily lachte. Ihr Lachen klimperte wie kleine Glöckchen, und Kiko hätte zu gern weitergemacht.

»Außerdem kann ich super Marilyn Monroe nachmachen«, hauchte sie. Jetzt grinste sie. Jetzt gab sie an. Jetzt sang sie: »Happy birthday, Mr. President.«

Kiko überlegte, ob sie Jessica einweihen sollte. Aber irgendwie wollte sie das lieber allein durchziehen. Sie wollte keine Ratschläge, keine Einmischung – und schon gar nicht, dass Jessica ihr das hier nachmachte.

Nach dem Treffen schrieb Lily ihr, sie hätte einen tollen Einfall: Sie würde Kikos Jungfräulichkeit an den Höchstbietenden versteigern. Wenn Kiko mitspielte, würde sie einen größeren Anteil bekommen, fifty-fifty, aber nur diesmal. Beim nächsten Mal gäbe es wieder vierzig Prozent.

»Aber ich bin ja gar keine Jungfrau mehr«, erinnerte sie Kiko.

»Das merken die sowieso nicht. Dafür sind die viel zu spitz.«

Darauf schrieb Kiko nur: *OK*. Lilys Plan war ihr egal. Sogar das Geld war ihr egal. Im Grunde wäre diese Nummer fast so, wie in einem Film zu spielen. Vor dem Spiegel verzog sie ihr Gesicht zu dem, was sie für das Gesicht einer Jungfrau hielt, für ein Gesicht, das seine Jungfräulichkeit verlor. Ein Schmerzgesicht.

Kiko war bei der Probe für *Hamlet*, als Madame Suns Anruf kam.

Es war so weit. Am Samstagabend, im InterContinental. Der Höchstbietende hatte zweihunderttausend hingelegt.

Kiko besaß nicht einmal ein Konto, auf das sie das Geld einzahlen konnte. Wo sollte sie es nur aufbewahren? Ihr Herz raste. Bald hätte sie ihr eigenes Geld. Sie würde es tun. Zwar hatte sie sich eingeredet, das Geld spiele keine Rolle, doch als sie die Zahl hörte, sah alles gleich viel rosiger aus. Geld spielte sehr wohl eine Rolle.

Sie steckte ihr Handy ein und ging zurück auf die Bühne. Ihr war, als würde sie gleich abheben und aus dem Theater schweben, weit weg vom Schulgelände, hoch über Shanghai, ihrer strahlenden Zukunft entgegen. Über *Hamlet* war sie weit hinaus, über die Schule sowieso.

Am Samstag fuhr Kiko mit dem Fahrstuhl in die Lobby des Hotels im zweiundneunzigsten Stock. Sie spürte den Druck in den Ohren. Während der letzten Tage hatte sie lange überlegt, was sie anziehen sollte. Am Ende hatte sie die Auswahl auf drei Outfits eingegrenzt: ein hübsches weißes Sommerkleid mit Rüschentaille, ein schwarzer Minirock und eine graue Bluse, oder ein knallrotes, knapp bis zum Boden fallendes Kleid mit Spaghettiträgern und hohem Beinausschnitt. Das rote Kleid hatte Yumi zum letzten Schulball getragen.

Sie legte die drei Outfits auf ihr Bett und schickte Lily ein Foto. *Weiß*, lautete deren Antwort.

Der frühe Abend war warm, und Kiko erzählte der Haushälterin, sie wolle Freunde auf dem Bund treffen. Yumi war von ihren Eltern immer viel zu sehr behütet worden – sie hatten genau geregelt, wann und mit wem sie ausgehen durfte. Bei Yoko waren sie schon laxer gewesen, und für

Kiko galten gar keine Regeln mehr. Als Kiko älter wurde, hatten die beiden auch mehr um die Ohren: Ihr Vater eröffnete eine neue Filiale der Firma, und ihre Mutter tourte durch Japan und machte Werbung für ihre Stickereien.

Kiko überlegte, Mr. Fu, den neuen Chauffeur, zu bitten, sie zu fahren, wollte aber lieber nicht riskieren, dass er es der Haushälterin erzählte. Also bestellte sie per Handy ein Auto, Fahrtziel Lujiazui.

In der Lobby blickte Kiko durch die Glaswände hinaus in den wolkenlosen Abend. Bald würde ein voller Mond am Himmel stehen. Sie musste daran denken, wie sie den als Kind mit ihren Schwestern immer angeheult hatte. Nachdem sie es Peter erzählt hatte, heulte auch der oft den Mond an. Ihr Ding war Peters Ding geworden. Die Erinnerung ließ sie erst lächeln, machte sie dann aber sauer: Ständig hatte Peter alles an sich gerissen.

Winston Yamashita sah aus wie ein Knabe. Ein großer, schlaksiger Knabe Mitte vierzig. Als er sie auf sein Zimmer führte, war Kiko erst noch nervös, doch nach ein paar Gläsern Champagner wurden daraus Wärme und Aufregung. Sie erzählte ihm, was sie in der Schule und in ihrer Freizeit machte, von ihrer Liebe zum Swing-Tanz. Mr. Yamashita bat sie, ihm ein paar Moves zu zeigen, und sie tanzten mitten in der Suite, tief unter sich die bunten Lichter von Shanghai. Der Huangpu-Fluss, ein Tintenstreif zwischen den Sternen. Mr. Yamashita erzählte ihr vom Unternehmen seiner Familie, die im Hotel-Geschäft tätig war, und dass er vorhatte, Filme zu produzieren.

Kiko malte sich aus, wie ihre Sterne mit ein oder zwei Kassenhits gemeinsam aufgingen. Irgendwann würde Yamashita, wie man ihn sicher nennen würde, genau wie Kurosawa oder Miyazaki, dann ins Regiefach wechseln. Vielleicht würde sie das später sogar auch mal ausprobieren, aber am Wichtigsten würde ihr immer das Schauspielern bleiben. Als sie ins Bett gingen, war Kiko betrunken und schwindlig vor Zukunftsträumen mit Yamashita, der nett und attraktiv war, gar nicht so alt oder eklig, wie sie erwartet hatte.

Doch dann, nach einem missglückten Versuch, sagte Yamashita: »Sorry, das wird so nichts. Ich dachte, es geht, aber jetzt geht es doch nicht.«

»Oh, was ist denn?« Kiko wollte ihm gefallen. Ihr war, als erstrecke sich von diesem Abend ihre ganze Zukunft. Später würde man sie fragen: »Wo haben Sie Winston Yamashita kennengelernt?«, und sie würde sagen: »Am Set«, während sie auf dem roten Teppich seine Hand hielt – oder nachdem bekannt geworden wäre, dass sie heimlich geheiratet hatten, fernab der Aufsicht ihres Managements, das eifrig den Mythos aufrechterhielt, sie sei Single und unschuldig.

»Ich müsste dich bitten, dich zu rasieren. Geht das?«

Kiko brauchte einen Moment um zu kapieren, was er meinte.

»Ach so, verstehe.«

Bei allem, was Kiko mit Peter probiert hatte – oral, anal, der schreckliche Dreier mit Jessica letztes Jahr –, hatte sie ihr Schamhaar immer behalten. Nicht, dass es da viel zu behalten gab. Aber Peter hatte darauf bestanden, gesagt, das mache sie fraulicher. Wenn sie nackt wären, meinte er, fühle er sich so mit ihr wie Tarzan und Jane oder Adam und Eva. Irgendwann dachte Kiko gar nicht mehr daran. Und jetzt wollte jemand, dass sie sich rasierte. Sie zögerte. Schon die Vorstellung einer Klinge in diesem Bereich machte ihr Angst.

»Das hab ich noch nie gemacht«, sagte sie. Winston

saß am Fußende des Betts und ließ die langen, schlaksigen Arme hängen. Der fünfundzwanzig Jahre jüngere Peter war kräftiger und männlicher gebaut gewesen. Aufgeregt grinsend sprang Winston auf sie zu.

»Ich kann's für dich tun«, sagte er.

»Wirklich?« Kiko war von dem Gedanken nicht begeistert, doch Winston stand schon auf und schleifte sie hinter sich her ins Bad.

»Wir machen's in der Dusche«, sagte er. »Das wird schön. Ich bin auch ganz vorsichtig.«

Kiko spürte, wir ihr Arm mitgezogen wurde, wie ihr Körper dem Arm folgte. Ein Blick in Winstons glattes, haarloses Gesicht half ihr, sich mit dem Gedanken zu beruhigen, dass er sich bestimmt jeden Tag rasierte, sein Gesicht, den empfindlichen Bereich rund um den Mund. Er würde schon wissen, was er tat. Vielleicht war Rasieren ja sein Fetisch? Trotzdem, der Gedanke daran, wie das Blut aus ihren verstümmelten Genitalien in den Abfluss der Dusche rann, ließ sie zaudern. Was, wenn Winston eine gewalttätige Ader hatte, einen psychopathischen Trieb?

»Ich hab Angst«, sagte sie und wich zurück.

Doch er grinste nur noch breiter und beharrte stärker. Am Ende gab Kiko nach, als er vorschlug, sie solle zuerst sein Schamhaar rasieren. Das Angebot brachte sie zum Lachen, und sie entspannte sich zum ersten Mal seit Anfang des Gesprächs. Es gab ihr das Gefühl, sie wären gleichrangige Partner – oder zumindest, dass diese Nacht eine einmalige Wende genommen hatte, dass dies hier womöglich auch für Winston ein erstes Mal war, und vielleicht auch die beste, die letzte solche Nacht für ihn. Natürlich war Kiko gerade mal sechzehn, zu jung, um sich zu binden. Aber ein Produzent! Eine Schauspielerin und ein Produzent. Im Bad sah sie zu, wie er das Wasser aufdrehte. Er war in einen fluffigen, weißen Bademantel geschlüpft. Der Rasierer – ein guter, mit silbernen Blitzen an den Seiten, vermutlich der, mit dem er sich das Gesicht rasierte – lag auf dem Rand der Badewanne. Winston zog den Bademantel aus, und Kiko sah, dass sein dünner Penis vollständig erigiert war. Viel dünner und zarter als der von Peter, wie alles an Winston.

Kiko drehte sich zum Fenster. Ein schwarzer Himmel. In der Scheibe spiegelte sich der verschwommene Schatten des auf ihr ruckenden Mr. Yamashita. Alles ausgesprochen langweilig.

Sie schloss die Augen und dachte an den Space Mountain, Peters und ihre Lieblingsachterbahn. Sie stellte sich die Sterne in der Pechschwärze vor. Wie sie von links nach rechts gerissen wurde. Sie wusste immer ganz genau, was kam: erst flach, dann steil nach oben, ein schneller Looping, dann der langsame Mittelteil zum Durchatmen, bei dem die Sterne einem um den schwindligen Kopf tanzten. Jedes Mal war es zu schnell vorbei.

Sie erinnerte sich an Peters warme, weiche Hand, die immer ihre gehalten hatte. Vielleicht hat er in Wahrheit selber Angst, hatte sie damals insgeheim gespottet. Manchmal hatte sie ihre Hand aus seinem Griff befreien wollen, sich gefragt, wie der Space Mountain wäre, wenn sie den Sitz ganz vorn für sich allein hätte. Sie würde sich selbst festhalten und sich innerlich auf all die Rumpler und Kurven einstellen. Sie würde alles klarer sehen, unverstellt. Vielleicht wäre das einsam, sogar unheimlich. Doch es wäre auch berauschend.

Mr. Yamashita merkte davon nichts, aber Kiko weinte leise. Angst hatte sie keine, jetzt, wo es fast vorbei war. Vor allem fehlte ihr Peter – seine Güte, sein Grinsen, sein hübsches, junges Gesicht, das ihm völlig entgleist war, als sie gesagt hatte, sie liebe ihn nicht mehr. Bestimmt saß er jetzt zu Hause auf seinem Stuhl, umklammerte den gammligen Schläger, kaute Kaugummi und warf den dreckigen Ball immer wieder gegen die Wand. Dieses Geräusch als Hintergrund all ihrer Unterhaltungen hatte sie zuletzt genervt. Jetzt sehnte sie sich nach seinem vertrauten Rhythmus.

Die Zeit der Periodenbäume

April 2038

Wieder einmal war die Zeit der Periodenbäume. Yoko schloss das dunkler werdende Fenster gegen den Gestank. Die Bäume säumten die Fußwege auf dem Campus, und wenn sie im Frühling blühten, tränkten sie alles mit dem Geruch von Regelblut. *Pyrus calleryana,* hatte Yokos Mutter ihr erklärt, als Yoko letztes Jahr gefragt hatte, in ihrem ersten Frühling im Ausland. Der Geruch würde sich ein paar Wochen halten, dann fielen die Blüten zu Boden.

War sie etwa die Einzige, die sich daran störte? Alle anderen auf dem Campus wirkten ungerührt, ja sogar fröhlich. Die Mädchen hatten ihre Kleider und Röcke aus dem Schrank hervorgekramt, die Jungs trugen Chinos in Lachs, Orange und Pink. Immer lag in der Zeit der Periodenbäume eine gewisse Feierstimmung in der Luft. Freude und Gestank, Frühling im Internat. Zwei Jahre noch, dann hätte Yoko es hinter sich. Vielleicht würde das Fehlen von Periodenbäumen der entscheidende Punkt bei der Wahl ihrer Uni werden. Irgendwo weit weg von Massachusetts.

Aus dem Nebenzimmer drang lautes, rücksichtsloses Stöhnen. Charlie Canter. Abschlussklasse. Kapitän des Ruderteams. Yoko linste zu der wie immer nur einen winzigen Spalt breit von dem Ballettschuh mit Leopardenmuster aufgehaltenen Tür – Bernadines Art, die »Schuh in der Tür«-Regel zu befolgen, die hier am Internat für Besuche vom anderen Geschlecht galt.

Yoko hatte damals zwar ein Einzelzimmer beantragt, bei der Wohnungslotterie aber eine zu hohe Zahl gezogen. Jetzt saß sie in einem Durchgangszimmer neben dem von Bernadine aus New York City fest. Zuerst war Yoko von Bernadine fasziniert gewesen. Sie fuhr einen saloppen, fast schlampigen Look, so, als wäre ihre Schönheit ihr ganz egal. Zu Yoko war sie anfangs noch sehr nett gewesen und hatte sie wie einen verirrten Welpen über den ganzen Campus mitgeschleift. Bald hatte sie jedoch die Aufmerksamkeit anderer cooler, lässiger Mädchen erregt. Und fast genauso schnell auch die der Jungs.

Yoko führte eine Strichliste darüber, wie viele von ihnen Bernadine in ihrem Zimmer besuchten, legal oder illegal. Bis zu diesem Frühling, der Zeit der Periodenbäume, waren es schon zwölf gewesen. Yoko las gern die Anmeldeliste für Besuche, die für alle einsehbar auf einem Tischchen im Gemeinschaftsraum lag: Name des Mädchens und ihres Besuchers, Datum, exakte Uhrzeit von Anfang und Ende des Besuchs. Bernadine trug ihren Namen stets in selbstbewusster Schreibschrift ein, die lang und breit das ganze Feld ausfüllte. Nur ihren Vornamen, *BERNADINE*. Keine außer ihr hieß hier so. Die Vor- und Nachnamen der Jungs waren spätpubertäres Gekrakel.

Yoko sah sich in ihrem Zimmer um, prüfte, ob noch alles da war. Das tat sie immer, wenn Bernadine Besuch hatte. Natürlich war es unwahrscheinlich, dass einer der Jungs ihr etwas stehlen würde. Aber einmal war sie aus der Bibliothek gekommen, und auf ihrem Bett hatte sich eine kleine Kuhle abgezeichnet. Hatten Bernadine und ihr Gast dort gesessen? Geknutscht? Yoko hatte ihre Mitbewohnerin nie darauf angesprochen. Wirklich sauer war sie eigentlich nicht, sie war ja nicht prüde. Trotzdem achtete sie seitdem noch mehr als zuvor darauf, dass alles ordentlich war, an seinem Platz.

Yokos Bett stand vor den Fenstern und war exakt zu einem Drittel von einem sauber gefalteten Quilt bedeckt. Ihre Mutter hatte ihn vor ihrem Aufbruch nach Massachusetts für sie genäht: waldgrün und ringsum bestickt mit roten, weißen, braunen und lilanen Pilzen, gepunktet und in verschiedensten Formen und Größen.

Auf die Frage nach ihrem liebsten Waldbewohner hatte Yoko ihrer Mutter geantwortet, das sei der Pilz. Sie hatte gerade einiges über Pilze gelesen und ein großes Interesse an ihnen entwickelt. Für die Schule bereitete sie ein Referat über die geheime Sprache der Fungi vor, über ihr unterirdisches Kommunikationsnetzwerk. Pilze und ihre Botschaften waren essenziell für einen gesunden Wald. In gewisser Weise waren sie lebendig wie Tiere. Eko hatte vermutlich eher mit Füchsen, Eulen oder Hasen gerechnet, ließ sich aber nichts anmerken. »Dann also Pilze«, sagte sie nur und ging ans Werk. Jetzt strich Yoko über die gefaltete Decke und betastete einen seidigen Fliegenpilz. Heute hatte niemand ihr Bett angerührt.

Sie rückte das Schild über dem Kopfende gerade: *Niemand, der der Geometrie unkundig ist, trete hier ein.* Das hatte sie vor fünf Jahren bei einem Griechenlandurlaub mit der Familie gekauft – vor dem Internat hatte es zu Hause über ihrer Zimmertür gehangen, aber hier durfte sie auf dem Flur nicht Privates anbringen. Außerdem war Bernadine in Mathe eine Null, und Yoko konnte ihr ja wohl schlecht den Zutritt zu ihrem eigenen Zimmer verbieten.

Yoko setzte sich an ihren Schreibtisch, wo bereits die Hausaufgaben warteten. Ganz hinten befanden sich drei

Dinge auf dem Tisch. Erstens: ein kleines Knäuel Goldfaden, ein Insiderwitz zwischen Yoko und ihrem Vater. Daneben lehnte ein gerahmtes, altes Foto der Familie an der Wand: Yoko war darauf etwa vier, Yumi sechs und Kiko noch ein halbes Baby. Hinter ihnen, vor dem Tor eines Tempels in Japan, standen ihre Eltern, und ein Stück daneben ihre Ayi, die verlegen wirkte, so als wüsste sie nicht recht wohin mit ihren leeren Händen. Ayi war damals schon alt gewesen; nur ein paar Jahre später war sie in Rente gegangen und hatte die Familie verlassen. Über einer Ecke des Bilderrahmens hing ein von Kiko gebasteltes Armband aus Perlen, allesamt rosa, außer den dreien, die zusammen das Wort *SIS*, Schwesterchen, bildeten. Alles an seinem Platz.

Neben dem aufgeschlagenen Chinesischbuch vibrierte Yokos Handy: ein verpasster Anruf von Yumi. Sie drehte das Handy um und versuchte, sich auf ihren Essay zu konzentrieren. Yoko war schon in der höchsten Lernstufe, weil sie auf Chinesisch alles sagen konnte, nur in Lesen und Schreiben hing sie weit hinterher. Dank Ayi, die immer nur Chinesisch mit ihr gesprochen hatte, beherrschte sie die Sprache fließend, seit sie fünf war. Sie warf einen letzten Blick auf das Foto, dann widmete sie sich ganz dem Lehrbuch. Als Einzige der Schwestern hatte sie noch regelmäßig Kontakt mit ihrer ehemaligen Nanny, die jetzt ihren Ruhestand auf dem Land verbrachte.

Chinesische Schriftzeichen – mit all diesen kreuz und quer gehenden Strichen – lesen und vor allem schreiben zu lernen, war der Albtraum ihrer Schulzeit. Schwer war es nicht, doch es kostete Zeit, und diese Ineffizienz ärgerte sie am meisten. Was sollte das überhaupt? Niemand musste heute mehr von Hand schreiben. Sie konnte einen vollständigen Essay in eine App diktieren. Furchtbar, dieser unnötige Traditionalismus.

Als Yoko auf das Internat gekommen war, hatte sie unbedingt Altgriechisch lernen wollen, im Glauben, das würde ihr helfen, die Rätsel der alten Griechen zu entschlüsseln – ihre Genialität, ihren Innovationsgeist und ihren Untergang. Aber wenigstens auf den ersten Lernstufen verschaffte die Sprache ihr keine nennenswerten Einsichten, und sie von Grund auf zu lernen, raubte ihr Zeit – zu viel Zeit – für Mathematik, die hier unendlich viel anspruchsvoller war als an der SH Foreign.

Yoko hatte sich immer für sprachbegabt gehalten. Immerhin sprach sie vier Sprachen fließend – Chinesisch, Japanisch, Französisch und Englisch – und verstand eine fünfte, Shanghainesisch. Aber erst an der Highschool erkannte sie, wie aufwändig es war, eine wirklich fremde Sprache auch nur ansatzweise zu erlernen. In ihre Vielsprachigkeit war sie ja praktisch hineingeboren worden.

Erneut vibrierte ihr Handy. Bestimmt wieder Yumi, die eine halbe Zugstunde entfernt studierte. Obwohl sie so nah beieinanderwohnten und ihre Familie so weit weg war, hatten sie sich seit den Winterferien in Shanghai nicht gesehen.

»Hi«, flüsterte Yoko, als sie endlich doch abnahm.

»Warum flüsterst du?«, fragte Yumi. Wie immer triefte ihre Stimme vor Verachtung.

»Hier ist jemand«, antwortete Yoko, um die Lage in möglichst wenigen Worten zu erklären.

»Dann geh woanders hin.«

»Okay, Moment.« Yoko schlich aus dem Zimmer, wobei sie darauf achtete, dass der zweite Leoparden-Ballettschuh die Tür zum Flur weiter aufhielt. Draußen ging sie mit dem Handy am Ohr zum Treppenhaus.

»Also … Wie geht's dir?«, sagte sie. Während der Ferien hatten Yumi und sie zweimal gestritten. Bei dem ersten

Streit war es um ihr Studium gegangen: Beim Abendessen hatte die Familie darüber gesprochen, wo Yoko sich bewerben wollte. Auch Harvard stand auf der Liste, und als die Schwestern später einen Gesangswettbewerb im Fernsehen schauten, verlangte Yumi, dass sie es strich. »Kannst du nicht einfach dein eigenes Leben leben und mich in Ruhe lassen? Geh doch nach Paris! Tritt in Dads Fußstapfen, der wäre begeistert.«

»Ich will einfach nur das beste Programm. Harvard ist ja nicht mal meine erste Wahl. Ich habe auch andere Unis im Auge.«

»Umso besser«, sagte Yumi. »Solange du dich bloß nicht an mich dranhängst.«

»Wann hab ich das denn je getan? Ich bin vor dir nach Amerika gegangen.«

»Aber ich hab vorgeschlagen, dass sie dich wegschicken«, erwiderte Yumi. »War ja nicht mehr auszuhalten, wie du um mich und meine Freunde rumgeschlichen bist.«

»Mhm. Als ob. Mir ist sowieso egal, was du denkst.«

»Das ist dir bei allen egal, das macht dich ja so gefährlich«, sagte Yumi.

Jetzt, am Telefon, bemühte Yumi sich, fröhlich zu klingen. »Gut geht's mir«, sagte sie. »Super.«

Yoko trat ins Treppenhaus und setzte sich auf den Absatz. Die schwere Feuertür fiel hinter ihr ins Schloss.

»Freut mich«, sagte sie. »Und warum rufst du an?« Sie biss sich in die Wange.

»Ach, ich überlege nur grade, mir 'ne eigene Wohnung zu suchen. Das Wohnheim nervt. So viele Regeln, und nie hat man seine Ruhe – ich brauche mehr *Platz.*«

»Wirklich?«, staunte Yoko. »Ich dachte immer, ihr könntet da machen, was ihr wollt?«

»Schon. Aber das ist nicht dasselbe.«

»Dasselbe wie was?«

»Wie eine eigene Wohnung.«

»Hm. Aber das darfst du doch gar nicht, oder? Studienanfänger müssen in Harvard doch auf dem Campus wohnen?«

»Doch, doch, das geht schon. Die können mich ja nicht rund um die Uhr überwachen. So ein Typ aus Malaysia hat sich 'ne Penthouse-Suite in einem Hotel in Boston gemietet.«

»Du willst in einem Hotel in Boston wohnen?«

»Nein, nein! Ich würd mir was Kleines hier in Cambridge nehmen. Da gibt's Wohnungen wie Sand am Meer.«

»Hm, okay«, sagte Yoko. »Dann mal viel Glück.«

»Ähm, ich bräuchte da allerdings ein bisschen deine Hilfe.«

Yoko zwirbelte sich eine Strähne um den Finger, steckte die Spitze in den Mund und zerkaute das Haar zu einem nassen Klumpen. »Was brauchst du?«

»Geld.«

»Du hast doch 'ne Kreditkarte.«

»Ja, aber für die Wohnung kann ich die nicht benutzen. Da muss man immer ein, zwei Monate vorauszahlen.«

»Und dein normales Konto, der Unterhalt?«

»Ausgegeben.«

»Jetzt schon?« Yoko warf einen Blick auf ihre Uhr. »Es ist doch erst der fünfte.«

»Ja, ja. Ich brauchte halt ein paar Sachen. Wie viel hast du?«

»Ich brauche selber Geld«, wandte Yoko ein.

»Klar, aber du bist im Internat. Da wirst du doch komplett versorgt, oder?«

Yoko bestellte sich zum Abendessen meistens Pad Thai vom Lieferservice. So entging sie wenigstens bei einer

Mahlzeit am Tag dem Stress im Speisesaal. Anders als die anderen an der Schule, ging sie nur selten zu Starbucks oder zum Shoppen in die Stadt. Auch die Innenstadt machte sie nervös. Da ging sie nur hin, wenn sie wirklich dringend etwas brauchte, das nicht geliefert werden konnte.

»Alles stellen die mir auch nicht«, entgegnete sie.

»Okay«, sagte Yumi. »Also, ehrlich gesagt ist es ein bisschen ein Notfall. Meine Mitbewohnerinnen sind die Hölle. Richtige Bitches. Die sind total gemein zu mir.«

»*Die* sind gemein zu *dir?*« Yoko konnte das kaum glauben.

»Ja. Sie reden kein Wort mit mir. Behandeln mich wie Dreck. Die haben meinen ganzen Kram in eine Kiste gestopft und gesagt, ich soll mich verpissen.«

Yoko lauschte Yumis Stimme, und ihr wurde flau davon. Sie verband diese Stimme mit Angst und Schmerz. Deshalb war sie auch immer wieder überrascht, wenn sie Aufzeichnungen ihrer eigenen Stimme hörte und merkte, wie ähnlich sie sich anhörte.

»Kannst du nicht mit denen von der Uni reden? Mit der Wohnheimsverwaltung oder so? Die können dir doch bestimmt ein anderes Zimmer geben.«

»Nein, können sie nicht.«

»Woher willst du das wissen? Du hast es bestimmt noch gar nicht versucht.«

»Ich werde auf der Straße sitzen«, sagte Yumi.

»O Gott, du Dramaqueen«, erwiderte Yoko. »Wo bist du denn jetzt?«

»Im Zimmer von so einem Typen. Ich übernachte bei ihm.«

»Warum sind die überhaupt so fies zu dir? Alle auf einmal, meine ich?« Vorsichtig fragte Yoko weiter: »Ist was passiert?«

»Okay. Also ... ja. Es ist was passiert.«

»Und zwar? Was? Mir kannst du's doch erzählen.« Yoko wurde argwöhnisch.

»Ich hab sie geärgert«, sagte Yumi. »Ich hab, ähm, halt Sachen von ihnen genommen.«

»Ernsthaft? Schon wieder?«

»Ich weiß. Ich weiß! Ich hab ein Problem. Aber die sind trotzdem voll die Bitches!«

»Was hast du genommen?«

»Ein paar Klamotten. Keine Ahnung. Schuhe. Bücher. Stifte. Zahnpasta. Tampons.«

Yoko ließ ihr Haar in Frieden. Haarekauen half hier auch nichts mehr. »Von *allen?* Und wie haben sie's rausgefunden?«

»Die haben die Kisten unter meinem Bett entdeckt. Einfach so in meinen Sachen rumgeschnüffelt haben die!«

Yoko ignorierte die Doppelmoral. »Kisten?! Und wollen die dich anzeigen? Das ist *strafbar*, Yumi! Du bist erwachsen!«

»Sag bloß«, ätzte Yumi. »Ich weiß.« Eine Pause. »Sie haben gesagt, sie würden mich nicht melden, aber nur, wenn ich sofort ausziehe und nie mehr wiederkomme.«

»Und dein restliches Zeug?«

»Packen sie mir ein.«

»Yumi, das ist nicht in Ordnung«, sagte Yoko. »Du bist keine zwölf mehr. Du musst das endlich mal bleiben lassen.«

»Ich weiß. Ich weiß, okay? Ich *weiß*.«

»Und was willst du dagegen tun? Das ist ein Problem. Ein *echtes* Problem. Eine *Krankheit*. Du musst dir Hilfe suchen. Ich weiß nicht, was ich dazu sagen soll.«

»Hilfe suchen?«, sagte Yumi. »Ernsthaft? Jetzt mach aber mal halblang.«

»Doch. Einen Arzt. Einen Psychiater. Das ist nicht nur eine kleine Macke oder so. Da gibt's ein richtiges Wort dafür.«

»Ja, ja, wie auch immer. Ich warn dich, wehe, du erzählst das irgendwem! Ich fass es nicht. Ich komm zu dir mit einem Problem, mir geht's total beschissen, und du schickst mich zu jemand anderem. Vielen Dank, echt.«

Yoko wartete darauf, dass ihre Schwester einfach auflegte, wie sie das oft am Ende ihrer seltenen Gespräche tat.

»Noch da?«, fragte Yumi.

»Ja, ich bin da«, sagte Yoko.

»Okay. Pass auf. Vielleicht hol ich mir Hilfe. Später. Aber was ist mit jetzt? Jetzt sofort, mein ich? Mein ganzes Leben steckt in einer Kiste, Yoko.«

»Diese Therapiesachen sind vertraulich, weißt du. Die sind gesetzlich verpflichtet, alles für sich zu behalten, was du erzählst.«

Das wusste Yoko, weil sie seit letztem Herbst zum Schulpsychologen ging. Nach einem Selbstmord auf dem Campus hatten alle aus ihrer Klasse mindestens zweimal zu ihm gemusst, und Yoko war einfach immer weiter hingegangen. Zu ihrer Überraschung genoss sie die Gespräche mit ihm, die sich zumeist um ihre große Schwester und den Umgang mit »toxischen Familienbeziehungen« drehten. Was Mr. Corellini ihr Woche für Woche sagte, war, dass Yoko es nicht verdient hatte, sich nach jedem Kontakt mit Yumi so verletzt zu fühlen. Dass sie das Recht hatte, sich zu schützen. Dass Liebe sich nicht durch Schmerz definierte.

Und doch erneuerte sich Yumis »Macht über sie«, wie Mr. Corellini das nannte, mit diesem Telefongespräch, mit dem Klang der vertrauten Stimme. Yoko wurde abermals hineingezogen. Und sie hatte – ja, das auch – Mitleid mit ihrer Schwester, die ihr gesamtes Leben begleitet, es brutal und grausam geprägt und sie nach Lust und Laune manipuliert hatte.

»Bitte, Yoko. Du musst mir helfen. Du bist die Einzige, die das kann. Du bist meine Schwester, verdammt.«

»Ruf doch Mom an. Die hilft dir garantiert.«

»Oder du rufst Dad an und sagst, dass du diesen Monat ein bisschen mehr Geld brauchst. Der hilft *dir* garantiert.«

»Selbst wenn du das Geld kriegst, brauchst du echte Hilfe.«

Yumi seufzte. »Ich will das Mom und Dad nicht erzählen. Die regen sich nur wieder auf.«

»Zu Recht.«

»Ja, aber du kennst sie doch. Dad geht mir ein paar Tage deswegen auf die Nerven, Mom heult rum und fragt, womit sie das verdient hat, und dann wollen sie nie mehr darüber reden. Das wird nur mega anstrengend und zeitraubend.«

»Vielleicht sollten sie es trotzdem wissen.«

»Hey, ich ärgere mich ja selber über mich! Total beschissen ist das! Glaubst du vielleicht, ich finde das gut? Denkst du, ich mache das gern?« Und etwas leiser: »Glaubst du, ich bin gerne so?«

»Wenn du's nicht willst, dann lass es doch«, erwiderte Yoko.

»So einfach geht das nicht, okay? Ich mein ... Ich kann einfach nicht anders.«

»Blödsinn.«

»Okay. Und jetzt? Was willst du machen? Die Bullen anrufen? Deine eigene Schwester anzeigen?« Ein Hauch wohlbekannte Wut lag nun in Yumis Stimme.

»Ganz ehrlich? Vielleicht wär das genau das Richtige«, sagte Yoko.

»Ach komm. Das bringst du nicht. Ich war ja nur sarkastisch.«

»Vielleicht wär's trotzdem das Beste. Vielleicht musst du mal die Konsequenzen deiner Taten zu spüren kriegen.«

»Yoko! Die würden mich ins Gefängnis stecken! Du wirst deine Schwester doch nicht in den Knast schicken!«

»Mir geht's ja nicht darum, dich zu bestrafen. Aber wie sollst du dich sonst je ändern?«

»Und wie würden Mom und Dad das wohl finden, hm? Dass du unsere Familie verrätst?«

»Irgendwann wären sie mir vielleicht dankbar.«

»Die würden dir das nie verzeihen. Genau wie Kiko dir das mit Lucy nie verzeiht.«

Beide warteten ab, hielten an ihrem Schweigen fest. Es war ein altes Spiel, ein alter Krieg. Als sie noch klein gewesen waren, war bei jedem Streit eine von ihnen zu ihrer Mutter gelaufen. Die andere hatte still abgewartet. Ihre Mutter hatte kein bisschen Geduld mit Streits, oder zumindest nicht mit *ihren* Streits, die eher die Regel waren als die Ausnahme. »Klärt das unter euch«, sagte sie immer, mit dieser ruhigen, drohenden Stimme, die bedeutete, dass ihnen ein Donnerwetter ins Haus stand, bei dem Eko ihnen gar nicht mehr zuhörte. Seite an Seite standen die Mädchen dann da: Die mit der Beschwerde, stumm; die mit der Rechtfertigung, stumm. Beide wussten, dass ihre Mutter diejenige anschreien würde, die als Erste den Mund aufmachte. Irgendwann winkte Eko jedesmal ab. »Ich hab nicht den ganzen Tag Zeit.«

»Yoko. Bitte.« Yumi flüsterte beinahe. »Bitte.« Jetzt weinte sie auch noch. »Mir geht's echt total beschissen. Yoko.« Sie schluchzte. »Ich hab doch sonst niemanden, Yoko. Ich ändere mich. Wirklich. Ich kann mich bessern. Eine bessere Schwester sein. Aber jetzt brauche ich deine Hilfe. Ich muss nur diesen Tag überstehen. Yoko.« Sie sprach durch ihre Tränen. »Yoko!«

Zu hören, wie jemand – ihre Schwester – so oft ihren

Namen rief, war Yoko fast zu viel. Abstoßend. Sie sah Yumis Gesicht vor sich, tränennass, zerknautscht zu dem hässlichen Schlamassel, in den es sich immer verwandelte, wenn sie weinte. Yumi war die Schwester, die bei Filmen heulen musste, die sich während des Abspanns Rotz und Tränen abwischte. »Unser Sensibelchen«, sagte ihre Mutter oft. Yoko war dieses Label immer unpassend erschienen. Die Böse, die Verbitterte, die Hasserfüllte: Das alles wäre treffender.

»Yoko!«, rief Yumi. »Bist du noch da?«

»Ja.«

»Warum sagst du nichts?«

»Also ... Du meinst, du könntest wirklich außerhalb vom Campus wohnen?«, fragte Yoko. »Und dann? Nächstes Jahr?«

»Keine Ahnung«, antwortete Yumi. »Das kläre ich dann.«

»Und wie viel brauchst du?«

»Wie viel hast du denn?«, gab Yumi zurück.

»Nicht viel.«

»Wie viel genau?«, hakte Yumi nach.

»Nur so achthundert, glaub ich«, sagte Yoko.

»Okay. Dann nehm ich halt ein kleineres Zimmer, in einer WG«, sagte Yumi. »Ich geb's dir wieder, wenn ich meinen nächsten Unterhalt kriege.«

»Hältst du das wirklich für klug?«, fragte Yoko. »Eine WG?«

»Das ist schon okay.«

»Na ja, das ist es eben eindeutig nicht. Gar nichts ist okay.«

»Ich hab meine Lektion gelernt.«

»Ich will meine Piccolo zurück.«

Schweigen.

Der zweite Streit während der Weihnachtsferien hatte sich um Yokos Piccoloflöte gedreht. Sie wusste, dass Yumi sie genommen haben musste. Seit Yoko nach der Grundschule aufgehört hatte zu spielen, hatte das Instrument ganz oben in ihrem Bücherregal gelegen. Yoko übte zwar nie damit, mochte aber, dass sie da war, so klein und glänzend und silbrig. Die Flöte war der Beweis dafür, dass sie einmal etwas anderes gemacht hatte, dass sie dazu fähig war. Dass sie eines Tages wieder etwas anderes tun könnte als das, was man von ihr erwartete.

An ihrem letzten Tag zu Hause war die Flöte verschwunden. Sie suchte überall danach, mit ihrer Mutter, bis ihr dämmerte, dass Yumi sie genommen haben musste. Als sie die damit konfrontierte, stritt sie – natürlich – alles ab. Was sollte sie denn mit der Piccolo? Sie konnte ja sowieso nicht spielen, ertrug nicht mal ihren Klang, so schrill und nervig. *Nervig* – so nannte sie auch Yoko oft.

Yoko schnappte sich Yumis Koffer und kippte ihn über der Treppe aus. Sauber aufgerollte Kleidung purzelte heraus, aber keine Piccolo.

Erst später, zurück in den USA, dachte Yoko an eine Art Geheimfach, sah vor sich, wie ihre achtlos hinter das Innenfutter des Koffers gestopfte Piccolo schutzlos durchgeschüttelt wurde. Sie hatte sich von ihren Gefühlen mitreißen lassen, war zu irrational gewesen, um richtig gründlich zu suchen.

»Okay«, sagte Yumi. »Ich schick dir die Piccolo.«

»In Luftpolsterfolie.« Mehr sagte Yoko dazu nicht, sie wollte es nicht zu weit treiben. Ein Sieg über Yumi war immer fragil.

Yoko tippte auf dem Handy mit, während Yumi ihr die Codes für ihr Kryptokonto diktierte. Auf diese Art würden ihre Eltern nicht sehen, wo das Geld landete.

»Erzähl ihnen einfach, du hättest irgendwelche digitalen Manga-Collectibles gekauft oder so«, riet Yoko. »Die glauben dir doch eh alles.«

Nachdem Yoko das Geld überwiesen und aufgelegt hatte, ging sie zurück in ihr Zimmer. Der Leopardenschuh war weg, die Tür zu.

»Bernadine?«, rief sie, doch es kam keine Antwort.

Yumi hatte keinen blassen Schimmer, wo die blöde Piccolo war. Okay, ja, sie hatte sie genommen. Dann hatte sie das Ding in ein Hosenbein getapet und die Hose zusammengerollt in ihren Koffer gestopft.

Aber war die Flöte immer noch in der Hose? Und würde sie die Hose je wiederfinden? Sie schob das Piccolo-Problem zur Seite. Wie sollte sie die Situation überstehen? In Harvard zu bleiben, war praktisch unmöglich. Vielleicht könnte sie sich beurlauben lassen. Ein Praktikum machen. Ein kleines Unternehmen gründen. Dann müsste sie gar nicht mehr studieren, oder könnte später als unbeschriebenes Blatt zurückkehren. Oder sie ging an eine andere Uni. In ein anderes Land. Nach England. Oder Frankreich.

Nur noch ein paar Wochen Sommersemester. So lang könnte sie schon durchhalten. Sicher, es würde Gerede geben, aber dann käme der Sommer, und wenn sie bis dahin über alle Berge wäre, würde auch die Gerüchteküche sich beruhigen.

Aus dem Treppenhaus ging Yumi zurück in Jays Zimmer. Er schlief. Sie legte sich zu ihm in das enge Bett und rümpfte die Nase. Es roch nach Junge. Nach Junge, der das ganze Semester sein Bett nicht frisch bezogen hat. Er schlang die langen Glieder um sie und drückte sein Gesicht in ihr Haar. Sie befreite es von unter der Schulter und ignorierte die Erektion, die sich an ihrem Oberschenkel rieb.

Am nächsten Morgen blies sie Jay erst mal einen und überredete ihn dann, sämtliche Kurse und sogar sein Football-Training zu schwänzen. Sie erklärte ihm, sie habe sich übel mit ihren Mitbewohnerinnen gestritten – bloß ein großes Missverständnis darüber, was allen gemeinsam gehörte und was nicht.

»Woher sollte ich wissen, dass die ihre Kleider nicht teilen wollen?«, fragte sie. »Meine Schwestern und ich teilen *alles*. Na ja, vielleicht ist das auch so ein China-Ding.« Sie zuckte die Achseln. »Die waren so fies, Jay. Darum will ich eine andere Wohnung. Zusätzlich. Dann muss ich mich nicht dauernd mit dieser Negativität rumärgern. Außerdem, was will ich mit den Kleidern von denen? Schließlich hab ich ja deine.« Sie grinste. In seinem Zimmer war sie ganz ohne eigene Sachen aufgeschlagen; geschlafen hatte sie in einem seiner *Veritas*-Shirts.

Jay würde ihr helfen, ein paar Wohnungen zu besichtigen. »Kann ich dann auch ab und zu bei dir übernachten?«, fragte er. »Da hätten wir mehr Privatsphäre.« Jay hatte ein Einzelzimmer im Adams House, teilte sich das Bad aber mit anderen.

Yumi küsste ihn auf die Nase. »Ich bitte darum«, sagte sie.

Vor einer Woche hatte Jay »Ich liebe dich« gesagt. Yumi hatte es nicht erwidert. Nicht nett, das wusste sie, aber sie empfand einfach keine. Keinerlei Liebe. Nichts zu machen. Sie war immer noch mitgenommen von der Trennung von Sven. Nachdem sie im Sommer mit der TransSib gefahren waren, in Moskauer Clubs gefeiert und die Weißen Nächte von St. Petersburg durchgemacht hatten und gefolgt von ihrem Auseinandergehen an zwei verschiedene Unis und seiner Beichte zwei Wochen nach Semesteranfang, er habe nicht nur mit einer, sondern mit drei anderen Frauen geschlafen, war ihre ganze Welt geschrumpft. Von der Größe des ganzen Planeten – Russland, China, Boston und Palo Alto – war sie auf ein Einzelbett in einem Erstsemester-Wohnheim im Harvard Yard eingeschrumpelt.

Nie hatte Yumi sich haltloser, ungeliebter und verlorener gefühlt als in diesen Anfangsmonaten ihres ersten Semesters. Als sie irgendwann aus ihrem Loch hervorkroch, mühte sie sich wochenlang ab, mit ihren Kommilitoninnen gleichzuziehen, die bereits ihre Lieblingsclubs und ihre bevorzugten Spät-Imbisse entdeckt sowie sich für allerlei Vereine und Aktivitäten eingeschrieben hatten. Mit Müh und Not gelang es ihr wenigstens, sich an den Fransen des Soziallebens ihrer Mitbewohnerinnen festzuklammern.

Alle drei Blondinen, alle aus dem Süden. Gut, eine kam aus Südflorida, eine aus Texas und eine aus Südkalifornien, aber für Yumi war das letztlich dasselbe. So oder so sahen die drei fast gleich aus.

Als Hauptfach hatte Yumi eigentlich Geschichte wählen wollen, oder vielleicht Ostasienwissenschaften, doch auch das war eine Enttäuschung gewesen. Alle anderen in den Kursen, die sie in den Orientierungswochen ausprobiert hatte, waren realitätsfremde Asian-Americans. Oder auch Weiße. Die meisten waren nie in Asien gewesen; manche hatten nie Chinesisch, Japanisch oder Koreanisch gelernt. Ihre geschliffen formulierten, meinungsstark vorgetragenen Beiträge waren nichts als platte Vorurteile. Okay, dann werft halt mit großen Namen wie Edward Said um euch – na und? Kommt ihr euch deshalb jetzt toll vor? Yumi hatte das Gefühl, sie leite jeden Satz nur noch mit »Eigentlich ist in Shanghai …« oder »Eigentlich wird in Japan …« ein. Hatte Harvard tatsächlich nicht mehr zu bieten?

Die erste Wohnung, die sie besichtigten, lag am Porter Square, gut anderthalb Kilometer vom Campus entfernt. Eine gute Laufdistanz. Wenn sie jeden Tag zwei, dreimal zu einem Kurs und zurück joggte, kämen schnell ein paar Kilometer zusammen. Yumi war fest entschlossen, die »Freshman Fifteen« zu vermeiden, die fünfzehn Pfund, die man im ersten Jahr durchschnittlich zulegte. Nicht mal »Freshman Five« sollten es werden.

In einem offenbar in mehrere Wohnungen aufgeteilten Einfamilienhaus klopften Jay und Yumi an die Wohnungstür. Ein junger Mann um die dreißig – er stellte sich als Ben vor – machte ihnen auf und bat sie hinein. Jay sah sich stirnrunzelnd um.

Ben war dabei, seinen Doktor in Soziologie zu machen, er musste nur noch seine Diss beenden. Seit drei Jahren wohnte er in dieser Parterrewohnung und vermietete das kleinere der beiden Zimmer unter, weil sein Stipendium ausgelaufen war.

»Ah, dann bist du den ganzen Tag über hier?«, fragte Jay.

»Manchmal bin ich auch in der Bibliothek«, antwortete Ben.

Das Zimmer war einfach und sauber: ein Bett, ein Schreibtisch, ein Stuhl. In das gemeinsame Bad kam man durchs Wohnzimmer.

»Und oben, wer wohnt da?«, wollte Jay wissen.

»Zwei Typen vom MIT. Sind grade fertig mit dem Studium und haben ein Startup gegründet. Seit ’nem halben Jahr wohnen die da.«

»Verstehe.«

»Wäre das denn für euch beide?«, erkundigte sich Ben.

»Nein, nur für mich«, sagte Yumi. Sie schob sich eine Strähne hinters Ohr und lächelte.

»Und du bist in Harvard, oder?«, fragte er. »Deiner Mailadresse nach zu schließen, meine ich.«

»Ja, genau.«

»Und was studierst du?«

»Ostasienwissenschaften.«

»Ah, cool. Ich arbeite manchmal in eurer Bib, die ist super.«

»Ja, find ich auch«, pflichtete Yumi ihm bei, obwohl sie in der Bibliothek der Ostasienwisschenschaften nur einmal gewesen war. Meistens lernte sie in der Lamont Library.

»Und wie lang hast du noch?«, fragt Ben.

»Drei Jahre«, sagte Yumi, der jetzt erst klar wurde, dass Ben sie für eine Master-Studentin hielt.

»Ah, dann bin ich wohl längst weg, wenn du fertig wirst. Hoffe ich wenigstens.« Er klopfte sich dreimal an den Kopf, und Yumi lachte – lauter, als der Witz es verdiente.

Jay sah auf die Uhr. »Hey Yumi«, sagte er, »wir müssen noch zu dieser anderen Sache.« Sie sah ihn an, er nickte in Richtung Tür.

Yumi bedankte sich bei Ben, versprach, sich zu melden, und ging mit Jay nach draußen. Auf der Straße fragte sie ihn: »Was sollte das denn? Der war doch nett.«

»Ernsthaft, Yumi? Du allein in einem Haus mit drei Kerlen? Und einem Gemeinschaftsbad?«

»Ach komm. Die sind doch harmlos.«

Jay schnaubte. »Du musst noch eine Menge über Männer lernen«, sagte er. Dann küsste er sie stürmisch, legte den Arm um sie und sagte: »Was hast du noch auf dem Zettel?«

Yumi verdrehte die Augen, war aber auch gerührt von Jays Fürsorge. Er war ein Junge vom Land, aus Iowa, aufgewachsen auf einer Farm. »Zwei andere habe ich noch, aber das war die billigste. Meine Eltern kann ich wegen der Miete nicht anhauen, die wären eh dagegen, und ich hab nur ein paar hundert Dollar auf dem Konto.«

Jay nickte. »Aber wäre die nächste mit 'nem Kerl oder 'ner Frau?«

Yumi warf einen Blick auf die Notiz in ihrer Smartwatch. »Mit einer Frau. Außer Ariel ist ein Männername.«

»Wer kann das heutzutage schon noch wissen?«, sagte Jay grinsend. Yumi grinste zurück, dann gingen sie zum nächsten Haus.

Ariel machte ihnen auf und führte sie die Treppe hoch in den dritten Stock. Aus dem Augenwinkel bemerkte Yumi Jays verstohlene Blicke. Ariel war Israelin und studierte an der Harvard School of Education, mit Schwerpunkt auf frühkindlicher Erziehung. Ehe sie die Wohnung aufschloss, hielt sie die beiden eine Weile auf dem Treppenabsatz fest, stellte sich ausführlich vor und erzählte noch ausführlicher von ihrem gerade beendeten Wehrdienst in der israelischen Armee.

Yumi konnte sie nicht leiden. Ihr missfiel, wie interessiert Jay an ihrem Militärkram war. Ihr missfiel, dass Ariel beim Reden immer nur ihn anschaute. Aber am meisten missfiel ihr, wie umwerfend gut sie aussah. Lange Beine in einem kurzen Minirock und eine Figur, die ihre Schilderung des Armeetrainings belegte, des Kasernenlebens und der Fronteinsätze im Kampf gegen irgendeine gerade wieder stärker werdende Miliz – deren Namen war, kaum dass Ariel ihn ausgesprochen hatte, unwiederbringlich in den finsteren Brunnen des Wenigen gefallen, was Yumi über Nahostpolitik wusste.

Ariel zeigte ihnen das Zimmer – das einzige mit Bett. Sie selbst würde auf dem Klappsofa im Wohnzimmer schlafen.

Yumi registrierte Ariels jungenhafte Coolness, ihr modelhaftes Äußeres, die gesellige Art und erkannte das lauernde Desaster. Nie im Leben könnte sie so mühelos gechillt sein, so heiter, so rundum glücklich. Und das auch noch über einen Krieg! Sie stellte sich Ariel mit der Waffe in der Hand vor, wie sie bis über beide Ohren grinsend im Minirock gegen Rebellen kämpfte.

»Sorry, darf ich mal dein Bad benutzen?«, fragte sie.

»Klar! Einfach da rein.« Ariel zeigte auf die Tür neben dem Sofa. Sprich: Yumi müsste ihr Geschäft jedes Mal direkt neben dem Bett dieser Frau erledigen.

»Ah. Super, danke.«

Yumi ging hinein und schloss ab. Auch von drinnen hörte sie Ariel und Jay noch reden – und lachen. Sie machte sich ans Werk.

Lautlos öffnete sie den Medizinschrank über dem Waschbecken und war freudig überrascht, dass Ariel offenbar diverse Medikamente nahm. Sie korrigierte ihre Einschätzung: Unter dem hübschen Äußeren verbarg sich ein gequälter Geist.

Außerdem enthielt der Schrank ein Päckchen Antibabypillen und – gleich daneben, in einer transparenten Plastikdose – etwas, das wohl ein Diaphragma war. Yumi hatte von diesen Dingern zwar schon gehört, aber noch nie eines gesehen. Sie selbst hatte sich die Spritze geben lassen, die der Gesundheitsdienst von Harvard zu Beginn des Jahres immer kostenlos anbot.

Vorsichtig öffnete sie die Dose und inspizierte das Utensil. Es war riesig. Erneut korrigierte sie ihr Bild von Ariel. Noch nie hatte sie einen so großen Penis gesehen: Das Diaphragma war so breit wie ihre Hand. Okay, ihr Hände waren eher klein, aber trotzdem. Ariel hatte offensichtlich eine beeindruckende Vagina. Innerlich kichernd stellte Yumi sie sich vor, unter dem Minirock verborgen wie ein wildes Tier. Sie malte sich aus, wie Jay eine falsche Bewegung machte, stolperte und in Ariels Vagina stürzte – hoppla! Sie grinste.

Aber auch wenn Ariel die größte Vagina der Welt hatte, passte es Yumi nicht, dass ihr Freund – gut, ihr *Vielleicht*-Freund – so schamlos mit ihr flirtete. Ihr erster Gedanke war, unauffällige Löcher in das Diaphragma zu stechen, doch sie fand dafür kein passendes Werkzeug.

Also steckte sie sich stattdessen ein angebrochenes Fläschchen Concealer in die Tasche, der für ihre Haut ungefähr drei Töne zu dunkel war, außerdem ein Paar Kontaktlinsen und ein halbes Döschen Ritalin. Sie warf einen prüfenden Blick in den Spiegel – alles bestens – und kehrte deutlich besser gelaunt zu den beiden anderen zurück.

»... und da wurde mir klar, dass ich Pädagogik machen will«, sagte Riesenvagina-Ariel gerade.

»So, da bin ich wieder«, sagte Yumi, eine Hand in der Tasche. Sie betastete die losen Ritalin-Tabletten.

»Willkommen zurück!«, sagte Ariel. »Und, was meinst du?«

Yumi sah zu Jay, der anspornend nickte.

»Ich weiß nicht«, sagte Yumi. »Muss noch mal drüber nachdenken. Das ist schon ein bisschen teuer für mich.«

»Ach schade«, sagte Ariel und zog einen Schmollmund, als wäre sie ehrlich traurig darüber, dass Yumi nicht bei ihr einzog. Yumi hätte ihr am liebsten ein Auge ausgestochen.

Jay sah Ariel entschuldigend an, als wäre Yumi ein unartiges Kind, um das er sich kümmern musste. Er zerrte sie in eine Ecke des Zimmers.

»Yumi, die Bude ist perfekt! Nah am Campus, sauber, und Ariel ist supercool. Wenn's an der Miete hängt, kann ich dir gern erst mal aushelfen.«

Yumis Miene wurde weicher. »Echt?«

Jay legte ihr die Hände um die Taille. Er sah wirklich gut aus, dachte Yumi. Kornblumenblau und sonnenblumengelb.

»Ich hab das neulich wirklich ernst gemeint«, flüsterte er.

Yumi sah ihm in die Augen und formte mit den Lippen stumm die Worte: Ich liebe dich auch. Er lächelte, und Yumi ebenfalls.

»Aber lass uns erst noch die letzte Wohnung anschauen, okay?«, bat sie.

Sie gingen zurück zu Ariel, die auf dem Sofa/Bett saß.

»Eventuell würde ich das Zimmer nehmen«, flötete Yumi. »Kann ich dir heute Abend oder morgen früh Bescheid geben?«

»Klar«, antwortete Ariel. »Lass dir Zeit, ich bin da.«

Yumi verließ die Wohnung mit einem guten Gefühl. Okay, sie hatte womöglich ein klitzekleines Problem. Aber es war ja nicht so, als wüsste sie nicht, was sie tat. Sie hatte sich unter Kontrolle. Es war eine Wahl. Gut, vermutlich nicht die netteste. Aber mit Nettsein kam man ohnehin nicht weit. Und wenn sie wollte, konnte sie ja wirklich nett sein. Das netteste Mädchen der Welt. So wie gegenüber Jay. Sie drückte seine Hand. Nett, fröhlich und entspannt würde sie sein, den ganzen Rest des Tages.

Die letzte Wohnung war die teuerste, wenn auch nur knapp; sie war möbliert und lag im Parterre eines Hauses am Davis Square. Als niemand auf ihr Klopfen reagierte, rief Yumi die Nummer in der Anzeige an.

»Hi, ich bin in zehn Minuten da. Tut mir leid, ich muss einmal durch die ganze Stadt. Unter dem Fußabtreter liegt ein Schlüssel, geh ruhig schon mal rein.« Die Vermieterin entschuldigte sich noch einige Male, dann legte sie auf.

Jay fand den Schlüssel und schloss auf. Ehe Yumi wusste, wie ihr geschah, hatte er sie auf den Arm genommen wie ein Baby und über die Schwelle getragen. Als er sie wieder absetzte, grinste er stolz.

»Das wollte ich immer schon mal machen«, sagte er.

»Und ich wollte das nie machen«, erwiderte Yumi. Jay entglitten die Gesichtszüge, und Yumi begriff, dass sie dabei war, alles zu verderben. »Nur Spaß«, sagte sie lachend. »Haha, du solltest dich mal sehen!«

Kurz legte sich ein Schleier über seine Augen. Yumi ignorierte ihn und sah sich um. Ein Schlafzimmer, eine winzige Kochnische. Das Fenster war vergittert.

»Das könnte unsere Wohnung sein, unsere gemeinsame. Was meinst du?« Sie trat zu Jay, der ins Schlafzimmer linste, schlang die Arme um ihn und legte den Kopf auf seinen Rücken. Genau so hatte sie Sven immer umarmt. »Unser Zuhause«, sagte sie.

Jay drehte sich um und erwiderte die Umarmung. »Manchmal kannst du echt gemein sein«, sagte er und küsste ihr die Stirn.

Yumi senkte den Blick, schüttelte den Kopf. »Aber nicht mit Absicht. Ich bin nicht perfekt, ich weiß. Es tut mir leid. Ich weiß auch nicht, wieso ich das mache.«

»Schon okay«, sagte Jay nach kurzem Zögern. »Ich halt's aus.«

Yumi lächelte, erwiderte jedoch nichts. Stattdessen schob sie den Riegel vor und Jay sanft in das Schlafzimmer.

Die zehn Minuten waren fast vorbei. Yumi und Jay zogen ihre Sachen wieder an. Dann setzt Yumi sich auf die Kante der nackten Matratze und sah zu, wie Jay sich die Schuhe schnürte.

»Ich will hier nicht weg«, sagte sie. »Ich will nicht zurück auf den Campus. Vielleicht mache ich einfach alle Kurse online. Vielleicht können wir den Rest des Jahrs einfach hier bleiben. Tag und Nacht im Bett liegen, vielleicht sogar den ganzen Sommer. Was meinst du?«

Jay blickte von seinen Schuhen auf. Musste er die jedes Mal so fest schnüren? »Ich wünschte, das ginge, Yumi.«

»Warum denn nicht?«, fragte sie. »Scheiß auf Harvard. Scheiß auf Football. Auf die können wir verzichten.«

»Du vielleicht.«

»Nein! Wir könnten weggehen – weit weg. Arbeiten, vögeln, leben. Tun, was wir wollen. Und später ein paar Kinder kriegen. So hübsche kleine Mix-Babys. Die hübschesten der Welt.«

»Und die nennen wir dann Susie, Tootsie und Mootsie«, sagte Jay und lachte.

»Was immer du willst!«

»Kalifornien – da war ich noch nie.«

»Alles klar! Dann Kalifornien! Los geht's! Jetzt gleich!«

Es klopfte. Vor dem Milchglas in der Wohnungstür sah man die verschwommene Silhouette einer Frau in dunklem Mantel. »Hallo? Seid ihr da drin? Habt ihr den Riegel vorgeschoben?«

»Nicht aufmachen!«, flüsterte Yumi.

»Aber die weiß doch, dass wir hier sind.«

»Nein«, sagte Yumi. »Nein, nein, Moment. Warten wir ab.« Sie klammerte sich an Jays Ärmel, hielt ihn fest.

Eine kleine Weile lang saßen sie reglos da, während die Vermieterin gegen die Tür hämmerte. »Hallo? Hallo?« Dann klingelte Yumis Handy. Sie nahm ab.

»Oh, Entschuldigung! Wir hatten die Dusche an, wir wollten den Wasserdruck überprüfen. Moment, ich mache auf!«, trällerte sie. In diesem Augenblick kam Yumi die leere Wohnung mit den kahlen Böden und der niedrigen

Decke, mit der winzigen Küche, dem alten Kühlschrank und den vergitterten Fenstern vor wie ... wie der letzte Ort für sie auf Erden.

Jay befreite sich aus ihrem Griff und ging zur Tür.

Geboren mit gebrochenem Herzen

Juni 2037

Ich kam mit einem gebrochenem Herzen zur Welt, oder wenigstens mit einem kaputten. Eine Herzklappe schließt nicht richtig, sodass ständig Blut von einer Seite auf die andere leckt. Erfahren habe ich das erst vor ein paar Jahren, als ich beim Paketeausliefern an einem Regentag in Ohnmacht fiel. Regentage sind die stressigsten für Lieferfahrer. Wenn die Straßen unter Wasser stehen, will niemand vor die Tür, und irgendwas geht immer schief: Pakete oder Briefe nässen durch, das Essen wird kalt, von der Dachplane auf dem Roller trieft einem das Wasser in den Nacken. Außerdem mutieren an Regentagen alle zu Arschlöchern. Sie sind hungriger und wütender als sonst. Rufen viel öfter an und fragen, wo ihre Lieferung bleibt.

Ohnmächtig wurde ich, als ich die Treppe eines fünfstöckigen Hauses in der Wulumuqi Lu runterrannte. Der Typ dort hatte allen Ernstes eine Flasche Wasser und eine Möhre bestellt. Er machte die Tür nur einen Spalt breit auf und grapschte mit seiner von Sommersprossen übersäten Hand nach der Tüte, als wäre ich ein Dieb, der in seine Wohnung eindringen will. Dann knallte er mir die Tür vor der Nase zu. Ohne ein Wort, ohne das leiseste Dankeschön. Ich also weiter zur nächsten Lieferung, ich war sowieso spät dran.

Auf dem Absatz zwischen Stockwerk eins und zwei kam ich wieder zu mir. Neben mir stand eine Oma mit einer Tüte nassem Müll, aus der mir die Brühe auf die Hand siffte. Aufgewacht war ich entweder davon oder von dem Gestank. Ich musste sofort kotzen.

Im Krankenhaus sagte der Arzt, ich hätte einen kleinen Herzinfarkt gehabt, aber jetzt sei alles stabil. Dann fing er von der Herzklappe an und wollte wissen, ob das angeboren sei. Aber ich hatte keine Ahnung. Ich hatte nichts davon gewusst. Mein Herz war noch nie untersucht worden. Als ich ihm sagte, ich sei Lieferfahrer, schüttelte der Arzt nur den Kopf. »Könnten Sie nicht irgendwas anderes tun?«, fragte er. »Sie sind doch so jung, Sie haben Ihre Zwanziger noch vor sich. Riskieren Sie mal was.«

Vielleicht war es ja wirklich Zeit, über einen Karrierewechsel nachzudenken. Meinem Herzen zuliebe. Als meine Mutter mich ein paar Tage danach im Krankenhaus besuchte, meinte sie, bei meiner Geburt habe tatsächlich was mit meinem Herzen nicht gestimmt, aber dann sei nie mehr was gewesen, sodass sie es im Lauf der Zeit vergessen hatte. Regelmäßige Checkups konnten wir uns eh nicht leisten. Ich sagte ihr, ich würde mit den Lieferfahrten aufhören. »Okay«, sagte sie. Sie hat mir nie groß in mein Leben reingeredet.

Dem Arzt hatte ich nur die halbe Wahrheit verraten. Ja, ich hatte mit achtzehn als Lieferfahrer angefangen und fuhr außerdem nachts Taxi. Das war stressig. Die Kunden waren Wichser. Regentage und heiße Sommer waren grauenhaft. Aber für mein Herz war noch was anderes belastend, und das hatte ich ihm verschwiegen: Ich war bei den Nachtrennen dabei.

Von den Rennen hörte man oft in den Nachrichten. Jeder wusste von den maskierten Fahrern, doch ihre Namen kannte niemand. Ob der Arzt mir überhaupt geglaubt hätte, dass ich einer von ihnen war?

Über die Identität der Fahrer waren eine Menge Theorien im Umlauf. Stuntfahrer vom Film, Profis aus Hongkong, Playboys, die um dicke Taschengelder wetteten. Aber die Wahrheit erriet niemand: Das Ganze war ein Marketing-Gag, finanziert von Automobilunternehmen, die sich ihre Fahrer in den Spätwerkstätten am Stadtrand suchten, wo die Taxis für nächtliche Reparaturen hinfahren. Außerdem waren ein paar Lieferfahrer und Privatchauffeure dabei. Geleakte Überwachungsbilder eines Ferraris, der früh morgens durch Shanghai ballert, sich wie ein stummer Aal durch das Straßenlabyrinth schlängelt und sich dann scheinbar in Luft auflöst – für Ferrari reines Werbegold. Und wir verdienten gutes Geld damit. Ich hatte schon einen ordentlichen Batzen angespart, aber der Stress setzte mir langsam zu. Nach den Rennen war ich kurzatmig, fiel fast in Ohnmacht, und mein Herz schlug wie verrückt.

Das Wichtigste bei den Nachtrennen war, zu wissen, wo die Verkehrspolizei lauerte. Und man musste wissen, wo die Kameras hingen. Das Nummernschild musste man abdecken. Kurz: man musste unsichtbar bleiben. Natürlich hatte die Stadt auch blinde Flecken, wenn auch nicht viele und mit den Jahren immer weniger. Noch konnte man aber über einen Highway rasen und dann in eine namenlose Gasse schlüpfen, lautlos im Leerlauf hindurchgleiten und den Wagen in einer Garage parken. Man stieg aus, schlüpfte in eine andere Jacke, setzte eine andere Mütze auf und verschwand.

Auf dem Parkplatz wartete immer schon jemand, der das Auto gründlich reinigte. Wir trugen Handschuhe und Masken. Null DNA-Spuren. Die Verkaufszahlen des jeweiligen Modells schossen in dem Jahr durch die Decke. Alle Rich Kids aus Shanghai wollten so eine Kiste dann fahren.

Sogar unsere Masken und Mützen verkauften sich besser. »Masked-Driver-Effekt« nannte man das. Wir waren keine maskierten Rächer im Kampf gegen das Unrecht, sondern schlicht Profis, die Autos verkauften.

War das einen zweiten Herzinfarkt wert? Ich rief Li an, den Freund aus der Werkstatt, der mir das erste Rennen vermittelt hatte. »Ich bin raus«, sagte ich. »Ende Gelände.« Für klare Ansagen war ich bekannt.

Auf einen Schlag hängte ich die Rennen und die Lieferfahrten an den Nagel und suchte mir mit Hilfe einer Agentur eine Stelle als Chauffeur. Es machte mir Spaß, bei der Arbeit mein Knowhow über die Stadt und die besten Abkürzungen zu nutzen. Ich blieb immer cool, fuhr nie zu schnell oder schnitt andere Autos. Am glücklichsten war ich seit jeher hinterm Lenkrad.

Das Fahren habe ich 2025 gelernt, als die ersten selbstfahrenden Autos auf den Markt kamen. Sämtliche Autounternehmen gaben bekannt: »2025 ist das Jahr des Selbstfahrers!« »Autonom ins Jahr 2025!« Ich war damals dreizehn und erinnere mich noch gut, wie ich diese Slogans in den Nachrichten hörte, wie dringlich sie klangen. Mir blieb nicht viel Zeit: Ich hatte immer schon Auto fahren lernen wollen. Die Videospiele in meiner Kindheit hatten mich auf den Geschmack gebracht; in unserem Viertel führte ich immer die Highscore-Liste an. Es ist das Einzige, in dem ich je etwas getaugt habe.

Einen ganzen Samstag lang rief ich mir also Taxis, jedes Mal die billigste Option in den Apps. Immer wieder fuhr ich den Bund auf und ab, bis ich schließlich auf den Rücksitz eines gelben Shanghai-Taxis kletterte. Total altmodisch: Vinyl auf den Sitzen und tief in die Ritzen gedrückte, unmöglich zu benutzende Gurtschlösser. Vorn, hinter der zerkratzten Trennscheibe, saß ein alter Mann, die Hände lässig auf dem Lenkrad. Manuelle Schaltung. Neben dem Fahrer ein gläserner Thermosbecher voll braunem Wasser, auf dem eine Schicht zerfaserter Teeblätter trieb.

»Nong hoa.« Ich warf ihm einen Brocken Shanghaier Dialekt hin.

»Tag, junger Mann«, entgegnete er mit Downtown-Akzent. Eine sanfte, unaufgeregte Stimme. Er hatte volles, weißes Haar, trug eine Stoffhose mit scharfen Bügelfalten und ein langärmliges Hemd mit Kragen. Genau die Sorte Taxifahrer, auf die ich gehofft hatte.

Ich ließ mich zur Barackenstadt am Ende des Suzhou Creek bringen, einer der letzten, die es damals noch gab. Dort war ich geboren und aufgewachsen, und manchmal besuchte ich noch unseren Nachbarn, den alten Shi. (Meinen Eltern hatte man eine neue Wohnung in der Vorstadt zugeteilt, in Jiading.)

Auch hier wurden die Baracken inzwischen plattgewalzt. Fast alle waren bereits weg, abgesehen von dem Eckchen, wo der alte Shi den Bulldozern trotzte. Er hatte kein Wasser, keinen Strom, ja nicht mal Scheiben in den Fenstern, bloß einen im Winter mit Planen verhängten Verschlag. Seinen Roller parkte Shi unter einem großen Baum. An dessen Zweigen hatte er eine Hängematte angebracht, auf der er an sonnigen Tagen oben ohne herumlümmelte. Dieser Shi hatte mir früher oft erzählt, wie er mit seinem Lastwagen quer durchs Land fuhr, um Obst und Gemüse von einer Stadt zur anderen zu transportieren. Außerdem besaß er ein Päckchen Sammelkarten mit Rennautos – Fotos auf der einen Seite, technische Daten auf der anderen.

Jetzt standen die Bulldozer seinetwegen still, und das alte Viertel war eine weit offene Teststrecke. Unterwegs kam ich mit Mister Wang, dem Fahrer, ins Gespräch. Ich fragte ihn, wie viel er mit dem Taxi in der Stunde verdiente. Dann bot ich ihm dasselbe für eine Stunde Fahrunterricht an.

»Wie alt bist du denn, Kleiner?«

Für mein Alter war ich ziemlich groß. Ich behauptete, ich sei sechzehn. Beim Schalten musterte Mister Wang mich im Rückspiegel und nickte.

So kurvten wir also eine Stunde im Kreis durch das zerstörte Viertel. Wir fuhren zum alten Haus der Fengs, dann zu dem der Luos. Mittendrin hatte mein Freund Ming Yi gewohnt, der inzwischen Koch in einem westlichen Restaurant in der Innenstadt war. Der alte Shi war nicht zu Hause. Wir umrundeten ein paarmal sein Haus, und ich spähte durch die leeren Türen und Fenster.

Ich lernte schnell. Ich fand es toll, am Steuer zu sitzen, selbst zu bestimmen, wo es langging, die Beschaffenheit des Bodens erst vor mir zu sehen, dann zu spüren. Schotter ging über in Beton, auf den weiche Grasflächen folgten. Auch die Herausforderung, meine Hände und Füße zu koordinieren, fand ich großartig, genau wie den angenehmen Widerstand des Ganghebels beim Schalten.

Master Wang stand kurz vorm Ruhestand. Ich fädelte einen Deal mit ihm ein: Ich würde üben, bis ich es draufhatte, und sein Taxi dann die ganze Nacht fahren, am Ende volltanken und ihm die Hälfte der Einnahmen geben. Das war besser als nichts, und er akzeptierte.

Ich war noch ein Kind – ein dummer Junge in einem alten Nachttaxi, der an seinem Fahrstil feilte und alles lernte, was es über Autos zu wissen gab. Aber wer um drei Uhr früh ein billiges Taxi ruft, fragt nicht nach dem Alter des Fahrers. Um diese Zeit sind alle zu besoffen, zu müde oder zu verknallt, um auf so was zu achten.

In letzter Zeit schlafe ich schlecht. Das geht schon seit dem Frühjahr so, seit die Familie, für die ich fahre, mir erzählt hat, dass Yumi, die älteste Tochter, auf eine Uni in den USA gehen soll. Ich fühle mich diesem Kind gegenüber manchmal fast wie ein Vater. Oder eher wie ein Onkel oder großer Bruder, zumal Yumi ja nur sieben Jahre jünger ist als ich. Damals ging zuerst das mit den Träumen los, dann das mit den schlaflosen Nächten.

In einem oft wiederkehrenden Traum fährt Yumi mir auf einem Fahrrad hinterher, und zwar auf dem alten ihrer kleinsten Schwester, das ich früher immer mit denen der Eltern und der zwei anderen Mädchen in den Van laden musste, bevor ich die Familie zu dem erhöhten Radweg am Fluss in Pudong fuhr. Dort parkte ich dann und sah dem Hin und Her der Fähren zu, bis die Eltern mich anriefen, damit ich sie abholte und wieder nach Hause brachte. Das Fahrrad war rosa und hatte bunte Bänder am Lenker.

In meinem Traum ist Yumi achtzehn, wie im wahren Leben, fährt aber immer noch das Kinderfahrrad. Ich sitze in Master Wangs altem Taxi, sehe sie im Rückspiegel und habe das Gefühl, ich müsste ihr schleunigst entkommen. Aber so schnell ich auch fahre, ich kann sie nicht abschütteln. Im Rückspiegel sehe ich ihren Blick. Sie bleckt die Zähne. Zeigt auf mich und schreit Worte, die ich nicht verstehe, nicht einmal höre. Dann ist der Traum vorbei. Und ich wache jedes Mal nassgeschwitzt auf.

Noch schlimmer als die Träume sind die Visionen. Die fingen kurz nach den Träumen an. Ich bin im Bett mit Estelle, und Yumis Gesicht blitzt vor meinen Augen auf. Irgendwann ging das so weit, dass der Sex gar nicht mehr klappte. Ich kam einfach nicht in Stimmung.

Estelle stört das nicht weiter. Wir haben uns online kennengelernt und sind jetzt seit drei Jahren zusammen. Sie ist schon vierzig, aber tiptop in Form – und selbständig, sie importiert Make-up. Wir treffen uns hauptsächlich am Wochenende, meistens bei ihr, in einem ehemaligen Hangar am alten Hafen oben am Bund, in dem Luxusapartments eingerichtet wurden. Ihre Wohnung dient zugleich als Lagerhaus für ihre Produkte. Riesige Wände, ein Hochbett und hohe Fenster, die meistens halb verhängt sind, weil sie fürchtet, die Sonne könnte die ganzen Lotions, Gesichtswasser und Seren in den Wandregalen verderben. Die Wohnung ist so bunt, als wäre jemand eingebrochen und hätte sie mit einer Regenbogenfarbpistole vollgesprüht.

Einmal täglich, fünf Uhr nachmittags, kommt Estelles Lieferteam, um Bestellungen zu verpacken und für die automatisierte Abholung vorzubereiten. Morgens macht sie Videos davon, wie sie neue Produkte testet: Sie schminkt sich und probiert Frisuren aus. Am Nachmittag ist sie mit Werbung, Buchhaltung und Kundenservice beschäftigt. Estelle. Die smarte, heiße, autarke Estelle. Weit jenseits meiner Liga. Punkten kann ich nur mit meinem Aussehen. Und vielleicht mit meiner Jugend.

Estelle will weder heiraten noch Kinder kriegen. Sie will nur ihr Geschäft ausbauen. Ständig werden Lotions und Fläschchen an- und ausgeliefert. Ein Weilchen in Estelles Regalen, ein Weilchen in denen irgendwelcher fremder Frauen.

Nachts, wenn Estelle schläft, schleiche ich mich raus. Die Fläschchen in den Regalen glänzen im Mondlicht. Ich schlafe schlecht bei ihr. Zu viel Kram, zu viele Farben, zu viele Gerüche. Mir schwirrt der Kopf von dem ganzen Leuchten und Funkeln von Plastik, Milchglas und kompostierbaren Verpackungen. Als wäre dieses Zeug lebendig und wollte mir etwas mitteilen. Ein Chor der Produkte – wollen sie leben oder lieber sterben?

Ich ging raus auf den heißen Flur und runter zum Parkplatz, wo Master Wangs Taxis stand. Ich passte für ihn darauf auf. Er war zwar im Ruhestand, ließ es mich aber fahren. Oft tat ich das nicht; auf das Geld konnte ich verzichten. Aber von dem bisschen, was ich mit dem Taxi verdiente, bekam er nach wie vor seinen Anteil. Das Auto roch nach ihm: Schwarzer Tee und Mottenkugeln. Die grauen Sitze waren so oft abgeschrubbt worden, dass sie hart wie Plastik waren.

Nachts waren die Straßen praktisch leer. Die meisten anderen Autos waren Selbstfahrer. Ich stellte das Taxischild ab und hielt nach ihnen Ausschau. Sie waren leicht zu erkennen: Selbstfahrer hielten immer exakt das Tempolimit ein. Mit durchgedrücktem Pedal raste ich auf sie zu. Machte mir daraus ein Spiel. Kollisionskurs, erst nach links driften und dann nach rechts. Sie wichen mir stets in aller Ruhe aus, hielten konstant fünf Meter Abstand, als wären wir gleich gepolte Magneten. Jedes Mal dachte ich: Vielleicht klappt es diesmal nicht, vielleicht ist das System beschädigt. Der Gedanke an einen Fehler in der Software hielt mich auf Trab. Genüsslich verschob ich die Autos auf der Straße, als wären sie Puzzleteile.

Irgendwann fing ich an, die Augen beim Fahren zu schließen. Auch, weil ich müde war. Das Fenster einen Spalt geöffnet, kühlen Fahrtwind im Gesicht, gab es draußen nichts als schnurgerade Straße. Solange ich die Hände fest am Lenkrad ließ, würde es ein paar Sekunden sicher gutgehen. Ich schloss also die Augen, erst nur einmal, nur ganz kurz, dann immer wieder, immer länger. Im Geiste sah ich, wie mein Auto über den Highway raste und die Selbstfahrer mir auswichen. Ich wurde einer von ihnen, wurde selbst zum Roboter. Es war, als verschmölze ich mit der Straße, mit der Stadt. Alles um mich herum wurde flüssig: dick und zäh, metallisch, quecksilbern.

Ich gab Gas und drückte das Pedal von Master Wangs Taxi durch bis zum Boden. Mit Höchstgeschwindigkeit raste ich über den Highway, zählte mit geschlossenen Augen die Sekunden. Hin und wieder stellte ich mir Schleudern vor, einen Crash, und wie ich hoch in den Himmel flog, einfach davonschwebte.

Natürlich hatte Yumi einen Freund: einen Schönling namens Sven. Auf dem Rücksitz hielten sie Händchen. Ich fuhr sie zur Mall. Ins Kino. Ins Restaurant. Mit siebzehn hatte Sven von seinen Eltern ein schwarzes Mustang-Cabrio geschenkt bekommen – für viel Geld aus den USA importiert, wie er allen immer gern ins Gedächtnis rief.

Sven wollte dauernd ausgehen, feiern, mit seinen Freunden abhängen. Yumi erschien mir fast haargenau wie ihre Mutter: still, reserviert, selbstsicher. Und hübsch. Ich wusste, dass sie fleißig war, die Schule ernstnahm. Yoko, die mittlere Schwester, war wie ihr Vater: Mathe, Naturwissenschaften, Robotik-Club am Mittwochabend. Die dritte war Kiko: clever, charmant, theatralisch. Die Tänzerin, von allen geliebt.

Eko und Leo, die Mutter und der Vater, schienen pausenlos von einem Extrem ins andere zu kippen. An manchen Tagen hielten sie Händchen, Eko auf Leos Schoß, und tuschelten auf Französisch. Ein paarmal hätte ich sie fast gefragt, ob sie kein Zimmer hätten. An anderen Tagen: eisiges Schweigen. Beide stierten nur stumm aus dem Fenster. Oder sie stritten sich – wobei meistens nur er sprach – in wütendem Französisch. Immer bloß Französisch, diese beiden. Nur ab und zu kam mal ein bissiger Spruch von Eko, in einem scharfen Ton, den sie sonst nie benutzte.

Irgendwann besorgte ich mir einen Französisch-Kurs, wollte versuchen, ihren Gesprächen zu folgen. Aber die

Sprache – ihre komplizierte Grammatik, die fremden Laute – war mir zu hoch. Japanisch, die gemeinsame Sprache von Eko und ihren Töchtern und die Geheimsprache der Schwestern, wenn sie ihren Vater aussperren wollten, lag mir eher. Vom Klang her ähnelte es dem Shanghaier Dialekt, und bei den Wörtern gab es Überschneidungen mit Chinesisch. Leo fühlte sich eindeutig ausgeschlossen, wenn seine Familie Japanisch sprach, hat aber meines Wissens nie ernsthaft versucht, die Sprache zu lernen. Unter sich sprachen die Mädchen Englisch.

Japanisch lernte ich zu Anfang mit Mangas. Sie wurden zu meinem Zeitvertreib, meiner üblichen Abendbeschäftigung, wenn ich nicht Taxi fuhr oder bei Estelle war. Erst mal hielt ich mich an Shōnen, lernte aus ihnen die wichtigsten Kanji und Kana und vollzog – im Schneckentempo – die Handlung nach. Dann arbeitete ich mich zu Seinen vor. *Ghost in the Shell, Tokyo Ghoul.*

In einem Notizheft schrieb ich alle Wörter auf, die ich nicht kannte. Hinterher schaute ich mir die Kino- oder Fernsehfassungen der Mangas an und drückte nach jedem Satz auf Pause, um ihn nachzusprechen:

»Alle Dinge verändern sich analog ihrer Umgebung. Ihr Bemühen, das zu bleiben, was Sie sind, schränkt Sie nur ein.«

»Es gibt nichts Traurigeres als eine Puppe ohne Geist.«

»Können Sie mir einen Beweis Ihrer Existenz liefern?«

Yumi und Sven stiegen ins Auto. Sie unterhielten sich. Gewöhnlich versuche ich, mich ausschließlich auf die Straße zu konzentrieren, aber früher oder später höre ich doch immer hin.

Schon verrückt, was man als Fahrer alles mitkriegt. Als würden die Passagiere einen komplett vergessen. Sie reden einfach drauflos. Über sich, über einander, über das Personal. Ich weiß alles über die Beziehungen der Familienmitglieder zueinander, über die Gehälter und Neujahrsboni sämtlicher Angestellter. Ich bin ihr Geheimnishüter.

Als Fahrer ist man mit ihnen in dieselbe enge Blechdose gezwängt, doch man hat seinen Platz, und sie haben ihren. Man darf nur nach vorne schauen. Ab und zu kann man zwar einen Blick riskieren, aber nicht zu oft. Ein aufmerksamer Fahrgast bemerkt mit Sicherheit die hin und her huschenden Augen im Rückspiegel, und es gibt nichts Unangenehmeres, als einen Blickkontakt in diesem winzigen Fenster. Auge in Auge, nur Brauen, Augäpfel und nervös zuckende Pupillen, alles vergrößert, neugierig, unerwünscht.

Auch wenn die Fahrgäste rumalbern und man am liebsten mitlachen möchte, darf man nicht hingucken. Auch wenn die Kinder erst süß, dann niedlich, dann hübsch sind, darf man nicht hingucken. Nur kurz grüßen und das Outfit mustern darf man: ein enges Hemd, ein unerträglich kurzer Rock. Und dann merkt man beim Blick in den Rückspiegel, dass die junge Lady einen angafft. Wieso?

Die Regung in der Hose – durchatmen. Hoffentlich legt sich das bis zur Ankunft, wenn man die Tür, den Kofferraum aufmachen muss. Im Kopf geht man die Strecke durch. Vielleicht doch da vorne abbiegen und in der Nebenstraße Zeit schinden? Stau auf der Nanjing East – perfekt! Eine Baustelle – zum Glück! Volle Konzentration. Bei der Ankunft ist es geschafft: Alles wieder schlaff und wo es hingehört.

Sven und Yumi stritten. Ich war sofort hellwach. Worum sich dieser kleine Beziehungskrach auch drehen mochte, ich war jederzeit bereit, Yumi beizuspringen. Das war immer das Schwerste: Wenn ich die Antwort auf eine Frage kannte, die sie umtrieb, oder sicher war, ein Missverständnis mit einem einzigen Wort aus der Welt schaffen zu können. Ich musste den Mund halten. Es stand mir nicht zu, den Ratgeber zu spielen.

»Ich find das nicht gut, Sven«, sagte Yumi. »Was ist mit deiner Zusage für die Uni? Die könnten dich noch immer ablehnen. Und was, wenn du dann vorbestraft bist? Oder sogar ins Gefängnis musst?«

»Ich muss nicht ins Gefängnis«, erwiderte Sven. »Ich hab diplomatische Immunität.«

Svens Vater war der russische Botschafter in China. Seine Mutter, eine unfassbar große Schwedin, arbeitete in einer Galerie in der Innenstadt. Yumi und Sven gingen oft auf Vernissagen, tranken zu viel kostenlosen Wein und riefen mich spät an, damit ich sie abholte.

»Ōbaka«, murmelte Yumi bei sich. »Anata wa hontōni watashi o aishite inaiyone?« Sie wusste, dass Sven kein Wort davon verstand. Und ich wollte sagen, wollte schreien: Nein, Yumi, er liebt dich nicht!

»Du setzt alles aufs Spiel«, sagte sie lauter. »Was ist mit dem Sommer? Mit uns?«

»Du weißt doch, dass mein Dad sagt, wenn ich im College bin, zahlt er mir keinen Cent mehr«, entgegnete Sven. »So kriegen wir das hin, Yumi! So kann ich mir leisten, in den Ferien zu dir zu fliegen. Von Kalifornien nach Boston. Und dir Flüge nach Cali bezahlen.«

Damit war die Sache durch, das war mir klar. Yumi war weich, wie ihre Mutter. Ihre Männer konnten sich alles erlauben.

»Wann soll das Rennen denn stattfinden?«

»Dieses Wochenende. Ein paar Leute sind ausgestiegen, Eric hat's mir gestern erst erzählt. Ich kann einsteigen. Als Neuling. Wenn ich Erster oder Zweiter werde, gibt's Preisgeld, und ich kann auch bei den nächsten Rennen mitfahren. Das ist alles perfekt organisiert. Stell dir nur mal vor, wie viel Kohle ich da diesen Sommer machen kann!«

»Und du trittst mit deinem eigenen Auto an?«

»Nein, die Autos werden gestellt.«

»Kannst du denn ein fremdes Auto überhaupt fahren?«

»Ich kriege ’nen Mustang, damit kenn ich mich aus.«

Auf dem Fahrersitz hämmerte mir wild das Herz. Nicht nur, weil ich mich für Yumi ärgerte, die ihren Willen nicht bekam, sondern auch, weil dieser alte Kitzel, die Gier auf ein Rennen wieder in mir erwachte. Eine richtige Sucht ist das, so ähnlich wie für andere das Glücksspiel.

Ich setzte die beiden bei Yumi ab und schaute auf die Uhr: Noch eine halbe Stunde, bis ich Kiko vom Klavierunterricht abholen musste. Mit Verschlüsselung rief ich meinen Kumpel Li an. Ich hatte ihn seit fast fünf Jahren nicht gesehen.

»Und, wie ist das Chauffeursleben?«, fragte er.

»Öde«, sagte ich.

»Kann ich mir vorstellen. Fährste ’nen Buick?«

»Einen Benz.«

»Nicht übel. Würd ja gern mal sehen, wie du in so ’nem Teil ’nen Burnout hinlegst.«

»Managst du noch?«

Li spielte den Mittelsmann zwischen den Fahrern und den Autofirmen.

»Was glaubst du denn? Dieses Wochenende ist ’n Rennen. Hast du Bock? Amateure, Wildcard, ein paar Fahrer sind kurzfristig ausgestiegen, Schiss vor der Presse. Ich suche schon die ganze Zeit nach Ersatz, aber an dich hätt’ ich im Leben nicht gedacht.«

»Weil ich gesagt hab ...«

» ... du würdest nie wieder fahren.«

»Aber ich bin interessiert. Welche Strecke?«

»Kann ich dir vor dem Rennen nicht verraten, weißt du doch.«

»Stimmt. Sonst alles wie gehabt? Preisgeld?«

»Die Regeln sind 'n bisschen anders. Die Welt hat sich auch ohne dich weitergedreht, weißte? Es gibt jetzt zwar weniger Cops, wegen der ganzen Selbstfahrer, aber alles ist voller Kameras. Die Gesichtserkennung ist der Wahnsinn. Man muss sich komplett vermummen. Aber kein Stress, wir stellen Overalls mit Maske.«

»Okay, bessere Technik also. Und das Preisgeld?«

»Wie gehabt, fünfhunderttausend, zusätzlich zu den fünfzig.«

Die Rennen erinnerten mich immer an die Videospiele aus meiner Kindheit, daran, wie meine Freunde sich hinter mir drängten, wenn ich kurz davorstand, den Highscore – meinen eigenen – zu knacken. Die Spielhalle bestand eigentlich nur aus drei uralten Automaten, die man in der Barackensiedlung ihrem Schicksal überlassen hatte. Wir Kinder hatten ein windschiefes Blechdach darüber gebaut und ein extra langes Verlängerungskabel aus Chens Haus drangehängt. Wenn Chens Mutter nach der Arbeit heimkam, zog sie es immer raus. Sie schrie uns an, wir würden Strom verschwenden, und schlug mit ihren Lappen auf uns ein.

Manchmal kam mir das ganze Leben vor wie ein Videospiel. Es spielte in Shanghai, und ich kämpfte mich durch die Level. Erst im Nachttaxi, in dem ich fahren und mich in der Stadt orientieren lernte. Dann weiter auf den Lieferroller, wo es für jede pünktliche Lieferung eine Goldmünze gab, einen Ping, ein Upgrade. Als Nächstes kam das Schlängeln durch den Stadtverkehr, die Fahrten in die Schule, zu all den Aktivitäten der Mädchen. Die Rennen, die große Kohle, der Reiz des Verbotenen. Und das nächste Level?

Wie sah das aus? Ein Leben mit Estelle, umringt von Tuben und Dosen voller Gels und Cremes?

Es gab nur eine Richtung: vorwärts. Von Freunden hatte ich gehört, dass der alte Shi in seinem leeren Haus gestorben war. Seine Leiche wurde erst nach zwei Tagen gefunden. Gleich tags darauf begannen die Bauarbeiten für ein neues Einkaufszentrum. Die Barackensiedlung war Geschichte.

Vor dem Rennen trank ich den ganzen Abend Kaffee, um mein Energielevel oben zu halten. Ich hatte seit Monaten nicht mehr richtig geschlafen, aber ich wusste, wenn ich erst mal am Steuer saß, würde das Adrenalin übernehmen. An mein Herz dachte ich lieber nicht. Das würde eben durchhalten, solange es durchhielt. Seit einer Weile war das Pochen wieder da. Dagegen half nur, mein Herz so schnell schlagen zu lassen, dass ihm zum Aussetzen gar keine Zeit blieb. Nachts fahren, schnell fahren, das war die beste Therapie. Eine Mütze tief in die Stirn gezogen ging ich aus der Wohnung, schlenderte auf Umwegen zur U-Bahn, kam am hektischen, gedrängten People's Square heraus und zog mich auf einer öffentlichen Toilette um. Vor der U-Bahn-Station erwartete mich eine so dicke Wand aus feuchter Luft, dass ich erst ein paarmal tief durchatmen musste. Der Himmel hatte ein tiefdunkles Graulila angenommen, das nur eins bedeuten konnte: Wolkenbruch, Hitzegewitter, überlaufende Kanalisation, das volle Programm. Ich stieg auf ein Rollertaxi und sagte dem Fahrer, er solle aufs Gas drücken. Vor einem Lagerhaus am nördlichen Bund hielten wir an. Drinnen standen Frachtcontainer.

Nach ein paarmal Händeschütteln zog ich meine Sachen an, stieg in den Ferrari und startete den Motor. Ich ließ mich tief in den Fahrersitz sinken und machte mich mit der Technik vertraut, stellte den Sitz ein, die Rückspiegel, spürte die Spannung in den Pedalen, das Gewicht des Lenkrads. Ein wunderschönes Auto: mattschwarz, geschmeidig, umwerfend, in Tarnfarbe – schwarzer Lack in schwarzer Nacht. Auch die anderen saßen schon in ihren ebenfalls schwarzen Autos: ein Porsche, ein Lamborghini und der Mustang. Im Porsche erkannte ich die schmächtige Gestalt einer Frau, zarte, behandschuhte Finger auf dem Lenkrad. Unsere Manager hatten uns alle mit einem Knopf im Ohr ausgestattet. »Falls was zu klären ist«, sagte Li. »Wegen der Cops oder so.« Kurz bevor es losging, beugte sich Li in mein Fenster und sagte: »Sanjia-Hafen.« Dann schob sich die breite Lagerhaustür auf.

Ich lachte. Sven hatte garantiert keine Ahnung, wo das war. Nördlich vom Flughafen, in der Nähe einer Reihe zweitklassiger Strandhotels, hatte man Land vom Meer gewonnen. Er würde eine Weile brauchen, um das Ziel ins Navi einzugeben. Ich dagegen wusste genau, dass ich erst mal am Fluss entlang in Richtung Süden und dann die kurvige Straße rauf zur Nanpu Bridge fahren musste, um hinüber nach Pudong zu kommen. Zack, schon war ich unterwegs.

Ich hielt mich ans Wasser, an den dunklen, glatten Huangpu, der zum Glück kein Hochwasser führte. In den Stahl-und-Glas-Bauten zu meiner Rechten spiegelten sich zornige Wolken. Der Himmel raste wie ein Schleier vorbei, die Hochhäuser verschwammen zu schmelzenden Aluminiumsäulen. Hinter mir brüllte der Lambo – der Porsche mit der Frau, war schon ein Stück voraus. Sven war das Schlusslicht. Vorbei am russischen Generalkonsulat ging es in Richtung Garden Bridge.

Die Garden Bridge hat drei Fahrspuren, zwei südwärts, eine nordwärts. Dicht hinter der Frau fuhr ich auf die Doppelspur nach Süden. Ich war gut drauf. Der Lambo steuerte die Nordspur an, doch auf der kam ihm ein Selbstfahrer entgegen. Einer der beiden musste ausweichen. Der Selbstfahrer schwenkte hin und her, wusste nicht, wie er auf den beengten Raum und das Tempo reagieren sollte. Am Ende bremste er ab und kam zum Stehen, bevor wir vorbeibrausten. Eigentlich blieb dem Lambo gerade noch Platz, um sich zwischen uns und dem Roboauto hindurchzuzwängen, doch ich hörte metallisches Kreischen, sah den Boliden direkt in das Metallfachwerk der Brücke scheppern. »Fuck, Shit«, hörten wir übers Intercom. Ich linste in den Rückspiegel. Und da sah ich Yumi.

Gegenüber des Lambo-Wracks stand sie auf dem Gehsteig. Ich war verwirrt. Hatte Sven sie dort hinbestellt, damit sie ihn anfeuert? Oder war sie von sich aus gekommen und wartete auf der Brücke, um einen Blick auf ihn, auf den Mustang zu erhaschen? Was ging ihr jetzt wohl durch den Kopf? Ging es ihr gut? Am liebsten hätte ich kehrtgemacht, wäre zurück auf die Brücke gefahren und hätte mir die Maske vom Gesicht gerissen – die Tür geöffnet und sie ins Auto gezerrt. Vielleicht, um sie nach Hause zu bringen.

Ich zögerte. Täte ich das aus Unterwürfigkeit gegenüber der Familie, aus gutem Willen, aus Zuneigung zu Yumi oder aus einem völlig anderen Grund? Dann sprang mein Gehirn wieder an. Woher sollte Yumi unser Ziel kennen, ganz zu schweigen von der Strecke? Nein. Das konnte sie nicht sein. Ich riss mich vom Rückspiegel los. Irgendein Mädchen war das, nur eine Fremde. Ich widerstand dem Drang, noch mal in den Rückspiegel zu schauen, in dem die Brücke sekündlich weiter in der Ferne verschwand. Jedes Zucken der Augen, jeder Atemzug, jeder Blick zurück oder zur Seite kostete Energie, die ich fürs Rennen brauchte. Der Porsche setzte sich ab. Sven lag weit zurück. Vielleicht hatte er auf der Brücke gebremst, hatte ebenfalls geglaubt, er sehe

Yumi, und gedacht, die verlorene Zeit könnte er später leicht wieder aufholen. Er hatte ja keine Ahnung, dass man verlorene Zeit niemals aufholen konnte.

Ich bog auf den Bund, auf die breite Avenue. Der Porsche wollte mir den Weg abschneiden. Ich wich aus. Plötzlich schwenkte die Frau ab, und ich raste direkt auf eine der Löwenstatuen zu, die längs der Straße die Gebäude bewachten. Gerade noch so schlüpfte ich zwischen Löwe und Bordsteinkante hindurch, verlor aber Tempo.

Für wen hielt mich diese Frau? Und wer war sie? Das würde ich nie erfahren. Vielleicht sah sie gut aus. Vielleicht war sie schon alt. Vielleicht war sie Chauffeurin, wie ich. Vielleicht war es sogar Estelle. Schließlich wusste ich von der so gut wie nichts. Wir lebten jeder für sich, sahen uns nur am Wochenende oder Abend. Und heute Nacht waren wir alle sexy, übermenschlich, in unseren Masken, Overalls und Boliden.

Ich folgte ihr vorbei an all den Prachtbauten, am Peninsula, am Roosevelt. Dann tauchte aus einer Gasse zwischen dem Fairmont und dem Peace Hotel ein Motorradcop auf und hängte sich an den Porsche. Neuer Plan: Weg vom Wasser, ab ins Inland, auf die Nanjing East, die normalerweise eine Fußgängerzone ist. Im Rückspiegel verschwand der Huangpu, und ein Blitz zuckte. Aber noch hielt der Regen sich zurück.

Ich raste den Fußweg hinab, schaltete hoch. Vorbei an Läden, Neonschildern, Lichtern – auch die Skyline von Pudong wurde jetzt im Rückspiegel kleiner. Pärchen zeigten mit dem Finger auf mich, als ich vorbeibrauste. Drei junge Kerle mit Kochmützen und weißen Jacken johlten. Ein Obdachloser zückte sein Handy, um ein Foto zu knipsen. Mitten auf der Straße parkten altmodische rote Straßenbahnwagen. Ich umfuhr sie im Slalom, nur zum Spaß. Am Ende der Fußgängerzone kam ich im Netz der Nebenstraßen des Bund heraus. Weit und breit kein Porsche – und kein Sven.

Hinter der Fassade der historischen Gebäude liegen Straßen, die sich nicht an das Gitternetz halten, sondern sich kreuzen und queren, als hätte Gott einen Topf gebratene Nudeln auf den Boden gekippt. Hinter dem schönen Schein des Bund mit all den Banken und Hotels winden sich Gassen voll billiger Restaurants. Die Stadt sperrt den Schlund auf und gähnt, ein dampfender, würziger Nachtatem.

Zurück auf dem Bund merkte ich, dass etwas anders war. Mehrere Autos hatten sich zu uns gesellt, doch sie waren nicht schwarz. Sie waren gelb und rot und rosa.

»Was soll das?«, fragte ich ins Intercom.

»Witzfiguren«, sagte die Frau mit tiefer, fieser Stimme. »Die wollen sein wie wir.«

Viele hatten lange auf ein neues Rennen gewartet. Von Anfang an hatte es Nachahmer gegeben, von Untergrundorganisationen auf die Beine gestellte Rennen, die aber nichts waren im Vergleich zu unserem aufwändigen Sponsoring. Diese Trottel hatten keine Ahnung, welche Masken man tragen musste und wo die Kameras waren, und sie wurden immer schnell aus dem Verkehr gezogen, mit Geldbußen bestraft oder weggesperrt. Sie fuhren einfach nur zum Spaß. Weil sie konnten. Sie standen auf hell beleuchtete Boulevards mit möglichst vielen Zuschauern: Nanjing Lu, Wukang Lu, der Bund. In so ein Amateurrennen waren wir hineingeraten.

Ein Maserati tauchte zu meiner Linken auf und ließ die Scheibe runter. »Jia you!«, rief der Fahrer. Ich ließ den Motor einmal aufheulen und brauste davon – der Porsche war nirgends zu sehen. Zu meiner Rechten erschien jetzt ein Ferrari. Der Fahrer nahm die Mütze ab und brüllte über die Motoren hinweg: »Wer bist du, Mann? Ich sag's auch nicht weiter, ehrlich!« Ich winkte ihn weg. Die nervten! Kosteten mich den Sieg. »Genau, scheiß auf die!«, rief der Typ, als ich davonzog. »Ich halt dir den Rücken frei!«

Ein Straßenrennen erfordert vor allem Vertrautheit mit den Straßen. Deshalb sind die besten Fahrer auch Lieferanten, Chauffeure und Taxler. Reiche junge Schnösel, die hübsche Mädchen durch volle Straßen zu Restaurants in Xintiandi fuhren, konnten nicht mithalten.

Ich schlängelte mich an ein paar Selbstfahrern vorbei und sah im Rückspiegel Sven aufholen.

Sirenen heulten: Die Cops, aber es klang, als wären sie noch ein Stück entfernt. Ich war fast an der Nanpu Bridge. Das Ziel kam näher. Mit einem Mal wurde alles um mich klar. Irgendwie heller, schärfer. Als hätte sich die Zeit verlangsamt, und ich sähe die Welt im Ultrafokus.

Ich zog rüber auf die linke Spur und weiter über die gelbe Mittellinie, direkt auf den Gegenverkehr zu. Bei Nacht rasten die Selbstfahrer mit hohem Tempo über den Bund. Ich hielt mich genau in der Mitte. Automatisch schwenkten die anderen Autos vor mir weg, machten mir Platz. Ich kam mir vor wie ein Messer, das einen Lauch aufschlitzt, ihn längs halbiert, aufblättert. Es sah fast aus wie eine Choreografie.

Dann erklang Svens Stimme aus dem Intercom: »Du musst mir helfen, die Karre spinnt!« Im Rückspiegel sah ich, wie er Lichthupe gab, wie sein Mustang schlingerte.

Während der Gegenverkehr sich vor mir auffächerte, stellte ich mir eine Welt ohne Sven vor. Eine Yumi ohne Sven. Ohne dass sie auf dem Rücksitz mit dem Daumen über Svens Hand rieb, ohne ihren anstehenden Sommerurlaub in Russland und ohne die Fliegerei nach Kalifornien im Herbst. Ohne eine mögliche Heirat. Ohne diese Nähe-Distanz-Spielchen. Die hatte sie nicht verdient. Ich wollte

Sven nicht helfen. Ich wollte das Preisgeld einstreichen. Andererseits wollte ich auch nicht, dass die Cops ihn erwischen, dass er enttarnt und überall als maskierter Rennfahrer bekannt wurde.

Ich ging vom Gas, ließ mich zu ihm zurückfallen, machte das Seitenfenster auf. »Was ist los, Kleiner?«

Und Sven lachte. Stieg aufs Gas.

Der kleine Wichser! Ich trat das Pedal durch. Das Herz schlug mir zwischen den Zähnen. Nein, in den Augen. Vor Wut spürte ich kaum noch das Lenkrad. Hatte ein fast außerkörperliches Erlebnis. Statt Sven vor mir zu sehen und seine Lache übers Intercom zu hören, sah ich mich selbst von hinten, aus der Ferne. Als säße ich wieder an diesem alten Spielautomaten, das Lenkrad abgetrennt vom Auto, die Straße halb aus Fahrer-, halb aus Vogelperspektive.

Ich fuhr Yumi an meinem ersten Arbeitstag zur Schule. Nein, ich raste auf dem alten Lieferroller von Adresse zu Adresse. Nein, ich war wieder dreizehn und lernte das Fahren. Nein, ich war zehn und brach meinen eigenen Highscore. Ich hörte meine johlenden, mich anfeuernden Freunde. Für den Sieg gab ich jedes Mal alles. Der alte Shi faulenzte immer nur in seiner Hängematte, eine wippende Kippe im Mundwinkel, die Augen geschlossen, als würde er schlafen, doch wenn ich näherkam, sagte er: »Du bist die Nummer eins, Kleiner.«

Mit zweihundertvierzig Sachen raste ich auf die Nanpu Bridge zu. Der Donner war inzwischen nah und laut, sein Grollen übertönte das Motorengeheul. Jeden Moment würde der Regen losprasseln, so schlagartig und finster, als fiele nach dem letzten Akt der Vorhang. Er würde uns verbergen. Beschützen. Dicht neben Sven riss ich das Steuer nach links, brachte den Wagen ins Schlittern. Mit Wucht knallte ich ihm in die Seite, jagte uns immer schneller die kreiselnde Auffahrt zur Brücke hoch. Höher und höher drehten wir uns die enge Spule rauf. Es kam mir vor, als würde ich mich ewig so weiterdrehen, hoch in den Himmel, in die Wolken, bis zum Bersten. Ich schloss eine Sekunde die Augen. Dann noch mal zwei. Jede meiner Bewegungen war langsam und präzise. Ich war schwerelos, eins mit dem Auto, der Straße, der Stadt.

Blitz

August 2035

Die Sommer wurden immer heißer in Shanghai – aber gut, das wurden sie ja überall. Mittags konnte man fast gar nicht vor die Tür; die Mädchen verbrachten viele Stunden am Pool, unter Wasser oder am Beckenrand. Heute Abend braute sich erneut ein Hitzegewitter zusammen. Was lag da in der Luft? Statische Energie, Atmosphäre, Feuchtigkeit? Was es auch war, die Nacht war voll und schwer davon.

Eko und Leo lagen im Bett. Vor dem Fenster seufzte Donner, erst nah, dann in der Ferne. Ein Blitz knallte die Peitsche. Sie hatten sämtliche Vorhänge aufgezogen und das Licht ausgemacht, um das Spektakel zu betrachten. Die kalte Lüftung blies Eko direkt auf die Haut. Sie trug lediglich Unterwäsche, die Decke zerknittert zwischen den Beinen. Heiß war ihr trotzdem noch.

»Heute werden die Spinnen ganz schön fliegen«, sagte sie.

Vor Jahren waren die Mädchen während eines solchen Gewitters einmal kreischend in ihr Schlafzimmer, in ihr Bett gestürmt und hatten Schutz vor dem Donner eingefordert. Leo liebte solche Nächte, in denen sich alle zusammendrängten und die Mädchen sich laut und dramatisch an ihm festklammerten. Lachend zog er die Vorhänge auf, und sie zählten die Sekunden zwischen Blitz und Donner. Leo konnte alles in einen Spaß verwandeln. Sein Selbstvertrauen war unendlich, unwiderstehlich.

Er fand eine Doku über Blitze, darüber, wie Spinnen, die sich nach den Einschlägen wieder von der Erde in die Luft abstrahlende Energie als Rückenwind nutzten, auf dem sie fliegen, sogar Ozeane überqueren konnten. Während ringsum die Blitze krachten, klebten die Mädchen am Bildschirm. Einmal blitzte es so dicht vor ihrem Fenster, dass das Haus davon wackelte. Eine große Palme war gebrutzelt worden, zurechtgestutzt auf einem dampfenden, schwarzen Stumpf.

»Blitze schlagen nie zweimal am selben Ort ein«, sagte Eko und strich den Mädchen durchs Haar, um sie zu beruhigen.

Yoko drückte sich – trotz Ekos Bitten, Abstand zu halten – die Nase an der Fensterscheibe platt, und Yumi erzählte Kiko, dass alle Menschen im Schlaf Spinnen essen. Kiko verkündete, sie würde sich in Zukunft nachts immer den Mund zukleben, damit die Spinnen nicht hineinkönnen.

Heute Abend hörte Eko aus den Mädchenzimmern jedoch keinen Mucks. Kein Getrappel kleiner Füße. Sie hatten keine Angst mehr. Sachte legte sie die Hand auf Leos Brust, dann hopste sie von dort auf seine Nasenspitze.

»Was machst du denn da?«, wollte er wissen.

»Das ist eine Spinne«, sagte sie. »Die will in deinen Mund fliegen. Auf der Blitzenergie.«

Leo legte sein Tablet weg und sah sie an – ein Blick, der sagte: Typisch du. Doch es war kein böser Blick, eher ein liebevoller. Eko hatte ihre Chance ergriffen. Er drehte sich zu ihr, kniff ihr schnell und verstohlen in die Brustwarze und drückte mit dem Daumen eine Schweißperle platt, die ihr vom Hals auf die Brust rann. Ein Blitzschlag erleuchtete das Zimmer.

In diesem Licht sah Eko ihn, muskulös und erigiert, wie er auf alle viere ging, das konzentrierte Grinsen im Gesicht, das sie in all den Jahren so oft gesehen hatte und das stets dieselbe, verlässliche Bedeutung barg.

Für fünfundvierzig war sie gut in Form und attraktiv. Von sich aus sagte er das nie, also fragte sie ihn manchmal, und er bestätigte es ihr, doch sie wusste es auch so und ertappte ihn manchmal dabei, wie er sie beäugte. Auch er sah gut aus. Er hatte immer noch sein volles Haar, die breiten Schultern, die gute Figur.

Ihr Herz raste heiß. Eine weitere Schweißperle rann ihr übers Gesicht. Er leckte sie auf, zog Ekos Schlüpfer weg, fühlte nach, ob sie bereit war. Sie stand unter Strom. Weit entfernt grollte der Donner.

Leo wanderte mit forschender Zunge an ihr hinab. Sie schloss die Augen, lauschte auf den prasselnden Regen. Kurz wagte sie einen Blick zum Fenster: Das Wasser schlug in böigen Wellen dagegen. Das gab garantiert wieder Hochwasser. Morgen musste sie nachsehen, ob der Unterricht der Mädchen ins Internet verlegt worden war. Ihren Fahrer erinnern, die Schlammreifen aufzuziehen. Und waren die Fenster auch alle gut zu? Dann schob Eko den Gedankenstrom beiseite. Schaltete den Kopf aus.

Er drang ein, und sie verspürte ein seltsames Stechen. Doch ehe sie auch nur japsen konnte, waren seine Lippen schon auf ihren. Sie schmeckte sich selbst. Leo küsste sie, als wäre es der letzte Kuss auf Erden. So hatte er immer schon geküsst. Schwer, nass. Was immer sonst kommen mochte – die steigende Hitze, die Unwetter im Sommer –, das würde ihr ewig bleiben.

Ponys auf dem Berg in der Stadt am Meer

Mai 2034

An den Wochenenden übte Yumi ihre Survival-Skills. Auf dem Grundstück der Familie, eine halbe Stunde außerhalb des Zentrums von Shanghai, ließ ihr Vater sie und ihre Schwestern Holz hacken, Feuer machen, einfache Waffen basteln und Kleinwild jagen. Von ihrer Mutter lernten sie, wie man Pflanzen bestimmte, Felder bestellte und Brot im Holzofen backte.

Yumi war gut im Gemüseanbau, Yoko im Fallenstellen und Kiko im Schneidern. Okay, »gut« war Kiko nicht unbedingt. Aber ihre Designs waren cool. Kiko und Mom konnten den ganzen Tag nähen, während die anderen auf dem Feld oder im Wald waren. Sie machten richtig schöne Sachen: grüne Flickenhosen, bestickt mit sich über die Beine schlängelnden Ranken, oder Hemden aus Leder und Pelzen.

Der Hof lag an einem Berg in der Nähe eines Sees und war umringt vom Wald, an den ein kleiner Park anschloss. Nachdem Dad dieses Stück Land gekauft hatte, hatten sie sechs Monate damit zugebracht, das Haus zu bauen und den Garten anzulegen. Alle mussten anpacken, hatte er gesagt. Sie mussten das Haus als Familie bauen – darauf kam es an, das war der Punkt. Also verbrachten sie viele Wochenenden damit, zusammen mit den Bauarbeitern zu hacken, zu schleifen und zu hämmern. Der erste Spatenstich erfolgte kurz nach dem Mond-Neujahr, im Herbst konnten sie einziehen.

Yumi hasste diese Wochenenden. Sie wollte mit ihren Freundinnen auf Partys gehen. Zeit für sich haben. Schließlich war sie inzwischen ein Teenager, und das Leben spielte sich am Wochenende ab. Yoko ging nur selten auf Partys, aber ihr waren Freunde und all so was ja nie besonders wichtig gewesen. Und die kleine Kiko fühlte sich ohnehin pudelwohl auf dem Hof.

Mom und Dad hatten seinetwegen jedoch häufig Streit. Mom konnte ihn nicht leiden: Er war *sein* Hobby, es ging um *seine* Paranoia, und wie immer schleifte Dad alle anderen einfach mit.

Aus Protest tat Mom nur das Allernötigste. Sie beteiligte sich am Haushalt, aber aus allem Survivalkram, der ihr nicht gefiel – dem Jagen, Zelten und Feuermachen – hielt sie sich raus. Manchmal fuhr sie am Wochenende nicht mal mit hinaus aufs Land. Bei Dad gab es dann Käsetoast zu jeder Mahlzeit, und er wollte aus allem ein Spiel, ein großes Projekt machen. Los, wir gehen aufs Feld! Los, wir reiten aus! Los, wir üben Jagen mit Pfeil und Bogen! Irrsinnig anstrengend war das. Zurück im Haus ging er dann duschen und verkroch sich mit einem dicken Buch in seine Ecke am Kamin. Yumi musste sich darum kümmern, dass alles geputzt wurde und die drei Mädchen es warm hatten und Abendbrot bekamen. Sie setzte den Sauerteig an und backte Brot. Sie reparierte den Anschluss der Satellitenschüssel und suchte Kiko einen Film aus. Ihr war es zwar lieber, wenn Mom dabei war, aber nicht, wenn ihre Eltern ständig stritten. Das war das Allerschlimmste.

Dieses Wochenende packte Yumi ihre Sachen – sie wollte

nur noch weg von der Streiterei. Unter ihre gefalteten Kleider, das Feuerzeug, das Messer und den Wasserfilter legte sie die kleine, schwarze SIG Sauer. Dad hatte zwei davon auf dem Schwarzmarkt erstanden, mit Hilfe eines Freunds, der jemanden in einer Fabrik in Guangzhou kannte, wo Teile für die Pistolen hergestellt wurden. Die Mädchen durften sie nicht anfassen, doch nach ihrem fünfzehnten Geburtstag hatte Dad Yumi gezeigt, wie man damit schoss.

»Wo willst du denn hin?« In der Tür stand Yoko und taxierte ihre große Schwester.

»Ausreiten mit Hayami«, antwortete Yumi.

»Und dafür packst du so viel ein?«

Yumi starrte Yoko an. Die starrte zurück. Und bemerkte das gefaltete Zelt in den Händen ihrer Schwester. Unten zersprang klirrend ein Teller auf dem Fußboden.

»Wie lang willst du weg?«, fragte Yoko.

»Keine Ahnung. So lang, wie's halt dauert.«

»Wie was dauert?«

»Bis die nicht mehr streiten«, entgegnete Yumi. Das »du Idiot« am Ende sprach sie zwar nicht aus, aber es war trotzdem hörbar.

»Die streiten doch nicht deinetwegen«, wandte Yoko ein.

»Na und?«

»Na ja, dass du gehst, wird das Problem nicht lösen.«

»Trotzdem, vielleicht hören sie dann mal auf«, nuschelte Yumi. »Wenn sie merken, dass ich weg bin.«

»Das ergibt keinen Sinn. Deine Begründung ist unlogisch.«

»Macht nix. Hauptsache, du petzt nicht.«

»Ich komme mit«, erklärte Yoko.

»Ich dachte, meine Begründung ist unlogisch«, schoss Yumi zurück.

»Ich hab meine eigenen Gründe.«

»Ach ja? Und zwar?«

»Ich bin lieber draußen im Wald, als das ganze Wochenende hier festzusitzen und mir das Geschrei anzuhören.«

»Okay.« Etwas Besseres fiel Yumi auch nicht ein.

»Siehst du? Das ist logisch.«

»Ja, ja, schon gut. Beeil dich, in zehn Minuten bin ich weg.«

»Wo geht ihr denn hin?« Kiko stand plötzlich in der Tür, ihre Ragdoll-Katze Doris auf dem Arm. Mom und Dad hatten das Tier vor vier Jahren von einem Züchter geholt, zu Kikos Geburtstag. Wegen Yokos Allergie lebte die Katze auf dem Hof.

»Wir reiten aus.«

»Ich will auch«, sagte Kiko.

»Auf keinen Fall, Kiks, du kannst noch nicht gut genug reiten«, erwiderte Yumi.

»Kann ich wohl! Letztes Wochenende waren Daddy und ich den ganzen Tag mit Lucy reiten. Ich kann das. Sie hört auf mich.«

»Ach Kiks, es ist einfach besser, du bleibst hier«, antwortete Yumi in einem Ton, der besagte, dass dieses Gespräch vorbei war.

»Ich will aber nicht hierbleiben. Ich will mit.«

»Nein, Baby«, sagte auch Yoko. »Das geht nicht.«

»Wieso denn nicht? Und sag nicht Baby zu mir, du hast mir gar nichts zu befehlen.«

»Weil ... Weil es eben nicht geht, Kiks«, sagte Yoko. »Wir kommen bald wieder.«

»Ihr seid blöd! Ihr alle beide!« Kiko lief aus dem Zimmer und die Treppe hinab.

In der Küche barst ein weiterer Teller. Yumi und Yoko spitzten einen Moment lang die Ohren. Dieser Lärm wäre sicher nicht so bald vorbei. Mom würde ein einfaches Abendessen machen und es für alle auf den Tisch stellen, während Dad ihr hinterherstampfte und auf sie einschimpfte. Danach würden sie im Schlafzimmer verschwinden. Es gäbe Gebrüll und Geschrei, und Dads Stimme würde durchs gesamte Haus schallen. Das konnte er den ganzen Tag lang durchhalten. Das komplette Wochenende wäre im Eimer – nichts als dicke Luft und eisiges Schweigen. Dad würde in seiner Ecke vor sich hin brüten und zwischendurch mit Py lange Ausritte unternehmen. Mit Mom wäre es besser, die wäre nett zu ihnen. Aber nur scheinnett, scheinfröhlich, mit ständig zitternden Lippen. Yumi hasste dieses Zittern.

»In zwei Minuten. Durch die Luke.«

»Ich beeil mich.«

Yoko eilte zum Schrank und stopfte Socken, Unterwäsche und ihre Regenjacke in einen Rucksack.

Die Mädchen teilten sich ein großes Zimmer. In der Welt der Postapokalypse sei Privatsphäre ein unrealistischer Luxus, fand Dad. Außerdem schweiße sie das zusammen. Im normalen Leben hatten sie alle drei immer so viel zu tun, waren so unterschiedlich. Hier nahm ihr gemeinsames Zimmer den ganzen ersten Stock ein. In drei Ecken stand je ein großes Bett, in der vierten stand ein Tipi. Überall Bücher, Spielsachen, Kleider und Schminkzeug, trotz allen Beharrens ihres Vaters auf Prepper-Minimalismus.

Eine Luke unter Yumis Bett barg eine Rutsche, die durch die dicken Wände des Hauses in einen unterirdischen Bunker führte. Am Ende der Rutsche befand sich eine Tür mit Codeschloss, 25-25-25 lautete der Code. Yumi, Yoko, Yukiko. Hinter der Tür lag ein Tunnel, der bis ans andere Ende des Grundstücks führte.

Falls etwas passierte, falls jemand das Haus überfiel, dann könnten sie, so der Plan, zu ihren Pferden gelangen und entkommen. Oder unten im Bunker bleiben und sich nur ab und zu herauswagen, um frisches Gemüse zu ernten. Die Bewässerungsanlage war mit Kameras gekoppelt. Ein Roboter mit Nachtsichtkamera konnte auch im Dunkeln das Wurzelgemüse ausgraben oder Salat pflücken. Unter der Reit- und Fellpflegeausrüstung im Stall waren Wasser, Nahrung und Campingzubehör versteckt.

»Fertig«, sagte Yoko. Sie hatte Jeans, Stiefel und eine Mütze angezogen und hielt den Rucksack in der Hand.

Yumi nickte und schob langsam und leise ihr Bett zur Seite. Sie schlug den rosa Teppich um, fand die lose Bodendiele, entriegelte die Luke und zog sie auf – genau, wie sie es jeden letzten Samstag im Monat probten.

»Dad wird stinksauer sein.«

»Soll er doch«, sagte Yumi, schlüpfte in das Loch und verschwand.

Yoko stieg auf den Rand der Rutsche und zog hinter sich die Luke zu. Dann stieß sie sich ab und rutschte hinunter in den Tunnel. Dort wartete schon Yumi und knipste gerade eine der Taschenlampen an, die am Ende der Rutsche lagerten.

»Los geht's«, sagte sie und tippte den Code ein. Die Tür sprang auf, und sie liefen durch den Tunnel zu einer Leiter, stiegen hoch, hoch, hoch. Die Ausstiegsluke lag in einer leeren Pferdebox im Stall, versteckt unter Stroh. Yumi schob es beim Herausklettern zur Seite. Dann musste sie lachen. Auch Yoko tauchte aus der Luke auf und sah sofort, was ihre Schwester so lustig fand: Im Stall stand Kiko, in voller Reiterinnenkluft. Lucy war bereits gesattelt.

»Ihr habt aber lang gebraucht«, sagte Kiko.

»Okay, Baby, eins zu null für dich. Du kannst mitkommen.«

Yumi und Yoko sattelten auf, und die drei ritten hinaus

in Richtung Wald. Sie achteten darauf, dass der Stall immer genau zwischen ihnen und den Fenstern des Hauses lag.

»Schneller, Baby, sonst musst du wieder nach Hause«, mahnte Yumi. Dann verschwanden sie zwischen den Bäumen.

Der Wald glich einem Vakuum. Kaum waren sie drin, umgab sie Finsternis und kühle Stille. Und jede der drei verspürte auf eigene Weise Erleichterung darüber, von zu Hause fort zu sein, und Angst davor, weiterzugehen.

Doch weiter gingen sie trotzdem. Die Ponys waren aufgeregt. Die Mädchen ritten sonst nie ohne ihren Vater und Py aus, der jetzt bei den alten Ackergäulen im Stall geblieben war. Selbst Hayami, Raven und Lucy merkten, dass dies ein besonderer Tag war. Yumis Hayami übernahm gekonnt die Führungsrolle. Die fuchsrote Stute wurde zwar langsam etwas klein für ihre Reiterin, hatte aber deren übergroßes Selbstbewusstsein angenommen. Yokos Raven war so schwarz, dass sie fast lila schimmerte. Kikos Lucy war weiß mit grauen Flecken. Sie war das verhätschelte alte Mädchen und trug den Spitznamen Regenbogenbaby: Kiko hatte ihre struppige Mähne zu Zöpfchen geflochten und mit Perlen in allen Regenbogenfarben geschmückt.

Die beiden Jüngeren ritten K-Ponys, das kleinste Maß, Yumi ein höher gewachsenes G-Pony, obwohl sie eigentlich schon groß genug für ein Pferd war und manchmal auf Dads Py steigen durfte. Allein in den Wald sollten sie jedoch alle nicht. Das hatte Dad verboten. Wenn sie mit ihm hineinritten, mussten sie Orientierung üben. Oder Nahrungssuche, wenn Mom dabei war und auf Pys breitem Rücken hinter Dad saß, sich mit ihrem zarten Körper an ihm festklammerte. Kräuter, Beeren, Wurzeln und Pilze sammeln, das war das Einzige, was Mom hier auf dem Land interessierte. In der Küche stapelten sich japanische, chinesische und französische Bücher über diese Kunst. Außerdem hingen dort komplizierte Stickereien, die sie von den essbaren Pflanzen des Waldes angefertigt hatte. Manche hatte sie mit kleinen Magneten versehen, um sie auf den Kühlschrank und die Spülmaschine zu drapieren.

»Ich will auf die andere Seite vom Berg«, sagte Yumi.

»Ja, da suchen die uns nie«, pflichtete Yoko bei.

»Das ist aber nicht mehr unser Grundstück«, wandte Kiko ein.

»Na und?« Yumi trieb Hayami an, führte sie tiefer in den Wald. Der Weg war zu beiden Seiten von Bambus gesäumt, dessen Blätter miteinander flüsterten, während die Mädchen vorbeiritten. Außerdem war er geteert, und eine Weile war nichts als das Klappern der Hufe auf dem Asphalt zu hören.

Die Mädchen waren über diesen Weg schon oft geritten. Mit ihrem Vater, hinaus in den Wald, auf den Berg, um den Park. »Hinter dem Park liegen zwei Hotels. An denen reitet ihr vorbei bis zum Bach. Haltet euch ans Wasser und geht Fremden aus dem Weg. So kommt ihr zu unserem Boot am Huangpu.« Das war der Plan, das war ihr Treffpunkt. Falls sie die Stadt, das Land verlassen müssten und im Chaos einer Katastrophe irgendwie getrennt würden. Über den Huangpu könnten sie das große Segelboot im Norden erreichen und damit aufs Ostchinesische Meer entkommen, und dann weiter zu der kleinen Insel mitten im Pazifik.

Tatsächlich hatte ihr Vater einen Mehrheitsanteil an einem der beiden Hotels erworben. Ihr Haus, der Hof, der Pferde- und der Hühnerstall, sie alle lagen auf dessen Grund, und unter der Woche kümmerte sich das Personal um die Tiere, düngte und wässerte die Pflanzen, bürstete und striegelte die Pferde.

Die Hotelanlage umfasste die ganze Südseite des kleinen

Bergs, auf dessen Gipfel noch ein weiteres Privathaus stand. Von den Wanderwegen auf der öffentlich zugänglichen Nordseite, wo sich an den Wochenenden andere Städter wie sie gegenseitig auf die Füße traten, hielten sie sich fern. An richtig heißen Tagen gingen die drei rüber zum Hotel, wo jedermann sie kannte, wo sie Gratis-Mocktails an der Bar bekamen und stundenlang im Pool planschten. Sobald ihr Vater sich beklagte, Yumi würde zu viel Zeit in dem Hotel verbringen, erwiderte die: »Wenn du nicht willst, dass wir ein Hotel benutzen, darfst du uns eben keins kaufen.«

Mit fünfzehn war Yumi bereits die Blicke der jungen Männer gewohnt, die am Pool kochten, putzten und ihr alkoholfreie Cocktails brachten. Sie trug Bikini und rieb jeden Quadratzentimeter ihrer ausgesprochen blassen Haut theatralisch mit Sonnencreme ein, half auch ihren Schwestern dabei. Yoko saß im Schatten und las. Kiko putzte sich raus wie ihre älteste Schwester, trug Sonnenbrille, nippte Drinks und verriet Mom und Dad nie ein Wort, wenn Yumi fünfzehn, zwanzig Minuten am Stück mit einem Stalljungen oder Hotelpagen auf dem Klo verschwand.

Ansonsten lag Yumi im Pool und sah in den Himmel. Dieses Schweben: deshalb war sie gern im Wasser. Sie liebte das Gefühl, getragen zu werden, halb unter Wasser, alle Geräusche ringsum gedämpft. In Physik hatte sie vom Gewicht des Wassers erfahren und gestaunt, dass etwas so Leichtes in der Masse so schwer sein konnte. Ihrer Berechnung nach wog das Wasser im Pool etwa dreißig Tonnen. Ein Elefant wog fünf Tonnen. Yumi stellte sich sechs in den Pool gepferchte Elefanten vor. Sie trieb durch Elefanten. Schwebte auf Elefantenrücken.

Kiko war Yumi vollkommen hörig. Und sie hatte ein wenig Angst vor ihr. Yumi konnte von einem Moment auf den nächsten alles Mögliche sein: lieb und brav, charmant und witzig, abgrundtief grausam – manchmal alles binnen einer Stunde.

Yoko, die zu viele Jahre lang die volle Wucht von Yumis Zorn abgekriegt hatte, blieb der großen Schwester inzwischen möglichst fern. Doch ab und zu, wenn Yumi lieb war und ihr Herz öffnete, ging sie ihr doch noch auf den Leim und offenbarte selbst ihr Herz und ihre Hoffnungen, woraufhin sie jedes Mal zertreten wurden.

Yumi führte sie den Berg hoch bis zu einem Zaun, an dem ein Schild warnte: »Privatgrundstück. Betreten verboten.« Sie entriegelte das Tor und hielt es ihren beiden Schwestern auf. Die ritten hindurch und warteten darauf, dass Yumi es wieder schloss und die Führungsrolle übernahm. Der Weg war hier nicht mehr geteert, die Bambuswände links und rechts verschwunden. Jetzt waren sie ganz allein, auf dem eigentlichen Berg.

»Los, wir reiten zum Haus auf dem Gipfel«, sagte Kiko. Sie war von dem Haus ganz besessen. Wenn sie am Wochenende zum Hof fuhren, zeigte sie schon von weitem darauf und rief: »Da ist das Haus!« Oder sie sagte: »Eines Tages werd ich da oben wohnen. Wenn ihr nett seid, dürft ihr mich besuchen.« Und einmal: »Ich glaube, da drin spukt's.«

»Aber da wohnt doch sicher jemand«, gab Yoko zu bedenken. »Wir können doch nicht einfach so bei denen reinplatzen.«

»Da wohnt keiner«, erwiderte Yumi. »Das steht leer.«

»Woher willst du das wissen?«

»Ich war mal oben.«

»Mit wem?«

»Allein. Was juckt's dich?«

»Mhm, klar.«

»Wir können jedenfalls hin. Ich kenne den Weg.«

»Jaaa!«, rief Kiko und hopste auf Lucys Rücken auf und

ab. Lucy war ein altes Mädchen und gewöhnt an Baby Kikos Faxen, an ihr Gekiekse, das Gekreische und die Tritte in den Bauch. Das Pony nahm alles gelassen hin, ging ungerührt auf das Ende seines Lebens zu.

»Wir können im Haus spielen«, sagte Yumi, »und wenn wir wollen, können wir da drin auch unser Lager aufschlagen.«

»Das ist Einbruch«, wandte Yoko ein. Doch sie führte wieder mal nur Selbstgespräche.

»Ich glaub, das Haus wird supertoll«, fing Kiko an. Und dann plapperte sie lange über alles, was sie sich dort vorstellte: einen Froschteich neben der Auffahrt, eine geschwungene Steintreppe wie für eine Prinzessin (oder drei!), mit Staub und Spinnweben behängte Kronleuchter, eine Katzen- und eine Hundefamilie, Zimmer voller herrlicher Kleider, deckenventilatorgroße Hüte, Wandregale voller Schuhe, einen smaragdgrünen Pool, in dem Enten, Fische und Farne lebten – und erst der Keller! Oh, von dem wollte sie nicht einmal reden! Ihn sich nicht mal vorstellen. Keine zehn Pferde brächten sie da runter. Unaussprechliches ging dort unten um.

Yumi und Yoko mussten erst grinsen, dann sogar laut lachen. Fast wie früher war das hier – bevor Yumi an die Middle School gegangen, erwachsen geworden und den zwei anderen entwachsen war. Als sie zu dritt im Sprudelbad ihrer Mutter gespielt und mit Schaumbikinis ihre flache Kindlichkeit bedeckt hatten.

»Wie lang wollen wir hier draußen denn bleiben?«, fragte Yoko mit einem Blick zum sich verfinsternden Himmel.

»Gefällt's dir etwa auf dem Hof?«, fragte Yumi zurück. »Willst du weiterhin jedes Wochenende herkommen?«

»Keine Ahnung. Ist doch nicht so übel«, sagte Yoko.

»Ach komm. Es ist furchtbar! Außer Dad ist niemand gern hier. Mom findet's doof, ich find's doof, und Kiko findet's auch doof, oder, Kiks?«

»Ja, doof«, bestätigte Kiko brav.

»Stimmt doch gar nicht, Kiks«, sagte Yoko. »Du bist gern hier. Du magst die Tiere. Du magst das Schneidern mit Mom.«

»Nein, ich find es doof! Hast du was an den Ohren?«

»Wenn das mal Yokos einziges Problem wäre«, ätzte Yumi.

»Du willst doch jedes Wochenende herkommen, Baby.« Yoko ließ nicht locker. »Jeden Freitag wartest du auf deinem Koffer. Samstags willst du als Einzige noch den Spieleabend haben.«

»Aber das war vorher«, widersprach Kiko.

»Vor was?«

»Vor dem, was ich grade gesagt hab.«

»Du meinst vor dem, was Yumi gesagt hat. Du bist so eine Mitläuferin! Und ein Quälgeist. Und das Schlimmste ist, du bist 'ne Lügnerin.«

»Bin ich gar nicht.«

»Bist du doch. Und das gefällt mir nicht.«

»Mir gefällt dein Gesicht nicht.«

»Mein Gesicht sieht genauso aus wie deins, du Blödi. Und mich nervt dein dämliches Stepptanzen. Scheiße ist das.«

»Okay, Yoko, ist gut jetzt«, ging Yumi dazwischen. »Ich weiß nicht, wie lange wir hier draußen bleiben. Wir gehen heim, wenn wir uns langweilen, oder wenn es regnet oder so. Aber wir müssen klar machen, worum's uns geht. Wir sollten nicht gegen unseren Willen hier sein müssen.«

»Ja, weil's *dir* nicht gefällt«, sagte Yoko. »Das ist doch bescheuert. Ich geh nach Hause.«

Sie ließ Raven kehrtmachen und den Weg zurücktrotten. Doch sobald die beiden anderen außer Sicht waren, saß sie ab und band das Pony an einen Baum. Die Sonne war untergegangen und der Weg jetzt viel schwerer zu sehen. Eigentlich vertraute sie ihrem Orientierungssinn. Aber im Dunkeln?

Yoko nahm ein paar Karotten aus der Satteltasche und fütterte Raven. Sie legte den Kopf an den warmen Hals des Ponys, spürte dessen seidige Mähne. Raven war eine bessere Schwester als ihre beiden richtigen zusammen. Yoko verbrachte mehr Zeit damit, die beiden zu hassen, zu beneiden, zu verurteilen und mit ihnen zu streiten, als damit, Spaß mit ihnen zu haben. Doch ihr Hirn funktionierte zuerst und vor allem rational, logisch. Sich zu verirren, war unter gegebenen Umständen nicht unwahrscheinlich. Und sie wäre allein. Mit ihren Schwestern wäre sie immerhin sicherer.

»Wir müssen zurück, Ravey«, flüsterte sie dem Pony in den Nacken. »Ob wir wollen oder nicht.« Damit löste sie das Seil vom Baum, stieg in den Sattel und kehrte um.

Yumi und Kiko sagten nichts dazu, dass Yoko wieder auftauchte. Ihr Schweigen enthielt Vorwürfe und Dank, Erleichterung und Angst. Das spürten und verstanden alle drei auch ohne Worte. Sie ritten weiter, bis sie müde wurden und die Ponys langsamer. An einem Bach ließen sie die Tiere trinken. Kurze Zeit später fanden sie eine Lichtung, auf der sie ein Feuer machten.

Yumi spürte in der Stille die Präsenz von Eko, stellte sich vor, dass ihre Mutter diese Rebellion guthieß. Bei anderen Gelegenheiten war sich Yumi plötzlich sicher, dass ihre Mutter tot war, sie verlassen hatte. Ein wiederkehrender Traum war das. Ein Albtraum. Yumi war das Ebenbild ihrer Mutter. Dasselbe dichte, schwarze Haar. Dieselbe gerade Nase, dieselben schwarzen Augen. Dieselben zarten Lippen. Sie beide waren kreideweiß, ein Weiß, das wirkte, als könnte es jederzeit wie Puder davonwehen. Der einzige Unterschied war, dass Eko im Sommer immer Sommersprossen bekam, wodurch die Mutter manchmal jünger aussah als die Tochter. Zu jeder anderen Jahreszeit hatte Yumi beim Anblick ihrer Mutter das seltsame Gefühl, in einen Spiegel zu schauen.

Vielleicht lag es an dieser Ähnlichkeit mit ihrer Mutter, dass sie glaubte, all ihren Kummer und Frust, all ihre verkappten Streits mit Dad zu verstehen, als beträfen sie sie selbst. Warum ließ sie das mit sich machen? Und dann waren da noch die Worte, die ihr Vater ihr, Yumi, zudachte: Du musst lauter sprechen, Yumi, du musst netter sein, Yumi, du musst immer alles geben, Yumi, egal, was du tust.

Stör mich nicht, Yumi. Lass mich in Ruhe.

Mehr wollte sie ja gar nicht. Sie mochte das Gefühl völliger Freiheit, wenn Dad auf Geschäftsreise war. Sonst war er immer da, nahm Raum ein, sog alles Licht auf wie ein großes schwarzes Loch. Wohin gehst du, Yumi, mit wem, wer fährt, nimm den Chauffeur, wann kommst du wieder? Als wäre dieses Fragenfeuer ein Liebesbeweis. Aber es war fake. Wertlos. Yumi war immer allein gewesen, hatte immer alles selbst geregelt.

Jetzt spürte sie, wie ihre Schwestern zu ihr aufschauten, auf ihre Führung warteten. Die Älteste zu sein, war eine Last. Sie sollte klüger, gütiger, besser, großzügiger, fürsorglicher sein. Aber das war sie nicht. Sie war weder klüger noch gütiger noch besser. Nicht mal die Hübscheste war sie, um Längen nicht. Sie hasste es, die Jie Jie zu sein, die Älteste. Sie hatte es immer gehasst. Sie wünschte, die zwei wären nie geboren worden. Am liebsten hätte sie auch jetzt gesagt, sie sollen sich verpissen, genau wie sonst so oft – zwei, dreimal am Tag, wenn sie auf dem Hof waren. Aber wo sollten sie hin? Die Nacht umschloss sie immer dichter. Die Vögel zwitscherten die letzten Takte ihres Abendlieds, und Wind und Bäume nahmen den Refrain auf.

Yumi kam sich vor wie ganz weit weg, in einer anderen Welt, einem anderen Körper. Yoko wusste, dass sie nah an zu Hause waren; schließlich waren sie noch immer auf ihrem Berg. Kiko dachte nur an das Spukhaus. Würde sie es noch zu sehen kriegen? Ihre Schwestern hatten schlechte Laune. Ob sie auch allein hinkönnte? Mit Lucy? Wie wichtig war es ihr? Und wäre es ohne Yumi und Yoko noch lustig? Sie stellte sich vor, wie sie allein durch die verlassenen Zimmer schlich, und sie kamen ihr finster und bedrohlich vor. Die unaussprechlichen Dinge hatten den Keller verlassen und lauerten nun überall.

»Lasst uns was essen«, sagte Yumi. Schweigend gingen sie ans Werk, legten Holz nach und schürten das Feuer. Die vertraute Tätigkeit beruhigte sie. Auch Yoko setzte sich zu ihren Schwestern. Kiko hatte Zutaten für S'mores dabei, Marshmallows und Kekse. Die zwei Jüngeren steckten sich Marshmallows auf Stöcke und hielten sie über die Flammen.

Yumi sah zu, wie Kiko ihren Marshmallow grillte. Er wurde schwarz. Schon beim Hinsehen konnte Yumi die Asche schmecken, die dünne, verkohlte Haut und die schleimig-klebrige, fast flüssige Süße unter der bitteren Hülle. Sie widerstand dem Drang, Baby zu bitten, sie mal beißen zu lassen. Stattdessen stand sie auf und ging zum Rand der Lichtung.

Die angebundenen Ponys scharrten mit den Hufen. Auch für sie war dies der erste Ausritt ohne Py. Sie waren gut gelaunt, wenn auch etwas verunsichert. Kiko aß den verkohlten Marshmallow und ging Lucys weichen Hals streicheln, spürte ihre Wärme unter der geflochtenen Mähne. Dann ließ sie das Pony den klebrigen Zucker von ihren Fingern lecken.

Yumi dachte an ihr Schwimmteam. Sie hatte in der Jugendauswahl bleiben dürfen, aber vermutlich nur aus Nettigkeit. Eine Zukunft hatte sie im Wettkampfsport nicht. Früher oder später müsste sie ins Freizeitteam wechseln. Auch gut. Hätte sie eben mehr Zeit für ihre Freunde, für die Schule. Trotzdem trauerte sie jetzt schon – um »ihr Ding«, um die eine Sache, die nur ihr gehörte. Yoko hatte Mathe, Kiko das Tanzen. Wie lang würden sie sich das bewahren können? Yumi schwamm zwar für ihr Leben gern, war aber nicht besonders gut darin. Bei Wettkämpfen war sie immer die Letzte. Ihr fehlte die Körperkraft. Doch das Wasser war ihr Element: alles aus ihrer Lunge herausholen, der Schwung beim ersten Abstoß von der Beckenwand, durchs Wasser gleiten wie eine Gewehrkugel, ein von einem U-Boot abgefeuerter Torpedo. Wenn sie beim Schwimmen das Gewicht des Wassers wegschob und sich zugleich schwerelos vorkam, fühlte sie sich manchmal sogar wohler als an Land.

Auf einmal kam ihr eine Idee. Statt zum Haus könnten sie auch zum Hotel gehen, sich ein Zimmer nehmen und in den Pool springen. Kiko und sie. Wenn Yoko im Wald bleiben wollte, bitte.

Sie waren hungrig. An Verpflegung hatte Yumi nicht gedacht, nur an die Flucht. Sie hielt den Hunger im Bauch fest, schlang sich eng um seine Leere, liebkoste ihn, liebte ihn. Heute war es nur ein kleiner Hunger, ein Baby, ein Küken. Ihre Schwestern grillten mittlerweile drei, vier Marshmallows gleichzeitig auf ihren Stöcken. Yumi sah wohlwollend zu, ganz die aufopferungsvolle große Schwester. Sollen die Kleinen ruhig essen, dachte sie bei sich.

Doch ehe sie es sich versah, saß sie selbst neben Kiko am Feuer. Steckte die Hand in die Tüte mit den Marshmallows. Stopfte sich welche in den Mund. Das Küken wurde gefüttert, viel zu hastig.

»Hey!«, rief Yoko. »Lass uns auch noch welche übrig!« Ihre Stimme klang weit weg, obwohl sie fast direkt an Yumis Ohr war. Yumi stand auf und ging in den Wald – gerade so weit, dass sie das knisternde Feuer noch hörte. »Jetzt geht sie kotzen«, war das Letzte, was bei ihr ankam, bevor ihr der Verstand versagte und das vertraute Brennen in der Kehle aufstieg.

Eko versuchte es zuerst beim Hotel. Dort waren die Mädchen jedoch nicht. In all den Jahren in China hatte Eko noch nie die Polizei anrufen müssen. Wie war noch gleich die Notrufnummer? 110? 112? In Japan lautete sie 110. In Frankreich 17. Und hier? 120? Oder 911? Musste sie erst vierundzwanzig Stunden warten? Achtundvierzig? Sie griff nach dem Handy und versuchte es mit 110. Bingo. Ein Polizist ging ran und fragte: »Was kann ich für Sie tun?«

»Meine Töchter sind verschwunden!«

»Verstehe. Wann haben Sie sie zuletzt gesehen?«

»Heute Morgen. Nein. Am Nachmittag. Nach dem Essen. So gegen zwei.«

Der Polizist nahm die Namen der Mädchen auf, ihr Alter, ihre äußeren Merkmale, den letzten bekannten Aufenthaltsort, eine Beschreibung der Ponys.

»Wenn sie mit den Ponys los sind, wollen sie wohl kaum in die Stadt. Ich würde tippen, dass sie in die Natur wollten, vielleicht auf den Berg. Was haben sie denn sonst noch mitgenommen?«

Eko erzählte ihm von der Campingausrüstung: Ein Zelt, ein paar Snacks.

»Kommen die drei denn im Wald zurecht?«

»Bestens.«

»Gut jedenfalls, dass sie zu dritt sind.«

»Kämpfen können sie auch.«

»Ach so? Kung Fu?«

»Jiu-Jitsu.«

Eine Pause. »Also ... Sollen wir dann eine Suchmannschaft losschicken? Oder ...«

»Ja, unbedingt! Und Hunde. Alles, was Sie haben. Wir bezahlen, egal, was es kostet. Einen Hubschrauber. Können Sie einen Hubschrauber schicken? Wir dürfen keine Zeit verlieren!«

»Wir gehen sofort an die Arbeit«, antwortete der Polizist. »Ein Team kommt zu Ihnen nach Hause. Bitte warten Sie dort.«

Eko legte auf. Leo kam herein und sagte: »Eine Pistole fehlt.«

Wie sie ihn hassen – ihm niemals verzeihen – würde, wenn den Mädchen etwas passierte. Denn *er* hatte einfach kein Ende gefunden. Ganz wie es seine Art war, wie sie es all die Jahre, immer, akzeptiert hatte. Ein Vortrag, eine Predigt, eine Standpauke, während sie versuchte, ihren Ärger im Zaum zu halten, zuzuhören, zu verstehen. Das Gefühl von Sinnlosigkeit und Scheitern zu unterdrücken. Niemals würde sie genügen, immer wäre sie ein »work in progress«. Doch heute Abend hatte sie, die meist zu müde war, um sich zu wehren, die Nase voll gehabt. Außer ihr kümmerte sich niemand um das Abendessen. Alle anderen dachten nicht einmal daran, bis es zu spät war. Es war kurz vor fünf gewesen, und die Sonne hatte bereits tief zwischen den Bäumen gestanden, die draußen vor dem Fenster stolz hinter ihrem tobenden Mann aufragten. Stolz und stumm, genau wie Eko. Bald würde die Nacht sich über den Streit legen. Der Auslöser? Dass Eko die nassen Badesachen nicht eingewickelt hatte, wie es sich gehört, weshalb die Hälfte der Kleider im Wäschekorb feucht gewesen war und nun zum Trocknen auf dem Balkon hing. Angeblich war das ein Beispiel für ein altes Muster. Für ihre sorglose, schlampige Natur, für ihre Unfähigkeit zu einem guten Leben.

Eko hatte versucht, ruhig zu bleiben. Trotz seiner Vorwürfe, trotz der üblichen Pauschalisierungen ihrer Charaktermängel, trotz der haarkleinen Auswertung all ihrer Versuche, sich zu bessern.

Aber das Abendessen hatte sie erwähnt. Einmal, und dann noch mal. Sie wusste, dass ihn das auf die Palme brachte. Er wollte nämlich kein Signal, den bereits gut vier Stunden andauernden Streit vorzeitig abzubrechen, sondern dass Eko ihm Recht gab und mit ihm über Möglichkeiten sprach, ihre diversen Defizite zu korrigieren. Über die Chance auf stabiles Glück mithilfe eines Drei-Stufen-Plans der Rechenschaftspflicht.

Doch das hatte sie ihm nicht gegönnt, sondern nur – ganz ruhig – gesagt: »Wenn du mich nicht bald das Essen machen lässt, drehe ich durch.«

Natürlich hatte das die Stimmlage und Lautstärke seines Zorns, seiner Enttäuschung, seiner Forderungen nur verschärft. Er hatte die Schranktür aufgerissen, einen Porzellanteller nach dem anderen herausgenommen und auf dem Boden zerschlagen. Wie herrlich fragil diese Teller doch waren.

Bei dem Wort Pistole kam Bewegung in Eko. Sie packte ihre Sachen. War schon fast weg. Leo behielt sie im Auge, blockierte die Tür.

»Wage es ja nicht. Wenn du jetzt gehst, ist es aus. Das lasse ich nicht mit mir machen. Das verzeihe ich dir nie.«

Eko sah ihn an, was gar nicht so leicht war. Sie spürte, wie ihr Koffer an ihr zog, wie ihre Töchter an ihr zogen, sie fortriefen. Der Ruf war unwiderstehlich.

»Du hast zu viel von mir verlangt«, sagte sie. »Es reicht. Es ist zu viel.« Damit schob sie ihn beiseite und ging durch die Tür.

Als sie in den Wald trat, dachte Eko daran, wie sie Yumi einmal verloren hatte, als sie fast zwei gewesen war. Im Einkaufszentrum war das gewesen, in dem Supermarkt im Untergeschoss. Im einen Augenblick hatte Yumi noch neben Eko gestanden, als sie sich nach den Tiefkühlpizzen streckte, im nächsten war sie fort, in der ganzen TK-Abteilung nirgends zu sehen.

Eko hastete durch die umliegenden Gänge und wandte sich schließlich an einen Kassierer. »Bitte machen Sie eine Durchsage«, drängte sie. Ihr Chinesisch war schlecht, aber dafür reichte es.

»Yumi Yang, Yumi Yang. Bitte melde dich an der Kasse, deine Mutter sucht nach dir.«

Eko zeigte dem Kassierer ein paar Fotos und beschrieb ihm, was Yumi anhatte: ein Kleidchen, bunt bestickt mit Hummeln und Blaubeersträuchern. Ihr Haar war zu Zöpfchen geflochten, ihr Pony hing ihr tief in die Stirn.

Beim Beschreiben ihrer Tochter kamen Eko fast die Tränen. Vielleicht, weil sie hochschwanger und hormongesteuert war. Was, wenn sie tatsächlich ihre Erstgeborene verlor, kurz bevor die Zweite auf die Welt kam? Das traurigste Glück aller Zeiten. Wie sollte man das bezeichnen? Tragisch? Ironisch? Das treffende Wort wollte ihr nicht einfallen. Sie hatte immer schon zwischen zwei Sprachen gelebt, und seit ein paar Jahren kam nun auch noch Chinesisch hinzu. Ihre Wortschätze waren in allen Sprachen mittelmäßig, vermischten sich, ersetzten einander. Yumi dagegen sprach fließend Chinesisch. Es war fast immer ihre erste Wahl – mit Ayi, Daddy und ihren Kita-Freunden.

Eko steckte ihr Handy weg und bat den Kassierer: »Wenn sie kommt, soll sie bei Ihnen bleiben. Ich suche selbst auch noch mal.«

»Ist gut«, antwortete er. »Ich gebe im Einkaufszentrum Bescheid, falls sie nicht mehr im Supermarkt ist.«

»Die Kameras!«, rief da eine andere Kassiererin, und schon drängten die drei sich in einen kleinen Raum – eher ein Schrank – voller Bildschirme.

Schnell suchte Eko die Monitore ab. Nach Hummeln und Blaubeersträuchern. Bei den Süßigkeiten, bei den Cornflakes, bei der Eiscreme – Yumis Lieblingsplätze. Da! Wacker reckte sich die kleine, rote Dreiecksflagge eines Kindereinkaufswagens in die Höhe. Yumi stand an der Fischtheke und beäugte einen riesigen Barsch. Ehe Eko sich's versah, war sie bei ihr. Offenbar hatte sie den schnellsten Weg gewählt, was hieß, dass sie sich das Gängenetz des Ladens besser eingeprägt hatte, als sie gedacht hätte. Was wiederum hieß, dass sie dieses Leben bereits ziemlich lange führte.

Yumi stand immer noch da, wo die Kamera sie erspäht hatte. Ihr Wagen war vollgepackt mit Schokolade und Bonbons. In ihren Lieblingsgängen war sie anscheinend zuerst gewesen.

Eko stürmte auf sie zu und fiel ihr um den Hals. »Meine Kleine! Wo warst du denn? Du kannst doch nicht einfach weglaufen! Mami wusste gar nicht, wo du bist. Bitte mach das nie wieder.«

»Aber Mami, ich hab doch gesagt, ich will Schokolade.«

»Ach ja? Das hab ich nicht gehört. Bitte entschuldige.«

»Du hast mich einfach nicht gehört, Mami.«

»Ach, Süße, in Zukunft hör ich dich. Aber jetzt lass uns nach Hause gehen.« Eko kaufte die gesamte Schokolade in Yumis Wagen.

Zu Hause, während Yumi fröhlich mit Ayi spielte, überlegte Eko, was sie bloß getan oder gedacht hatte, das sie Yumis wiederholte Bitte um Schokolade hatte überhören lassen. Sie war in Gedanken gewesen, hatte überlegt, sich einen Job zu suchen. Sich gefragt, ob alles anders wäre, wenn sie nicht nur Mutter, sondern auch berufstätig wäre. Ob *sie* dann anders wäre. Und ihre Beziehung zu Leo. Und zu sich selbst. Während sie sich nach der Pizza streckte, hatte sie sich vorgestellt, wie viel besser sie als richtige Karrierefrau wäre: unabhängig, stark und kompetent.

Und jetzt: wie damals. Waren sie tatsächlich fort? Verirrt, überfallen, entführt? Die Tragik der Lage rumorte ins Ekos Bauch. Dennoch ging sie zügig, wurde vorwärts in den dunklen Wald getrieben. Alles war egal, sogar der Gedanke an das drohende Scheitern ihrer Ehe, diese alte, wohlvertraute Angst. Ihre Mädchen waren weg. Verschwunden!

»Yumi!«, rief Eko in die Finsternis. »Yoko! Kiko!« Wie oft schon hatte sie nach ihren Töchtern so gerufen – genau so, in dieser Reihenfolge, von der Ältesten zur Jüngsten? Sie dachte an die Zeit, als sie Babys gewesen waren, an diese wunderbaren Tage voller glücklicher Erinnerungen: Leo, der die Kleinen im Arm gehalten und wie Puppen in die Luft geworfen hatte. Doch jetzt waren sie im Wald. In Gefahr. Das wusste Eko. Sie kannte sie so gut wie sich selbst.

Zu Hause war alles dunkel, abgesehen von einer Ecke im Wohnzimmer. Dort saß Leo auf seinem Sessel und versuchte, ein Buch über eine Schlacht im Ersten Weltkrieg zu lesen. Er war aufgewühlt. Konnte sich nicht konzentrieren.

Eko war gegangen, und er saß zu Hause, aus Prinzip. Sie hatte natürlich nicht mit ihm darauf warten können, dass die Kinder von allein nach Hause kämen. Sie hatte unbedingt die Polizei anrufen müssen. Nein. Er vertraute auf seine Töchter – die kämen da draußen wunderbar allein zurecht. »Auch Kiko?«, hatte Eko gefragt. Ja, auch Baby Kiko. Die war vielleicht sogar die Versierteste der drei.

Nicht mal wegen der Waffe mussten sie sich Sorgen machen, nicht wirklich, auch wenn Eko das eindeutig anders sah. Während sie ihre Tasche gepackt hatte, war er ihr auf Schritt und Tritt gefolgt, um mit fester, immer wütenderer Stimme zu verkünden, dass er sich an ihrer Expedition nicht beteiligen würde. Es war falsch von ihr, sie derart zu bemuttern. Immer bemutterte sie die Mädchen so.

»Das sind meine Mädchen«, sagte sie und blitzte ihn an. Doch er zog nach. »Ach ja? Und meine nicht?« Dann verbot er ihr zu gehen, aber sie hängte sich trotzdem die Tasche um und stürmte davon.

Jetzt war Leo allein. Das war für ihn das Schlimmste. Im Licht der einsamen Lampe rang er mit sich. Sie alle waren weg. Und Eko – Eko würde ein großes Chaos anrichten. Hatte sie überhaupt ein Pferd genommen? Und wenn ja, hatte sie auch an ihren Helm gedacht? In Frankreich war Leo einmal abgeworfen worden. An Regentagen tat ihm davon immer noch der Rücken weh.

Die Mädchen hatten ihre Helme dabei, da war er sicher. Doch jetzt, wo die Frage ihm durch den Kopf spukte, musste er wohl oder übel zum Stall. Nur, um nachzusehen. Tat er das nicht, würde er die ganze Nacht daran denken und kein Auge zumachen. Verdammt! Er musste doch selbst in den Wald, oder? Niemand kannte sich dort so gut aus wie er. Er hatte den besten Orientierungssinn. Eko konnte ja nicht einmal rechts und links auseinanderhalten. Er schnappte sich seine Sachen und ging gemächlich zur Tür, aber auf halbem Weg zum Stall rannte er schon.

Die ganze Familie war nun draußen am Berg. Die Mädchen löschten nah beim Gipfel ihr Feuer. Ihre Mutter stieg zu Fuß den Weg hinauf. Leo sattelte hastig Py. Er würde die drei finden, noch vor Eko.

»Ich finde, wir sollten doch zum Hotel gehen«, sagte Yumi.

»Aber da finden die uns sofort«, wandte Yoko ein.

»Schon, aber es ist bequemer. Und es gibt was zu essen.«

»Du hast dein Essen grade ausgekotzt.«

Yumi warf Yoko das zu, was die ohne jede Zärtlichkeit den Todesblick nannte. »Kiko, pack dein Zeug zusammen«, befahl sie.

»Nein, Kiko«, sagte Yoko. »Wir machen hier fertig, dann gehen wir auf den Gipfel, zu dem leerstehenden Haus.«

»Mein Gott, du bist so eine Niete«, schnaubte Yumi.

»Was Besseres fällt dir nicht ein?«, fragte Yoko. »Du kannst Baby das nicht versprechen und es dann einfach nicht halten.«

»Seit wann bist du denn so scharf auf dieses Haus?«

»Bin ich gar nicht. Aber wenn ich sage, dass ich was tue, dann tu ich es auch.«

»Ist schon okay«, sagte Kiko, die gerade Lucys Zöpfchen ineinanderflocht. »Macht mir nix aus.«

»Klar macht's dir was aus«, erwiderte Yoko. »Du sollst nicht lügen. Nicht! Lügen! Das nervt mich so sehr, wenn ihr lügt. Ihr seid alle beide so verdammte Lügnerinnen!«

»Mein Gott, das war ja nicht in Stein gemeißelt«, sagte Yumi. »Chill mal, Yoko, echt. Ich weiß, du hast Probleme mit ›Umstellungen‹ oder wie Ms. Evans das nennt, aber wenn wir beide sagen, dass es nichts ausmacht, kannst du's uns ruhig glauben.«

»Hä?«, stutze Yoko. »Ms. Evans?«

»Genau. Weiß doch jeder, dass du … unterentwickelt bist. Als Mom mich neulich von der Schule abgeholt hat, hab ich gehört, wie sie mit Ms. Evans drüber geredet hat.« Yumi blieb cool. Sie genoss es, Yoko wehzutun. Wartete nicht einmal eine Antwort ihrer Schwester ab. »Du weißt schon, über deine psychische Störung.«

Hasserfüllt sah Yoko die Schwester an und sagte: »Wie kann ein Mensch nur so gemein sein?«

»Komm einfach mit uns ins Hotel.«

»Nein, ich geh jetzt zu dem Haus.«

»Jetzt schwing deinen Hintern schon auf Raven. Du läufst uns ja eh hinterher, weißt du doch selber. Also sparen wir uns den Mist lieber gleich und reiten einfach los.«

»Ich erzähl Mom und Dad, was du im Hotel machst.«

»Machst du eh nicht.«

»Doch. Ich erzähl ihnen, mit wem du da rumhängst. Ich weiß von allen, wie sie heißen. Ich merk mir jedes Mal das Namensschild. Die werden dann alle gefeuert.«

»Ohne Scheiß, ich bring dich um.«

»Tust du nicht.«

Die zwei starrten einander an. Yumi konnte ihn spüren: den Hass, seine geballte Macht. Aber sie gab nicht nach. Sie würde es durchziehen.

»Ist mir doch egal, was ein autistischer Freak wie du sagt.« Yumi verengte die Augen zu Schlitzen. So. Jetzt war es raus.

»Ich bin kein …« Yoko rang nach Luft.

»Ach komm. Das wissen doch alle, bloß sagt's keiner. Keine Ahnung, aus Nettigkeit oder so. Aber du bist trotzdem ein Freak.«

»Ist schon okay«, sagte Kiko. »Du bist schon okay, Yoko.«

Yumi warf der Kleinsten einen Blick zu, der sie verstummen ließ. Sie widmete sich wieder Lucys Mähne.

»Außerdem bist du sowieso bloß neidisch«, setzte Yumi nach. »Kein halbwegs zurechnungsfähiger Junge würde je auf dich stehen.«

Yoko sah ihre Schwester an. Falsch. Erst letzten Monat hatte Doug Freeland seinen Freunden bei einer Laser-Tag-Party angeblich erzählt, er sei heimlich in sie verknallt.

»Doug steht auf mich«, sagte Yoko.

»Ach ja? Doug Freeland? Der hat mich letzte Woche nach dem Schwimmturnier im Bus geküsst.«

»Du lügst.«

»Vor dem Knutschen musste er die Gummibänder von seiner Spange abnehmen. Frag ihn doch. Ich hab eh keinen Bock, dass der mir nachsteigt, kannst ihn gern haben. Er hat voll Mundgeruch.«

Dass Doug in sie verknallt war, hatte Yoko, die nur selten an Jungs dachte, von Ximena und Yasmine erfahren. In der Mittagspause hatte sie sich auf dem Klo verkrochen und gehört, wie die beiden sich am Waschbecken unterhielten. »Der findet die tatsächlich hübsch«, hatte Ximena lachend gesagt. Als die zwei weg waren, kam Yoko aus ihrer Kabine und betrachtete sich im Spiegel wie zum allerersten Mal. Ein Junge fand sie hübsch. Tatsächlich.

Ihre Mutter sagte dauernd, dass sie hübsch sei. Sie alle drei. Fast täglich sagte sie das, wie aus Gewohnheit. Als wäre es das Einzige, was zählte. Und jeder, der die Schwestern kennenlernte, kommentierte zuerst ihre Schönheit. War es denn statistisch derart unwahrscheinlich, dass drei Mädchen alle miteinander schön sind? Yoko hatte das Wort im Leben schon so oft gehört, dass es langsam seine Bedeutung verlor. Aber ein Junge – das war neu. Und jetzt nahm Yumi ihr das weg.

»Du bist eine Schlampe«, sagte Yoko.

»Besser 'ne Schlampe als zurückgeblieben.«

»Ich bin nicht zurückgeblieben«, sagte Yoko, »ich bin hochbegabt.« Kurz hielt sie inne, dann feuerte sie weiter. »Im Gegensatz zu dir. Du kriegst überhaupt nichts auf die Reihe.«

Das hatte gesessen. Yoko wappnete sich für einen Konter, doch dann ging ihr auf, dass ihre Schwester nicht einmal mit Worten so geschickt, so einfallsreich, so bissig war wie sie. Sie hatte einen vernichtenden Treffer gelandet. Den galt es nur noch abzuwickeln.

»Besser mittelmäßig als zurückgeblieben.«

»Sagtest du schon. Lass dir mal was Neues einfallen.«

»Du wirst nie normal sein. Keinen Freund haben, kein richtiges Leben. Niemand wird dich je lieben.«

»Dad und ich sind schlau, Mom und Kiko talentiert. Und du? Du bist gar nichts.«

Yoko spürte, wie die unsichtbare Schnur zwischen ihr und ihrer Schwester sich spannte. Gegen ihren Willen zog es sie zu Yumi, näher an ihren Schmerz. Wieso? Die Schnur zu Kiko war seit jeher lockerer gewesen, hatte mehr Spiel. Sie spürte, wie die Hitze – der Wut, der Traurigkeit und sogar von etwas Liebe – in der Schnur zu Yumi brannte. Gäbe es doch nur etwas mehr Platz, zwischen ihnen, um sie beide herum. Yoko wünschte sich nichts mehr, als die Schnur zu durchtrennen, sich zu befreien. Nur wie?

»Freak.«

»Nenn mich nicht so.«

»Freak. Freak, Freak, Freak.«

Yumi drehte sich um, wie um das Gespräch zu beenden, es für Zeitverschwendung zu erklären. Und Yoko griff in Yumis Tasche, zog die Pistole heraus und zielte auf Yumis Rücken.

»Wenn du mich noch einmal Freak nennst ...«

Links von Yumi stand Kiko, rechts von ihr stand Lucy. Yoko zielte nur ganz leicht vorbei an Yumi, zwischen sie und das Pony.

»Das wagst du nicht«, sagte Yumi. Sie wandte sich ihrer Schwester nur halb zu, als könnte die Pistole ihr gleichgültiger gar nicht sein. »Pack die mal schön wieder weg.«

Doch Yoko zielte weiter auf sie. Sie wollte ihr Angst einjagen. Den bösen Worten und dem Hass ein Ende setzen. Schon als sie noch klein gewesen waren, hatte Yumi sich stets blendend dabei amüsiert, Yoko zu jagen und zu kitzeln, bis sie mit rotgeweinten Augen nach Luft schnappte. Ihre Aufmerksamkeiten, ihre Liebe, waren immer schon mit Schmerz gespickt gewesen.

»Du kannst ja nicht mal schießen, du Null«, höhnte Yumi. Dann schrie sie: »Jetzt mach schon oder lass es, aber steh da nicht rum wie eine Vollidiotin!«

Yoko schloss die Augen und drückte ab. Die Wucht des Rückschlags bebte durch ihren Körper, ein hohes Pfeifen übertönte jeden Laut um sie herum. Als sie die Augen wieder aufschlug, sah sie Baby Kiko zu Lucy laufen, die leblos zu Boden gesackt war.

Das Pfeifen verklang. Kiko schrie. »Hilfe! Lucy! Was hast du gemacht, Yoko? Du hast Lucy erschossen! Ich hasse dich!«

Kikos kleine Hände lagen auf Lucys Hals. Sie waren voller Blut. Mit Erster Hilfe kannten die drei sich aus. Kiko riss sich die Hose vom Leib und wickelte sie um Lucys Hals. Yoko ließ die Pistole fallen. Sie konnte den Blick nicht abwenden. Yumi stand nur schocksteif da.

Ein Geräusch im Gebüsch riss die beiden Großen aus ihrer Erstarrung. Sie sahen einander an, und Yumi kam einen Schritt näher. Fast Seite an Seite spähten sie verängstigt ins raschelnde Blattwerk. Dann trat ihr Vater auf die Lichtung.

Nun hatte er sie also wirklich als Erster gefunden. Er betrachtete die Szene: Lucy, am Boden, tat keinen Mucks mehr, das alte Mädchen war hinüber; Kiko, in der Unterhose, an den Ponyhals geklammert; Yoko und Yumi, und auf dem Boden zwischen ihnen die SIG Sauer.

»Mädchen«, mehr kam ihm nicht über die Lippen. Es war eine Feststellung, eine Frage, ein Urteil, ein Appell. »Mädchen.«

»Daddy!« Kiko schluchzte. Sie war blutverschmiert. Yumi und Yoko schwiegen.

»Na los, wir gehen nach Hause«, sagte er.

»Ich lasse Lucy nicht alleine!«, protestierte Kiko.

»Ich geh nicht nach Hause«, sagte Yumi.

Leo trat einen Schritt auf seine Töchter zu, doch da hob Yumi die Pistole auf und zielte ihm mitten auf die Brust.

»Okay. Okay. Ganz ruhig bleiben, Yumi«, sagte er. Bei all den Szenarien, die er gedanklich durchgespielt hatte, war dieses nie dabei gewesen. So was hatte er sich niemals vorgestellt. Wo blieb nur Eko?

»Geht doch!«, schrie Yumi. »Geht doch zu eurem blöden Hof. Ich bleibe hier. Ich komme nicht mit! Ich hasse euch. Euch alle. Ich hasse das alles hier.«

»Yumi, lass uns in Ruhe reden«, sagte Leo. Kiko weinte jetzt nicht mehr. Die Pistole zitterte in Yumis Hand.

»Reden? Du redest doch die ganze Zeit! Aber was ich sage, ist dir egal. Du hörst nie zu. Nur der Weltuntergang interessiert dich. Dir wär's doch sogar egal, wenn ich mir in den Kopf schieße.« Yumi hielt sich die Pistole an den Hals, die Mündung direkt unterm Kinn.

»Yumi. Leg das Ding weg«, sagte Leo und streckte vorsichtig die Hände aus. Dann lauter, zorniger: »Leg die Pistole weg!«

»Für wen hältst du dich eigentlich?«, rief Yumi.

»Yumi Yang!«, brüllte er.

Ein Schrei unterbrach sie: Yoko hielt sich beide Ohren zu, die Augen geschlossen, und ließ Schrei auf Schrei auf Schrei fahren. Lange, schrille Töne, unterbrochen nur von kurzem Japsen.

Würde er sie für immer verlassen? Yoko hatte zugesehen, wie Yumi die Waffe auf Dad richtete, und sich ein Leben ohne ihn vorgestellt. Kein Vater. Kein Verbündeter. Niemand mehr, der sie verstand.

Er war der Einzige, dem sie je von der Schnur erzählt hatte – der Schnur, die die gesamte Welt zusammenhielt. Sie hatten Witze darüber gemacht, nannten es »String-Theorie« und manchmal auch »*unsere* String-Theorie«, was Yoko besonders gut gefiel.

Als sie ihm davon erzählte, war sie verzweifelt. Seit fast zehn Jahren hatte sie diese Schnüre in Gedanken zusammengehalten, war stets dieselben Wege gegangen, um zu vermeiden, dass die Schnüre, die mit ihr und ihrer Familie verbunden waren, sich nicht zu sehr verhedderten, weil sie sie sonst im Kopf hätte entwirren müssen. Sie musste dafür sorgen, dass sie sich sauber übereinanderlegten, manchmal auch eine unter den anderen durchziehen oder sie miteinander verweben, damit das Geflecht nicht kollabierte. Hier und da schichteten sich die Schnüre so dick, dass sie fast glaubte, darübergehen zu können. Ihre Schnüre, die ihrer Schwestern, ihrer Eltern. Zu Hause, im Bad, in der Küche. Zur Schule und zurück. Zum Hof und zurück. Yoko war fix und fertig.

Als sie ihrem Vater davon erzählte, verriet der ihr, dass

auch er sich früher solche Schnüre vorgestellt hatte. Ja, er war sogar noch strenger damit umgegangen. Nie durfte ein anderer Mensch die Schnur kreuzen, nicht mal ein Hund oder ein Kind auf der Straße. Ab und zu musste er ein Stück zurückgehen, um seine Schnur von den Knöcheln eines Passanten zu befreien.

Als er ihr das erzählte, wurde die Schnur zwischen Yoko und ihm noch straffer, dicker, unzerreißbar. Dennoch war sie unsichtbar. Niemand sonst konnte sie sehen. Er musste Yoko hoch und heilig schwören, niemandem davon zu erzählen, nicht einmal Mom.

Im Lauf der letzten Jahre hatte Dad mit ihr daran gearbeitet, die Schnur loszulassen. Die Welt würde nicht untergehen, wenn sie nicht darauf achtete. Er leugnete die Schnur nicht. Riet ihr nicht, sich zu beruhigen. Nein, er erklärte ihr nur, dass die Schnur auch ohne sie zurechtkam. Sie musste der Schnur vertrauen. Sie war schon vor ihr dagewesen und würde auch nach ihr noch existieren.

Mit der Zeit hatte Yoko wirklich lockerer gelassen, doch manchmal gab es trotzdem noch Momente, in denen sie glaubte, die Schnur würde sie verrückt machen. Zum Beispiel, wenn sie bei einer von Kikos Tanzaufführungen im Publikum sitzen musste, wo so viele Menschen auf ihren Sitzen herumrutschten oder zum Fotografieren aufstanden. Und das war nicht mal das Schlimmste. Das Schlimmste war, wenn Kiko all diese komplizierten Rhythmen steppte und mit den anderen Tänzern herumwirbelte und -hopste, wobei sie sich alle in ihren Schnüren verstrickten.

Beim Anblick der auf Dad zielenden Yumi konnte Yoko schon die Flugbahn der noch nicht abgefeuerten Kugel sehen. Mitten in die Brust würde sie ihm fliegen, entlang ihrer ganz eigenen Schnur, die so viele andere zerreißen und dafür sorgen würde, dass Dad und seine Schnur beide gleichzeitig erschlafften, was wiederum Yoko wer weiß wie lange ins Schleudern brächte. Und die tragische Ironie daran war, dass sie selbst diese Schnur ins Spiel gebracht hatte. Sie hatte zuerst geschossen. Dort lag Lucy auf der Seite, in einer Blutlache. Yoko hatte das getan. Sie hatte den Anstoß gegeben.

Es war zu viel für sie, die Bürde der Schnüre und der Kollaps des ganzen Systems. Sie fühlte sich, als ob ihr Kopf ausbrannte.

Als Eko die Lichtung erreichte, stand Yumi zitternd da, und die Waffe tanzte in ihrer Hand. Sie konnte das Ding kaum halten. Yoko lag eingerollt am Boden.

»Ich will, dass du gehst«, sagte Yumi zu ihrem Vater. »Hau einfach ab, und lass uns in Ruhe.«

»Okay, ich gehe«, sagte er.

»Ja, geh«, sagte sie. »Jetzt!«

Er wich zurück, trat in kleinen Schritten rückwärts aus der Lichtung, beide Hände in der Luft. Wie ein Verbrecher, ein Schuldiger. Eko sah Leos Rückzug zu, bis er im Dickicht beinah unsichtbar war.

Die Mädchen fuhren niemals wieder auf den Hof. Ihr Vater versprach ihnen neue Ponys. Er meinte, sie müssten den ganzen Survival-Kram nicht mitmachen, wenn sie nicht wollten. Aber sie weigerten sich. Nicht mal die Ponys wollten sie. Er konnte sie nicht mehr zwingen. Genau wie ihre Mutter spürten auch sie ihre Macht anwachsen, nach diesem Ausflug, bei dem alle Systeme abgestürzt waren.

Die Endzeit stand bevor, doch das juckte sie nicht mehr. Soll sie doch kommen, sagten sie. Wie schlimm konnte es schon werden?

Baby Kiko schloss sich drei Tage in ihrem Zimmer ein,

ließ sich das Essen auf einem Tablett vor die Tür stellen und die leeren Teller hinterher von der Haushälterin abholen. Sie trauert, sagte Eko. Lasst sie einfach in Ruhe. Am dritten Tag kam Kiko wieder heraus. Über Lucy verlor sie nie mehr ein Wort.

Der Hof wucherte zu. Eine Weile lang war er voller Moos und Schimmel. Die Ponys zogen zum Hotel um, wo Kinder noch weitere zehn Jahre auf ihnen reiten würden. An Lucys Tod sollten sich später alle als an einen Unfall erinnern. Lucy hatte sich plötzlich bewegt, so war es doch, oder? Verständlich, dass Yoko vor Schreck abgedrückt hatte. Und selbstverständlich hatte Yumi Dad nicht wirklich töten wollen. Wie konnte man so was sagen, ja auch nur denken?

Der Vorschlaghammer

Juli 2032

»Wir wissen ja alle, wie Architekten sein können.«

Leos Kollege Bibi hustete das Wörtchen »Divas«, und das ganze Komitee kicherte. Läuft ja wie geschmiert, dachte Leo.

Er deutete auf die Tablets mit der Präsentation, die alle vor sich hatten. »Wie Sie wissen, begreift unsere Firma die Baustatik als Kunstform vom selben Rang wie Architektur und Design. Wir bauen nachhaltig und für die Ewigkeit. Dieses Haus wird einer Familie ein Zuhause bieten, aber zugleich als Modell dafür dienen, wie echtes Luxuswohnen sein sollte: autark und autonom. Betonummantelte, mit Dämmfarbe bestrichene Stahlsäulen. Scherwände und flexibles Stahltragwerk. Wir werden keine Kosten und Mühen scheuen, um die Struktur zu verstärken. Unauffällige, fast unsichtbare Solarpaneele. In der Küche ein ausgeklügeltes Kompostierungssystem. Dazu ein topmoderner Wasseraufbereiter, importiert aus Singapur. In den Keller kommt ein Panikraum. Komplett sicher vor Wasserschäden, Hochwasser, Hitze, Feuer, Energiekrisen, Überfällen. Eine Festung!

Meine Herren, wenn Shanghai in dreitausend Jahren nur noch ein Häufchen Schutt und Asche ist, wird dieses Haus noch stehen. Am liebsten würde ich selbst mit meiner Familie einziehen!« Das war nur halb als Witz gemeint.

»Wir wissen natürlich, dass Sie gerade schlechte Erfahrungen gemacht haben.« Damit spielte Leo auf das Hochhaus an, das kürzlich in Flammen aufgegangen war. Zum Glück war niemand ums Leben gekommen, aber der Bürgermeister stand unter Druck. »Unsere Firma kümmert sich um alles, vom Dach bis zum Fundament, innen und außen, von der Statik über das Design bis zu den Leitungen. Wo Bau und Design Hand in Hand gehen, ist für Missverständnisse oder Rechenfehler kein Platz.«

Auf Leos Nicken hin startete Bibi eine Slideshow über das Baudenkmal, das sie renovieren wollten: eine 1933 gebaute Villa, die heute als Mehrfamilienhaus diente. Die Präsentation hob die Stellen hervor, die erst einmal eingerissen werden müssten. »Hier und hier müssen neue Tragsäulen integriert werden. Und dort kommt ein Fahrstuhl hin. Viele Familien hätten ihre älteren Mitglieder gern bei sich, aber Treppen und rutschige Steinböden halten sie davon ab. Das Zimmer neben der Küche bauen wir zu einer Einliegerwohnung aus – entweder für ein Team zur Kinderbetreuung oder für Großeltern, die dort bequem bei ihrer Familie leben können.

Natürlich müssen die Strom- und Rohrleitungen völlig neu gemacht werden. Von den alten Böden wollen wir so viel erhalten, wie irgend möglich, aber erst mal müssen sie raus. Vielleicht lassen die Fliesen sich an einer Tür oder in einem der neuen Badezimmer wiederverwerten.«

Leo zeigte auf den ersten und zweiten Stock. »Was man auf diesen Bildern nicht sieht, ist der schwarze Schimmel, der sich vom Boden der Küche im Erdgeschoss bis hoch in den ersten Stock ausgebreitet hat. Dieser ganze Bereich muss entkernt und saniert werden. Außerdem braucht sowieso niemand mehr eine Küche auf dem Flur. Eine wirklich professionelle Küche gehört ins Erdgeschoss. Das Treppenhaus lässt sich erhalten, aber die Holzelemente werden langsam morsch, die müssen ausgetauscht werden.

Insgesamt ist das Gebäude in schlechtem Zustand. Seine alte Pracht kann wiederhergestellt, ja sogar übertroffen werden, aber dazu bedarf es einer Menge Sorgfalt und Knowhow, und wir bieten von beidem mehr als unsere Mitbewerber. Hochwertiges Material, authentisches Dekor aus der Zeit – schließlich soll das fertige Haus nicht wirken wie billiger Pfusch. Stellen Sie es sich vor, wie es früher mal war: Jazzclubs und Tänzerinnen, Shanghailänder und Gangster. Holz aus Amerika. Aus Italien importiertes Buntglas. Wir wollen das ordentlich machen. Die Vergangenheit ehren und zugleich erneuern.«

Leo sah seine Zuhörer einen Moment lang schweigend an, dann wechselte er ins Shanghainesisch. »Wissen Sie, ich kenne diese Stadt wie meine Westentasche. Ich bin hier aufgewachsen und liebe einfach alles an ihr. Das Gute wie das Schlechte, das Schöne wie das Hässliche. Na gut ... das Hässliche weniger.« Alle lachten. Man kannte seinen Ruf. Umso besser.

»Ich bin drei Querstraßen entfernt von der Yuyuan Lu aufgewachsen. Kam jeden Tag auf dem Weg zur Schule an diesem Haus vorbei. Ja, wir wollen investieren, Geld verdienen. Wer nicht? Aber ich kann Ihnen versichern, dass keinem der anderen, die dort draußen im Wartezimmer sitzen, dieses Haus und dieses Viertel mehr am Herzen liegt als mir.«

Dann wechselte er zum Abschluss seiner Präsentation wieder ins Hochchinesisch. »Meine Herren, ich danke Ihnen für Ihre Zeit und die Gelegenheit, unseren Vorschlag für dieses einzigartige Projekt zu präsentieren. Übrigens sind wir gern bereit, einen gewissen Teil der Projektsumme in die Umsiedlung der aktuellen Hausbewohner zu reinvestieren. Obendrein würden wir ihnen Schulzulassungen für ihre Kinder anbieten. Vermutlich nutzen die Kinder sie eh nicht, aber falls doch, bräuchten sie nur eine Handvoll Plätze. Das ist es allemal wert.«

Leo packte seine Unterlagen ein und schüttelte den Mitgliedern des Komitees reihum die Hand.

»Und? Was meinst du?«, fragte er Bibi auf dem Flur.

»Ich glaube, es hat ihnen gefallen. Der lokale Touch am Ende war super. Und sie haben die Unterlagen behalten, hast du gesehen? Da ist noch alles drin, wir sind definitiv im Rennen.«

Auf dem Weg nach draußen nickten Leo und Bibi knapp ihren Konkurrenten von der Moon and Stars Group zu. Leo hatte gehört, dem Hongkonger Büro schwebe eine Kombination aus Hotel und Museum vor. Eine andere Firma schlug vor, die Villa in einen Luxuswohnkomplex mit vier Wohnungen und Swimmingpool zu verwandeln.

Leo hatte einen Mittagstermin in seinem Büro am Hafen mit der Rundumsicht auf Shanghai aus dem achtundachtzigsten Stock. Er sollte einen Onlinevortrag über Resilienz halten und hinterher für Fragen zur Verfügung stehen. Bis dahin blieb ihm noch ein Stündchen Zeit, das er jedoch lieber unten in der Stadt verbringen wollte als mit dem üblichen Blick auf sie aus schwindelnder Höhe, der Shanghai in das Modell eines Städtebauers verwandelte: mit genügend Abstand wurde alles klein und übersichtlich.

»Ich will noch mal kurz zum Haus, bevor ich ins Büro muss«, sagte er zu Bibi, der das gleich an den eben vorgefahrenen Chauffeur weitergab. Bibi stieg vorne ein, Leo nahm hinten Platz.

Auf dem Weg ins Stadtzentrum ging er gedanklich noch

mal seine Präsentation durch, dann seinen Vortrag. Sein Leben bestand nur noch aus einer Aneinanderreihung von Referaten. Dieses Haus jedoch, diese Renovierung, das war etwas Besonderes.

Außer seiner Frau hatte er niemandem, nicht einmal Bibi, erzählt, dass er einen persönlichen Bezug zu dem Haus hatte. Als er von der Ausschreibung zu seiner Renovierung erfahren hatte, war sein Herz gehüpft vor Freude. Seine Mutter war dort aufgewachsen, hatte ab dem zehnten Lebensjahr fast ein ganzes Jahrzehnt mit ihren Eltern und fünf Geschwistern darin gelebt.

Als er Eko davon erzählte – und von seinem Plan, sich auf die Ausschreibung zu bewerben –, hatte sie ihn unterstützt, sie war sogar richtig begeistert gewesen. Allerdings gab es auch kaum etwas, von dem sie nicht wollte, dass er es kaufte.

Wenn er heute durch Shanghai fuhr, sah er überall Werte. Er wusste, was jedes Viertel, jede Straße wert war und wie sie sich entwickeln ließen, sofern das nicht bereits geschehen war.

Unterwegs zu dem Haus in der Yuyuan Lu fiel Leo auf, dass sie durch die alte Französische Konzession fahren würden, vorbei am neuen Campus der Französischen Schule, einem kürzlich renovierten Anwesen, das nun zwei große Schulgebäude, eine Turnhalle und ein Schmetterlingshaus beherbergte. Er bat den Chauffeur, langsamer zu fahren und schließlich kurz am Straßenrand zu halten. Sie parkten vor dem efeuumrankten Eisenzaun der Schule, und Leo spähte auf das Grundstück.

Eko wollte die Mädchen gern auf diese Schule schicken – sie sollten das Leben genießen, Französisch lernen und dem Hamsterrad des chinesischen und amerikanischen

Schulsystems entgehen. Wozu, hatte Eko gefragt, besaßen sie schließlich französische Pässe?

Leo dagegen hielt an einer Idee fest, die vielleicht längst verschütt gegangen war: dem Traum von der Meritokratie, von einem China, das nur einen Wimpernschlag lang existiert hatte, als alle einen kurzen Augenblick gleich arm gewesen waren und das Land erst am Anfang seines Aufstiegs in den Wohlstand gestanden hatte.

Ein Schmetterlingshaus! Mussten Kinder in der Schule wirklich etwas über Schmetterlinge lernen? Er selbst war seinerzeit dank ausgezeichneter Prüfungsergebnisse von Schule zu Schule, vom Bezirks- zum Stadtniveau aufgestiegen. Seine Zeit war allerdings auch einzigartig und kurz gewesen. Zwar hatten damals alle nichts gehabt, doch er hatte das kaum mitbekommen, hatte die zermalmende Last der Armut erst nach dem Unfall gespürt, als ihm, dem Waisenjungen, wirklich gar nichts mehr geblieben war. Das Leben ohne Eltern hatte ein ewiges Bewusstsein für den Mangel in ihm zementiert.

Seine Töchter. Sie auf diese Schule zu schicken, würde bedeuten, sie als echte Französinnen zu erziehen, mit französischen Freunden und der vollen Ladung französischer Kultur. Französische Feiertage: Seit Paris hatte er die nicht mehr begangen. Er dachte an die langen Sommerferien dort mit Eko, an die Reisen kreuz und quer durch Europa. An die Wochenenden, an denen die Läden gar nicht auf- oder früh wieder zumachten. Daran, wie still die Städte und das ganze Land zu bestimmten Zeiten wurden, manchmal sogar ganze Monate lang. Das Land, in dem man lebte, prägte die Wahrnehmung der Zeit, den Takt der Wochen und der Jahre. Den Rhythmus der Gezeiten von Tätigkeit und Ruhe.

Mit einer Handvoll Freunden aus Paris war Leo in Verbindung geblieben, allesamt Chinesen, die wie er dort studiert oder gearbeitet hatten. Hauptsächlich traf er sich aber mit alten Schulkameraden, ja sogar mit welchen aus der Grundschule. Shanghaier, die geblieben waren. Mit ihnen sprach er den gemeinsamen, heimischen Dialekt. Nur Eko wollte den Anschluss an die französische Community nicht verlieren.

Wie leicht es ihr doch fiel, neue Freundschaften zu knüpfen. Eine hier, die nächste da. Treffen in der Patisserie, im Café, im Bistro. Vielleicht hatte Leo das früher, im Ausland, ja auch besser gekonnt – einen anderen Chinesen finden und sich sofort an ihm festklammern, automatische Freunde, Genossen, Weggefährten.

Was machte es schon, wenn seine Mädchen in dieser winzigen französischen Enklave aufwuchsen? Was gab es da zu verlieren? Wenn es Eko nun einmal so viel bedeutete.

Sie hatte darauf bestanden, ihre letzten beiden Töchter in Paris zur Welt zu bringen. Um bei ihrer Mutter sein zu können, hatte sie gesagt. Aber auch, um in einer französischen Geburtsklinik zu sein, wo sie wenigstens verstand, was all die Ärztinnen und Pfleger über ihre *vagin* zu sagen hatten. »Wassergeburt, Wassergeburt«, hatte sie beharrt, als ginge es um eine Religion. Nach Yumi wollte er sie ihren Willen haben lassen. Dann aber, nach den Grauen bei Yokos Geburt, nach all dem Blut und der Angst, Eko zu verlieren, wurde Kiko im OP entbunden. Tatsächlich war er nach Yoko erstaunt, dass Eko sich das alles überhaupt noch einmal antun wollte.

»Nicht, dass Frankreich besser wäre«, hatte sie diplomatisch gesagt. Aber er wusste, wie die Franzosen über ihr Land dachten. Es war der Gipfel der Zivilisiertheit – das war der fundamentale Mythos des Franzosentums. Und die Franzosen waren nicht die Einzigen, die daran glaubten. Hatte er Eko nicht unter anderem auch deswegen geheiratet? War es vor all den Jahren nicht ein Teil ihrer Anziehung gewesen? Dass sie sich wie ein Fisch im Wasser in einer Welt bewegte, in der er immer nur zu Gast wäre? Ihre Gabe – ihr Schicksal –, zugleich Asiatin und Europäerin zu sein? Wer durchschaute schon die Wege des Herzens, die Regeln der Anziehung, die doch für jeden anders lauten? Sie war »die Seine«, und deshalb wusste er, dass seine Kinder nie Shanghaier sein würden. Jetzt, beim Anblick des Schultors, fühlten diese Überlegungen sich hauptsächlich rational an, und dennoch lag unter ihnen eine Wolkenschicht aus Traurigkeit.

Leo hatte in Paris seinen Doktor in Statik gemacht. Angesichts seiner Investitionen hatte es nahegelegen, etwas Praktisches mit Bezug zum Bauwesen zu studieren. Trotzdem fragte er sich ab und zu, ob er nicht einen Fehler gemacht hatte. Sein Karriereplan war zwar aufgegangen, aber seine Arbeit – Gebäude, Wände, Skizzen, Zahlen, Tragwerke, Gegengewichte – fühlte sich manchmal steril an. Sicher, es gab allerhand Menschliches zu bedenken, Fragen der Sicherheit, des Überlebens, der Resilienz, wie Menschen leben, sich im Raum bewegen, wie sie Licht wahrnehmen und wie ein Stein sich für sie anfühlt. Doch das alles war nur oberflächlich: das Drumherum des Lebens, das Gerüst einer Familie.

Wie interessant, sinnhaft und abwechslungsreich es dagegen doch sein musste, Politiker zu sein. Oder Bühnenkünstler wie Baby Kiko, eine Entdeckungsreisende der menschlichen Seele. Oder Arzt – ein Chirurg, der das Innere von Körpern bearbeitet und den ganzen Tag Haut, Muskeln und Knochen zwischen den Fingern hat. Häuser glichen der Kleidung, die die Menschen trugen, und den Dingen, die sie kauften: notwendig, aber oft übertrieben. Wie ein dicker, toxischer Betonpanzer beschwerten sie die Erde.

Er gab dem Fahrer einen Wink, und es ging weiter in die Yuyuan Lu.

Wenn man etwas abreißt, bietet das die Chance zu einem Neubau: besser, stärker, prächtiger. Perfekter. Im Lauf der Jahre hatte Leo mit vielen Architekten und Designern zusammengearbeitet. Mit den Fans von Nachbauten verschwendete er ungern seine Zeit. Renovierung und Restaurierung waren Kunstformen, und das sollte sich auch in ihrer Durchführung widerspiegeln.

Leo hatte große Achtung vor der Geschichte. Aber ein Haus war ein lebendiges Etwas, ein alterndes Etwas, und – wenn es bedeutsam war – ein dokumentiertes historisches Objekt. Warum also sollte es sich im Lauf der Geschichte nicht entwickeln? Das Haus in der Yuyuan Lu hatte zunächst einer einzigen Familie als Zuhause gedient. Nach dem Krieg hatte man es dann aufgeteilt, um mehrere Familien darin unterzubringen. Jetzt, Jahrzehnte später, würde Leo ihm wieder zu seiner alten Pracht verhelfen.

So viel geschah mit einem Haus, das derart mit Bewohnern vollgestopft war, bis zum Rand gefüllt mit armseligem Leben. Vierzig Menschen, drei Toiletten und zwei Küchen. In seiner Kindheit hatte er von der älteren Generation ständig gehört, er würde das niemals verstehen. Doch er verstand – auf struktureller Ebene –, dass man die Dinge so gebrauchen musste, wie sie gedacht gewesen waren. Sonst würden sie nicht bestehen. Missbrauch nannte man so etwas.

Auch Leo war in einer winzigkleinen Wohnung aufgewachsen, hatte neben seinem Schreibtisch und inmitten all der Habseligkeiten, der Klamotten und Essensvorräte der Familie geschlafen. Tag und Nacht hatten sie in einem einzigen Zimmer aufeinandergehockt – bis zu dem Unfall. Noch viele Jahre später hatte er sich davor gefürchtet, alleine zu schlafen, ja sogar allein in einem Raum zu sein. Bis nach Paris hatte ihn das verfolgt. Erst dort, beim ersten Mal weit fort von Shanghai, hatte ihn die Angst verlassen.

Leo stieg aus dem Auto und betrachtete das Haus. Es war breit, aus dunklem Backstein, viel zu wuchtig, und bis zu den winzigen Fensterchen im zweiten Stock von Efeu überwuchert. Zugleich sah er jedoch, was daraus werden könnte – das Haus, wie seine Partner und er es sich vorstellten: große, sonnenvolle Glaswände, einen Stein, der es viel heller wirken ließe. Er ging zum Nebeneingang. Von dort sah man den Garten, üppig und zugewachsen, sowie die Wäsche an von Baum zu Baum gespannten Leinen. Leo würde ihn völlig umgestalten, ihm ein würdevolles Grün zurückgeben. Er sah einen Teich mit fetten Kois vor sich, und sogar die terrassierten Wasserbecken, die er letztes Jahr im Urlaub mit den Mädchen auf Hawaii im Shangri La gesehen hatte. Noch nie zuvor hatte er ein betörenderes Haus gesehen: ein Produkt von Fantasie und Grandezza, die Aneignung einer Kultur als besessener Versuch, sie anzuerkennen. Wirklich beachtlich. Auch aus dem Haus in der Yuyuan Lu konnte etwas Wundervolles werden.

Als seine Mutter hier eingezogen war, hatte man ihrer Familie den gesamten zweiten Stock zugeteilt. Für sie, ihre Eltern und ihre fünf Geschwister. Bis zu ihrem Auszug war dieser Raum auf zwei enge Zimmer zurechtgestutzt worden. Seine unverheiratete Tante blieb trotzdem, bis sie dann vor vielen Jahren endlich doch auszog.

Leo stellte sich seine Mutter als Kind vor. Ein einziges Foto kannte er, sepiafarben und mit nachgeröteten Wangen. Dieses Bild und das Hochzeitsfoto seiner Eltern – beide mit humorlosem, ernstem Gesichtsausdruck –, mehr Bilder waren ihm von ihr nicht geblieben. Seine Erinnerungen an sie waren diffus, verschwommen, unklar.

Aber mit kleinen Mädchen, mit ihren Freuden und Sorgen, ihrer Schönheit und ihrem Charme kannte er sich aus. Seine Töchter waren jetzt im selben Alter wie seine Mutter beim Einzug ins Haus, als sie mit ihren Geschwistern gespielt, gezankt, gesungen, getanzt und geweint hatte. Als der Garten leuchtend grün war und klares Wasser aus dem Brunnen sprudelte. Vielleicht hatte sie sich hinter diesem Baum vor ihren Brüdern und Schwestern versteckt und mit klopfendem Herzen hinter dem dicken Stamm hervorgelugt – ob sie sie hier finden würden? Sie fanden sie immer – und dann ein Schrei, vor Freude, Frust und Kampfgeist, das schnelle Laufen übers Gras, die Hintertreppe rauf, flink durch die Küche voller Rauch und Leiber und die nächste Treppe hoch, zwei Stufen auf einmal, in ihr Zimmer, unter das Bett, das sie sich mit einer großen Schwester teilte. Das Warten, die näherkommenden Schritte, dann ein kleines Gesicht dicht über dem Fußboden. Die Jagd war vorbei, sie hatte verloren. Wie so oft, wieder und wieder.

Und dann, als junge Dame, das morgendliche Warten vor dem kleinen Badezimmer, eine rubinrote Haarspange in der Hand.

Sommerabende, draußen auf dem Gehweg alte Männer auf niedrigen Holzhockern, Zigarettenkippen, die noch glühend auf die schmale Straße segeln, das Geklapper von Steinchen auf dem Go-Brett, hier und da fehlt mal ein weißer, mal ein schwarzer Stein, wurde ersetzt durch ein schartiges Bröckchen Granit oder Ziegel.

Leo wusste überhaupt nichts. Spekulierte nur. Er hatte zu dem Haus keine echte Verbindung und kein bisschen mehr Anrecht darauf als seine Mitbewerber. Trotzdem – und obwohl er wusste, wie irrational und unbegründet es war – fand er, dass es ihm gehörte.

Eine Frau beugte sich übers Balkongeländer und hängte Wäsche auf die Leine. Als ihm ein Wassertropfen auf die Hand fiel, blickte Leo zu ihr hoch. Die Frau – weiße Locken vor strahlend blauem Himmel – funkelte ihn böse an.

»Schön am Ausmessen und Pläneschmieden, was? Und wir haben noch keinen Yuán für die Umsiedlung gesehen!« Kräftig schlug sie eine Bluse aus, und Tröpfchen regneten auf Leo nieder. Lachend schüttelte er den Kopf, wischte sich über die Schultern. Hatte so die Kindheit seiner Mutter ausgesehen?

»Kannten Sie zufällig die Familie Huang?«, fragte er die Frau. »Die haben hier vor langer Zeit gewohnt.«

»Huang, Wang, Tang, Yang ... Alle möglichen Leute haben hier schon gewohnt.«

»Die Huangs, die ich meine, hatten sechs Kinder. Sie stammten von einer aristokratischen Familie in Suzhou ab.«

»Ah, *diese* Huangs!« Die Frau zupfte ein Hemd auf der Leine zurecht. »Stecken die etwa in Schwierigkeiten oder so?«

»Nein, warum?«

»Na ja, ich weiß noch, dass die Mutter eine Spielerin war. Ich war oft mit den Kindern unterwegs.«

»Ach, dann haben Sie schon immer hier gewohnt?«

»Ja glauben Sie denn, ich würde freiwillig hier einziehen? Bin hier aufgewachsen und geblieben, als meine Eltern gestorben sind. Mein Sohn arbeitet in Deutschland, wissen Sie. In Europa. Er will uns hier was Neues kaufen oder uns zu sich holen. Aber wir warten noch auf das Umsiedlungsgeld. Wir wussten immer, dass die sich das Haus irgendwann unter den Nagel reißen. Früher war's mal richtig schön, wissen Sie.«

»Und wie waren die Kinder? Die der Huangs?«

»Sind Sie einer von diesen Bauleuten?«

»Ja.«

»Sagen Sie bloß nicht, die Huangs kriegen auch ein Stück vom Kuchen ab! Die wohnen ja schon ewig nicht mehr hier. Die brauchen kein Umsiedlungsgeld. Brauchten sie nie. Snobs waren das, immer schon.«

»Na ja, Sie brauchen es ja offenbar auch nicht«, wandte Leo ein.

»Brauchen vielleicht nicht, aber verdienen tu ich's bestimmt, dafür, dass ich mein Leben lang hier so gehaust hab. Ich hab geduldig abgewartet. Meine Freundinnen wurden schon vor Jahren aus ihren Häusern rausgekauft. Aber ich hab die Hoffnung nicht aufgegeben. Und weitergelitten.«

»Würden Sie mir Ihr Zuhause zeigen? Das wäre wirklich sehr hilfreich.«

Wieso bat Leo sie darum? Es wäre überhaupt nicht hilfreich. Trotzdem, die Frau war vielleicht eine Freundin seiner Mutter gewesen. Wenn er ihr Leben, ihr Zuhause sah, dann würde er vielleicht ...

»Hilfreich? Bei was denn?«

»Beim Planen«, sagte er. »Beim Festsetzen einer höheren Summe für die Umsiedlung.« Das war die einzige Antwort, mit der sie sich zufrieden gäbe.

»Na gut. Kommen Sie rauf. Ich warte oben an der Treppe.«

Leo hatte das Objekt bereits besichtigt. Er hatte die geteilten Wohnungen gesehen – alle Türen hatten aufgestanden, alles war für jeden Interessierten gut einsehbar gewesen. Er kannte sich aus und steuerte direkt die Treppe an.

Oben wartete die Frau. Sie war winzig und etwa so alt wie seine Mutter, wäre die noch am Leben. Leo lächelte sie an.

»Sie sind größer, als Sie aussehen«, sagte sie. »Hier lang.« Die Küchenzeile auf dem Flur war überzogen mit einer dicken, schwarzen Fettschicht, rau und fest. Die Gasleitung lag offen an der Wand. Ein Gewirr aus weißen, grauen und schwarzen Kabeln schlängelte sich in die Zimmer. Laut der Blaupausen, die Leo dem Stadtrat vorgelegt hatte, sollte der gesamte erste Stock in ein großes Wohnzimmer verwandelt werden, mit einem Balkon, der ein gutes Stück in den Garten hinausragte. In den zweiten und dritten Stock kämen die Zimmer. Im Garten sollte eine Art Tinyhouse entstehen, für ein Arbeitszimmer, ein zweites Großelternpaar oder als Spielhaus für die Kinder.

»Hier wohnen wir«, sagte die Frau und trat in ein Zimmer, das etwa das Format von Ekos Kleiderschrank hatte. Auf einer Seite stapelten sich Pappkartons bis unter die Decke.

»In Ihrer neuen Wohnung werden Sie viel mehr Platz haben«, sagte Leo.

»Ja, aber ich bin's gewohnt, zentral zu wohnen«, erwiderte sie. »Bin ein Stadtkind. Immer schon. Wenn ich hier weg soll, sehen Sie besser zu, dass es sich für mich lohnt.«

»Letztlich entscheiden das die Behörden«, antwortete Leo wahrheitsgemäß. »Ich werde zwar eine Empfehlung abgeben, aber verantwortlich bin ich nur für die Renovierung.«

»Ach, Ihr steckt doch alle unter einer Decke. Ich weiß schon, wie's läuft, ich bin ja alt genug.« Sie sah sich um und setzte sich aufs Bett. »Mein Mann ist letztes Jahr gestorben. Ich hab nie woanders gewohnt als hier.«

»Mein Beileid. Und Ihr Sohn ist auch hier aufgewachsen?«

»Ja. Mit uns in diesem Zimmer. Bis er aufs Internat ist. Es war einfach kein Platz mehr. Wenn er herkommt, wohnt er im Hotel.«

Gern hätte Leo mehr über die Familie seiner Mutter erfahren, doch er wollte sich nicht als deren Sohn zu erkennen geben. Er wollte die ungeschminkte Wahrheit. Was hatte die Frau damit gemeint, sie seien Snobs gewesen?

»Und wie war es, hier aufzuwachsen?«, tastete er sich vor.

»Hier? Ach, es war eben, wie's war. Kein Platz, kein Geld. Ich durfte nicht studieren. Kurz war ich auf Chongming Dao, auf der Insel, dann bin ich wieder zurückgekommen. Was soll ich sagen? War eine schwere Zeit.« Sie winkte ab. »Was soll die Fragerei überhaupt, sind Sie Historiker? Lassen Sie mich bloß in Ruhe. Hab schon mit Packen angefangen.«

»Mit Packen? Der Auftrag ist ja noch nicht mal vergeben.«

»Ich hab so meine Quellen.«

»Sie müssten frühestens in drei Monaten ausziehen.«

»Man weiß nie. In letzter Zeit lungern hier öfter Leute wie Sie rum. Ich seh's schon kommen. Und jetzt lassen Sie mich in Frieden.«

Zögernd stand Leo in der Tür. Beim Anblick dieser alten Frau, die allein auf ihrem Einzelbett in ihrem Einzelzimmer saß, musste er plötzlich denken, dass er seit Jahren nicht empfunden hatte, was sie bestimmt empfand. Seit Jahren war er nicht mehr einsam gewesen.

Unten an der Treppe blieb er stehen. Irgendetwas stimmte hier nicht. Er ging in der Diele auf und ab. Warum sollte das ganze Mauerwerk so perfekt bündig sein, nur über der untersten Stufe nicht? Lange sah er sie an. So funktionierte sein Verstand im Leerlauf nun mal: Wenn er über einem Problem nur lange genug brütete, zum Beispiel einfach eine Weile auf eine Seite starrte, flog ihn früher oder später aus dem Nichts eine Idee an.

Das Haus war meisterhaft konstruiert. Keine Kosten und Mühen waren gescheut worden. Die Familie, die hier vor einem Jahrhundert gewohnt hatte, musste sehr wohlhabend gewesen sein. Damals hatte man noch Wert auf Qualität gelegt. Nicht wie heute, wo sich nur nach Baukastensystem entworfene, höchstens auf ein paar Jahrzehnte ausgelegte Hochhäuser in den Himmel bohrten. Leo betastete die glatte, kühle Steinwand. Eine Idee regte sich in ihm. Ja, er hatte recht, definitiv. Kaum zu fassen, dass das bisher niemandem aufgefallen war. In all den Jahren? Einem ganzen Jahrhundert?

Leo ging hinaus zum Auto. Wenn er recht behielt, wäre das ein dicker Pluspunkt bei der Bewerbung. Der Chauffeur lehnte am Wagen und rauchte, Bibi saß auf dem Beifahrersitz, im gekühlten Innenraum. Er ließ das Seitenfenster herunter. »Können wir?«

Leo wandte sich jedoch an den Fahrer. »Ich muss an den Kofferraum.«

Der Fahrer öffnete ihn. »Was brauchen Sie?« Er zog an der Zigarette. Leo konnte den Gestank nicht leiden, sagte aber nichts.

»Den Vorschlaghammer«, antwortete er und zeigte auf den Griff, der unter einem Haufen Werkzeug hervorlugte.

Bibi stieg aus und sah zu, wie der Chauffeur den Hammer zu Tage förderte. »Noch haben wir die Ausschreibung nicht gewonnen«, merkte er unnötigerweise an.

»Werden wir aber«, entgegnete Leo. Mit dem Hammer ging er zurück ins Haus. Bibi folgte in respektvollem Abstand.

Leo wusste, dass er recht hatte. Er spürte es in den Knochen: Irgendetwas war da. Außerdem wusste er, dass er es ewig bereuen würde, wenn er seiner Ahnung nicht nachging. Mit den Jahren war er viel besser darin geworden,

Entscheidungen zu treffen, auch schnelle. Er kannte sich selbst inzwischen genauer – und wusste besser, was sein zukünftiges Ich von ihm erwartete. Und so schwang er nun den Hammer in die Höhe und ließ ihn auf die Wand an der Treppe niedersausen.

Die Wucht des Aufpralls schoss ihm durch die Arme bis ins Rückenmark. Er schüttelte den Kopf und rollte die Schultern. So etwas hatte er lange nicht mehr gemacht, und es fühlte sich gut an.

»Hey Sie, was soll das?!« Sofort waren hinter ihm ein paar Bewohner aufgetaucht. Erneut sauste der Hammer nieder. »Lassen Sie das! Was glauben Sie denn, wer Sie sind?«

Leo ignorierte sie und schlug noch einmal zu. Brach durch. »Dahinter ist was«, erklärte er. Die Steinschicht bröckelte, genau wie die Gipswand, die hinter ihr zum Vorschein kam. Auch eine Tür hatte Leo durchschlagen: Zwischen den Gipsbröckchen lagen Holzsplitter.

Kurz verstummte die kleine Schar hinter ihm, dann erhoben sich die Stimmen wieder: Eine Tür! Ein Durchgang! Da ist was in der Wand! Nein, ein Geheimgang! Bestimmt ein Zimmer! Ist da jemand begraben? Das kann doch nicht die ganze Zeit hier gewesen sein!

Bibi reichte Leo eine aus dem Auto herbeigeholte Taschenlampe, und Leo spähte in die Dunkelheit. Eine steile Steintreppe führte nach unten – allerdings nicht in Richtung des bekannten Kellers. Leo zog seinen Mantel aus, hängte ihn auf das Geländer und krempelte die Ärmel hoch.

An die größtenteils alten, gebeugten und bebrillten Bewohner gewandt, sagte er: »Bleiben Sie besser oben, das könnte gefährlich werden.« Dann kletterte er durch das Loch.

Umfangen von stickiger Luft zwängte Leo sich die enge, unregelmäßige Treppe hinab. Hinter ihm drängten sich Gesichter in das Loch in der Wand, schauten ihm angestrengt nach.

Die Tür war sorgfältig verbarrikadiert worden, erkennbar nur noch an der leichten Unbündigkeit von Wand und Boden. Wie oft hatte man diese Wand in all den Jahren wohl gestrichen? Leo konnte sich gut vorstellen, wann und wieso man sie verborgen hatte: um Konfiszierungen zu verhindern.

Unten sah er sich um. Die Wände waren gemauert und mit Gips verputzt. Im Gegensatz zum Wirrwarr der winzigen Wohnungen standen hölzerne Truhen und Möbel hier sauber gestapelt. Und es gab erstaunlich viel Platz. Langsam glitt das Licht seiner Lampe durch den Raum: 250 auf 150 auf 240 Zentimeter, schätzte er.

Oben wurde es lauter. Bald würden sie ihm folgen wollen. Er trat zu einer Reihe Truhen an der Wand: Sie waren mit eisernen Riemen verschlossen. Nur mit seiner Lampe und dem Schweizer Armeemesser in seiner Tasche bekäme er die unmöglich auf.

Er wandte sich einer kunstvoll lackierten, schwarzen Kommode zu und zog an einer Schublade. Sie klemmte. Er zog fester. Mit einem Knacksen löste sie sich widerwillig aus ihrer Hülle. Im Licht der Taschenlampe schimmerte ein kleines Nest aus Jade: Figürchen, Perlen, Armbänder und Amulette. Eins besah er sich genauer. Eine Fledermaus, klein genug für einen Damenring oder eine Halskette.

Von oben drang Bibis Stimme herab: »Alles okay? Soll ich runterkommen?«

»Alles in Ordnung! Einen Moment noch. Hier ist ein kleiner Raum, ich komm gleich rauf.« Brauchte er zu lang, würde man ihm am Ende noch Plünderei nachsagen. Und wenn er die Bewohner herabließ, was bliebe dann wohl übrig? »Bibi!«, rief er. »Ruf bei der Stadt an. Die sollen schleunigst jemanden schicken.«

Leo würde alles aushändigen – dieser Fund, die Publicity, würde ihm die Ausschreibung garantiert sichern. In einer zweiten Schublade fand er ein paar Dutzend dünne Goldbarren. Er rieb einen an seinem Hemd ab und biss darauf: fest. Ohne langes Nachdenken steckte er den Barren in die Tasche. Auch die kleine Jade-Fledermaus steckte er ein. Daraus könnte er eine Kette für Eko machen lassen.

»Leo, die wollen runter!«, rief Bibi.

»Auf keinen Fall!«, rief Leo zurück. »Das ist zu gefährlich. Da ist überall Schimmel, und es ist rutschig.« Schnell und mühelos kamen ihm die Lügen über die Lippen. Er stemmte einen Fuß an die Wand und zog ächzend die größte Schublade der Kommode auf.

Was hatte er erwartet? Enttäuschung überkam ihn, als er all das Papier sah, die Kunst und die Schriftrollen. Er wagte nicht, sie zu berühren: So altes Papier war empfindlich, und er hatte schmutzige Hände.

Also weiter. Eine andere Schublade barg einen Haufen Kämme und Haarnadeln. Blumen, Vögel, Schmetterlinge. Waren die von Generation zu Generation weitervererbt worden? Den Mädchen würden die bestimmt gefallen. Ob sie sonst im Museum landeten?

Die Kommode enthielt eine Sammlung weiblicher Schätze. Eine Mitgift, womöglich. Leo dachte an die Familie, die hier gelebt haben musste. An die Dame des Hauses, die ihren Schmuck, ihre Haarnadeln so sehr geliebt hatte, dass sie sie derart aufwändig versteckte, damit sie nicht gestohlen wurden.

Fast hätte diese Dame seine Großmutter sein können,

die sich ebenfalls von großem Reichtum hatte verabschieden müssen. Das war aber passiert, bevor der Staat dieses Haus beschlagnahmt und aufgeteilt hatte – bevor die Familie seiner Mutter aus ihrer Villa vertrieben und hier einquartiert worden war.

Was mochte in den Truhen liegen? Weitere Schätze vielleicht, oder Dokumente. Gern hätte Leo ein paar Stunden mehr in diesem Loch gehabt. Irgendetwas hatte er hier gesucht, aber was? Hinweise, ein Stück Geschichte, wertvoller als Gold. Ein Zeichen. Seine Mutter. Er suchte weiter, so nervös wie sonst immer, wenn er etwas verlegt hatte. Eine Socke, morgens, wenn er ins Büro musste, oder sein Handy, wenn er in den Fahrstuhl stieg.

Wieso? Weil er das sein ganzes Leben lang getan hatte, weil er seit jeher nach den Gründen dafür suchte, warum er war, wer er war. Nach seiner persönlichen Geschichte, nach seiner Vergangenheit, die womöglich seine Zukunft und alles, was ihm offenstand, bestimmte. Seine Eltern hatten ihm nichts hinterlassen. Nichts bewahrt. Aber was hatte es da auch zu bewahren gegeben? Sie waren zu früh ums Leben gekommen, um ihm auch nur Erinnerungen zu vererben.

Wem gehörten diese Dinge? Vielleicht käme das bald ans Licht. Ein Nachfahre des Nachfahren eines Nachfahren. Wer es auch sein mochte, Leo war es nicht. Schlagartig und endgültig wurde ihm klar, dass er hier nie wohnen würde. Er würde das Haus renovieren, aber nicht mit Eko und den Mädchen im Sinn. Aus dem Geheimraum würde wahrscheinlich ein Weinkeller.

Während er auf die Behörden wartete, klopfte er zum Zeitvertreib auf die Truhen. Mit jedem kurzen, trockenen Klang von Holz über luftlosem Raum fühlte er sich ein Stück weiter entfernt von dem Keller, dem Haus, seiner Mutter und seiner Familie. Schließlich setzte er sich auf eine Truhe und schloss die Augen. Er kam sich vor wie ein namenloser König, bestattet mit all seinen Schätzen, tief in einer Pyramide, einem lang vergessenen Grab.

小心, Kleines Herz

Juni 2028

Am Morgen wachte Kiko auf, und ihr Herz war gebrochen vor Traurigkeit. Im Chinesischunterricht hatte sie kürzlich erst gelernt, dass Traurigkeit die Schriftzeichen für »gebrochen« und »Herz« nebeneinander waren. Nett sein war »gut« und »Herz« nebeneinander. Vorsichtig sein war »klein« und »Herz« nebeneinander.

Kiko war herzgebrochen, weil ihr Ayi fehlte. Und sie war herzgebrochen, weil sie die Schule furchtbar fand und nie wieder dahin wollte. Warum musste sie das überhaupt? Sie war gern daheim bei Mama. Am liebsten hätte sie immer nur Wochenende gehabt. Da fiel ihr plötzlich wieder ein, dass es ja wirklich Wochenende war, und dass dieses Wochenende der Prinzessinnentag war, und da wurde sie fröhlich: »offen« und »Herz« nebeneinander.

Wieso, hatte sie in der Schule gefragt, gab es da bloß so viele Herzen? Und wenn ein Herz offen war, war es dann nicht gleichzeitig gebrochen? »Das Herz ist wichtig«, hatte Miss Gao ihr erklärt. Aber das war keine richtige Antwort auf ihre Frage. Kiko fand es furchtbar doof, wenn Erwachsene so was taten.

Jetzt war sie wieder traurig. Sie weinte, heulte einmal lange und bebend auf. Das ganze letzte Jahr war es immer

Wu Ayi gewesen, die junge, liebe und nachgiebige Wu Ayi, die ihr am Morgen beim Anziehen geholfen hatte. Jetzt gab Mama ihr immer bloß ihre Sachen und ließ sie sie allein anziehen. Und Mama war es ganz egal, ob sie die Socken falsch herum anhatte. Nachdem sie ein paar Minuten lang geweint hatte und keiner gekommen war, stieg sie aus dem Bett und machte die Tür auf.

Sie waren schon dabei, das Wohnzimmer in eine Burg zu verwandeln. Eine Frau blies Luftballons auf, so viele Luftballons! Der ganze Fußboden war voll davon. Pink und lila und weiß und orange, Kikos sämtliche Lieblingsfarben. Sie lief mitten hinein und warf sie hoch in die Luft.

Ihre Mutter kam aus der Küche, sie hatte ihre Backschürze an. »Alles Gute zum Prinzessinnentag, meine kleine Prinzessin.«

»Mama! Backst du Kuchen?« Kikos Gesicht schrumpfte zu einem kleinen, zitternden Etwas. Sie kämpfte mit den Tränen – da war es wieder, ihr gebrochenes Herz. »Du hast ohne mich mit dem Backen angefangen!«, heulte sie.

»Ach, Yukikochan, ich hab gewartet, dass du aufstehst und in die Küche kommst. Wein doch nicht! Ich hab ja nur die Zutaten schon rausgelegt. Wir können backen und dabei Cornflakes essen.«

Kiko wischte sich die Tränen mit dem Ärmel ab und ging in die Küche. Sie kletterte auf ihre Leiter und betrachtete das Mehl, die Eier, das Backpulver, den Zucker, die Butter, die rosa Glasur und die Schokochips, die in kleinen Schälchen auf der Kücheninsel standen.

»Ich will rühren, Mama!«, sagte sie und griff nach der Schale.

So gingen sie also ans Werk. Kiko half halb ihrer Mutter und beaufsichtigte halb die Ballonfrau, die draußen mithilfe eines kniffligen Sets aus Draht und Stäben die Burg aufbaute. Manchmal warf die nette Frau Kiko einen Ballon zu, wenn sie ins Zimmer linste.

Kikos Eltern hatten sich dieses Jahr für einen Prinzessinnentag statt einer Geburtstagsparty entschieden. Geburtstagspartys hatte Kiko angeblich ihr ganzes Leben lang gehabt. Eine Hello-Kitty-Party zum vierten Geburtstag, eine Einhorn-Party zum dritten, eine Häschen-Party zum zweiten und eine Regenbogen-Party zum ersten Geburtstag. »Weil du unser Regenbogenbaby bist«, sagte ihre Mutter, wie so oft. Kiko war das Regenbogenbaby, weil ihre dritte Schwester – die, die sie niemals kennengelernt hat – aus Mamas Bauch geschlüpft und weggeflogen war.

Kiko hatte Fotos von den Partys gesehen, erinnerte sich aber kaum daran. Dieses Jahr hatten auch ihre Schwestern keine Partys gehabt. Yumi hatte im Dezember lieber mit einer Reise gefeiert. Die ganze Familie war übers Wochenende nach Paris geflogen, und dort wurde gegessen und spaziert und wieder gegessen, bis alle hundemüde und zum Platzen voll waren. Genau wie sonst immer im Urlaub, nur dass Daddy diesmal wollte, dass sie im Flugzeug auf den kleinen Stühlen saßen, nicht auf den großen. Im November hatte Yoko mit Daddy ins Planetarium gewollt. Kiko war nicht mitgegangen. Sie hatte Ballett.

Daddy und Mama sprachen oft über Geburtstagspläne. Daddy sagte, die Mädchen hätten sowieso schon viel zu viel. Partys waren die falsche Botschaft. Aber Mama wollte die Partys. Sie sagte, sie würde den Mädchen auch weniger Sachen kaufen. Aber Daddy sagte zu ihr Auf-Gar-Keinen-Fall und Sei-Nicht-So-Verschwenderisch.

Aber als der Juni kam und ihre Eltern fragten, was sie zum Geburtstag wollte, wusste Kiko die Antwort. Einen Prinzessinnentag wollte sie! Ihre beste Freundin Courtney hatte genau einen Monat vorher Geburtstag gehabt und eine Prinzessinnen-Party gekriegt. Alle durften Prinzessinnen-Wasserflaschen mit nach Hause nehmen. Kiko hatte eine mit Schneewittchen bekommen.

Als der Kuchen im Backofen war, wusch Mama sich die Hände und holte einen Ring aus ihrer Tasche. Ein hellrosa Stein in einem Kreis aus weißen Glitzersteinen, genauso wie auf Mamas Ehering. Ein Ring wie eine hübsche, funkelnde Blume.

»Ist das –?«

»Psst«, machte ihre Mutter. »Ja, das ist ein Prinzessinnenring, für die allertollste kleine Prinzessin. Aber du darfst keinem verraten, dass ich ihn dir geschenkt habe. Das ist ein Zauberprinzessinnenring und streng geheim.«

»Danke, Mama!«, quiekte Kiko. Sie steckte sich den Ring auf den Zeigefinger. »Den hab ich ab jetzt mein ganzes Leben lang an.«

»Ach, Mäuschen, Mama hat dich schrecklich lieb. Alles Gute zum Nichtgeburtstags-Geburtstag!«

»Ich hab dich auch schrecklich lieb«, sagte Kiko. »Aber jetzt muss ich nach meiner Ballonburg schauen!«

Die Ballonburg war fast fertig. Die Frau drehte gerade die rosa Ballons oben am Turm zu einer Spitze. Kiko ging hinein und sah sich um. Pink und lila und orange. Eine richtige Ballonburg, ganz für sie allein! Sogar ein Fenster zum Rausgucken gab es.

»Mama! Ich will mein Prinzessinnenkleid anziehen«, rief Kiko. »Wo ist mein Prinzessinnenkleid?«

»In deinem Schrank, mein Schatz.«

»Ich will's aber anziehen!«

»Dann zieh es doch an.«

»Das kann ich aber nicht allein.«

»Versuch's doch erst mal.«

Kiko ging in ihr Zimmer. Aber jetzt war sie wieder nicht-fröhlich, nicht-herzoffen. Wenn Ayi hier wäre, würde sie Kiko in das Kleid helfen, ihr die Haare bürsten und zwei Zöpfe flechten, die hinten eine Schleife machten. Kikos Haarkrone, so hatte Ayi das immer genannt. Kiko zerknitterte das Kleid und rief ihre Mutter.

Als Eko ins Zimmer kam, saß Kiko auf dem Bett, die Ärmel des Kleids halb über den Armen.

»Mama, ich vermisse Ayi.« Sie brach in Tränen aus.

»Ich weiß, Kikochan, ich auch.« Eko half ihr beim Anziehen, dann bürstete sie ihr Haar und flocht es zu Zöpfen, wie Ayi es immer gemacht hatte.

»Siehst du, Mama, ich hab doch gesagt, ich kann's nicht allein.«

»Ja, Baby.«

Ihre Mutter ließ sie aussuchen, ob sie lieber die blaue oder die rosane Krone wollte. Kiko nahm die rosane. »Du darfst die blaue aufsetzen, Mama«, sagte sie.

»Danke, Kiko, aber heute bist du die Prinzessin.«

»Bitte, Mama. Du kannst ja die Mama-Prinzessin sein.«

»Du meinst die Königin?«

»Ja, die Königin.«

»Okay.« Eko setzte die Krone auf.

»Oh, Mama, du siehst so schön aus!«

»Nicht so schön wie du, mein Liebling.«

»Stimmt. Aber trotzdem schön.«

»Na komm, wir machen den Kuchen fertig.«

Als sie die Glasur aufgetragen hatten und an der Küchentheke frühstückten, kamen Daddy und Yoko und Yumi nach Hause vom samstäglichen Fußballtraining.

»Yumi, Yoko! Schaut mal, meine Burg!«, rief Kiko, als

sie zur Tür hereinkamen. Auch Daddy kam sie sich anschauen, dann ging er in die Küche und redete mit Mama.

»Das ist kein Geschenk, sondern ein Erlebnis«, hörte Kiko ihre Mutter sagen. Sie schob die Küchentür auf und sah, dass ihr Vater gerade etwas antworten wollte. Sein Gesicht war knautschig.

»Daddy!«, rief Kiko. »Du musst der Prinz sein.« Aber Daddy redete weiter mit Mama. Zu viele Sachen. Nicht zu verstehen. Der Wert von Geld. Völlig verwöhnt. Kiko schob ihn aufs Wohnzimmer zu. »Heb mich hoch, Daddy!«

Leo nahm sie hoch, aber seine Stirn war knittrig. Kiko strich sie mit der flachen Hand wieder glatt.

»Nicht böse sein, Daddy. Heute ist meine Nichtgeburtstags-Party!« Kiko drückte ihn ganz fest. »Komm, wir kämpfen gegen die böse Hexe!«

Er grinste. »Wer ist denn die böse Hexe? Deine Mutter?«

»Nein!« Kiko beugte sich ganz dicht an sein Ohr und flüsterte: »Die böse Hexe ist Yumi.«

Auch Daddy sprach jetzt ganz leise: »Und wie kämpfen wir gegen sie?«

»Wir müssen ihr Bett mit Klopapier einwickeln!«

»Wieso das denn?«

»Damit sie nicht schlafen kann. Dann ist sie so erledigt, dass sie gar nicht mehr richtig funktioniert.«

»Wer hat dir diesen Satz denn beigebracht?«

»Ich hab gehört, wie Mama das gesagt hat.«

»Hm.«

»Komm«, rief Kiko und schlug Daddy die Hacken in den Magen, um ihn anzutreiben, genau, wie ihr Reitlehrer es ihr gezeigt hatte.

»Fang schon mal an, ich komme gleich nach.« Abrupt setzte er sie ab, gab ihr einen Klaps auf den Po und ging zurück in die Küche.

Aber Kiko wollte Yumis Bett nicht ganz allein mit Klopapier einwickeln, also setzte sie sich in ihre Burg. Um sich herum platzierte sie ihre Plüschtiger und erzählte ihnen allerlei Geheimnisse.

»Als ich noch klein war, hatte ich Angst vor Fledermäusen. In echt können Tiger gar nicht auf ihren Schwänzen rumhopsen, tut mir leid. Ich hab Mama und Daddy erzählt, dass ich die Schule blöd finde, aber in echt finde ich sie eigentlich gut. Und Courtney mag ich auch. Na gut, ich sag euch die Wahrheit: Ich hab immer noch ein bisschen Angst vor Fledermäusen.«

Dann feierten die Tiger eine Teeparty und sangen »Ringel, Ringel, Reihe.« Aber es war schwer, sie alle gleichzeitig im Kreis zu bewegen, also gab Kiko schließlich auf und verließ die Burg,

Yoko saß auf dem Sofa und schaute ihr zu.

»Willst du mitspielen?«, fragte Kiko.

Yoko nickte und kam rüber zur Burg. Sie ging ein paarmal darum herum und schaute sie sich an.

»Das ist die Tigerburg«, sagte Kiko. »Und ich bin die Tigerprinzessin.« Sie brüllte wie ein Tiger.

Yoko fragte: »Darf ich die auseinanderbauen?«

»Nein! Das darfst du nicht!« Kiko schubste Yoko weg.

Yoko wollte gehen, aber da kamen ihre Eltern aus der Küche. Mama trug den Kuchen und führte alle rüber ins Esszimmer.

»Hört mal, Mädchen«, sagte Daddy. »Wie ihr wisst, gibt es dieses Jahr keine Geschenke. Stattdessen nennt jetzt jeder von uns etwas, dass er oder sie Kiko dieses Jahr schenken will – irgendetwas, das kein Geld kostet.« Kiko ließ den Kuchen nicht aus den Augen. Sie wusste, dass er innen voller Schokolade war. »Ich fange an. Ich gebe Kiko jedes Wochenende Mathestunden! Eko, willst du als Nächste?«

»Gern. Ich schenke Kiko jede Menge Liebe.«

»Echt jetzt?«, sagte Yumi. »Das ist doch viel zu leicht.«

»Na dann, was schenkst du deiner Schwester?«, fragte Eko.

»Ich schaue ihr fünfmal beim Ballettunterricht zu.«

»Juhu!« Kiko wollte am liebsten, dass Yumi immer mit ihr zum Ballettunterricht kam. Sie gab so gern vor ihren Lehrerinnen mit ihrer großen Schwester an – und vor Yumi mit dem, was sie konnte. »Oder vielleicht sechsmal?«

»Okay, sechsmal«, sagte Yumi.

»Und du, Yoko?«, fragte ihr Vater.

»Keine Ahnung.«

»Was immer du willst.«

»Keine Ahnung!« Yoko vergrub das Gesicht in ihren Händen.

»Schon okay. Dir fällt schon noch was ein. Wow, Kiko, du bekommst Liebe und Mathestunden und Yumi als Begleitung zum Ballett. Ist das nicht ein toller Geburtstag?«

»Und ich darf Prinzessin sein!«, ergänzte Kiko.

»Stimmt, das auch.«

»Du darfst mein Prinz sein.«

»Gern.«

»Ähm, Kiko, eine Prinzessin muss ihren Prinzen heiraten«, sagte Yumi. »Daddy ist aber schon verheiratet.«

»Aber er kann mich doch auch heiraten.«

»So funktioniert das nicht«, sagte Yoko.

»Tut es wohl!« Wieder fühlte Kiko sich zerbrochen, so, als müsste sie gleich wieder weinen.

»Ist schon okay«, sagte Daddy. »Das kriegen wir schon hin. Sollen wir den Kuchen anschneiden? Für mich bitte nur ein ganz kleines Stück.«

»Nein, Daddy! Du musst ein *großes* essen. Den habe *ich* gebacken!«

»Na gut, dann esse ich ein großes.«

Eko zündete die fünf Kerzen an. »Dann wünsch dir mal was, Prinzessin Kiko.«

Kiko schloss die Augen und wünschte sich: dass Ayi bald nach Hause zurückkäme; dass alle – aber vor allem sie – so viel Schokolade kriegten, wie sie wollten, und zwar nicht nur am Wochenende; einen echten Babytiger als Haustier; dass ihre Mutter und ihr Vater immer fröhlich wären. Auch wenn ein fröhliches, offenes Herz in Wahrheit auch zerbrochen war. Und Fröhlichkeit darum eigentlich dasselbe wie Traurigkeit.

Sie blies alle Kerzen auf einmal aus.

Hanami

Februar 2028

»Ich habe euren Großvater während der Kirschblüte 1993 verlassen. Am letzten Tag des Monats März.«

»Das brauchen die Kinder nicht zu hören, Okaasan.«

»Vielleicht will ich es aber erzählen.«

»Dann erzähl es wenigstens nett.«

»Ich bin immer nett!«

»Maman. Du siehst nett aus. Du bist eine nette Gesprächspartnerin. Und du kennst nette Geschichten, ja.«

»Wann war ich dir gegenüber jemals nicht nett?«

»Ganz ehrlich?«

»Ach, vergiss es. Hast du nicht was anderes zu tun?« Daphne zwinkerte ihren Enkelinnen zu, und die kicherten. Eko verdrehte die Augen und ging die Treppe hinauf. Über die Schulter rief sie zu ihren Töchtern: »Falls die Geschichten eurer Großmutter euch zu gruselig werden, ich bin in meinem Atelier.«

»Gut, meine Lieben, wo war ich, ehe ich so unhöflich unterbrochen wurde? Ach ja. Der letzte Märztag 1993, wenige Tage vor der höchsten Blüte. Das Besondere an Hanami ist, dass da immer alle so fröhlich sind. Wisst ihr noch, im letzten Jahr? Fröhlich, fröhlich, fröhlich. Aber 1993 ging es mir miserabel, und das seit langem.

Wisst ihr, euer Großvater war der Erstgeborene in seiner Familie, und nicht nur das: Er war auch noch der erstgeborene Sohn. Damals war so was noch wichtig. Na ja, das ist es wahrscheinlich heute noch. Aber ich will euch ein Beispiel geben. Ich weiß noch, wie er mir mal eine Ohrfeige verpasst hat – im Auto, vor der ganzen Familie –, weil Eko ihr Fenster aufmachen wollte und ich es nicht erlaubt habe. Mitten im Winter! Die Erstgeborene des Erstgeborenen, versteht ihr? So ist er mit mir umgesprungen. Aber als ich weg war, da hättet ihr mal sehen sollen, wie er gebettelt hat, dass ich wiederkomme, dass ich eure Mutter nach Hause bringe!

In diesem Jahr war die Blüte ganz besonders herrlich. Ich weiß noch, wie ich mit Eko den Tetsugaku no Michi entlangspaziert bin, den Philosophenweg. Der ganze Boden war bereits bedeckt mit Blütenblättern. Wie bei Mishima, *Schnee im Frühling*. Übrigens hat euer Großvater, als er mir den Hof gemacht hat, immer gesagt, ich sei genau wie Satoko, nur eben echt. Aber die Bücher von Mishima lest ihr mal, wenn ihr älter seid. Dann werdet ihr an mich denken und euch an heute erinnern.

So viele Blütenblätter auf dem Boden. Und alle hatten ihre Camcorder gezückt. Damals war das noch anders als heute. Obwohl, eigentlich nicht: Kleine Fenster vor den Augen. Keiner sah die Dinge unverstellt. Ich besaß keinen Camcorder. Ich habe überhaupt nichts besessen, in diesem Haus. Nicht mal ein Stück Schokolade durfte ich essen, wenn nicht seine Mutter es mir angeboten hat, die immer da war, mich immer beobachtete, kritisierte, verpetzte.

Auch Eko fiel das langsam auf. Sie war noch kleiner als du jetzt, Yukiko, aber sie bekam mit, wie die mich behandelten. Wie ein Dienstmädchen. Und dann fing sie an, mich selbst so zu behandeln: von oben herab. Das war das

Schlimmste. Die Prügel? Die hab ich weggesteckt. Jede japanische Frau in meinem Alter – Aber was soll's, davon wisst ihr natürlich nichts, und heute ist das ja alles anders, wenigstens ein bisschen. Aber dass meine eigene Tochter so auf mich herabschaut! Könnt ihr euch vorstellen, was dort noch aus ihr geworden wäre? Da wurde mir klar, dass mir nicht mehr viel Zeit blieb.

Euer Großvater wohnt noch immer in dem alten Haus. Mit seiner, ähm, fünften Frau, glaub ich. Das sagt doch alles, oder? Dieses Haus war *unbewohnbar*. Im Sommer war es noch erträglich, aber im Winter, da machte seine Mutter sich am Kotatsu breit, und niemand durfte neben ihr sitzen. Euer Großvater liebte die Kälte. So bliebe er jung, meinte er. Immer hielt er zu seiner Mutter, er sagte, ich bräuchte keine Wärme und der Kotatsu sei nur für alte Frauen und Kinder da.

Ich bin in einem Danchi aufgewachsen, müsst ihr wissen. Kein altes Kyotoer Haus, sondern ein großes Wohnsilo. Heute nennt man so was ›les taudis‹ oder ›les quartiers pauvres‹, und ja, auch wir haben ›Kaninchenstall‹ dazu gesagt, ›usagi goya‹, aber: *avec amour!*

Mein Vater war fünfzehn, als der Krieg zu Ende ging. Seinen Traum, zu studieren und Wissenschaftler zu werden, konnte er sich nie erfüllen. Er ging arbeiten, ein bisschen wenigstens. Meistens las er Bücher. Mit unseren Nachbarn sprach er nie ein Wort. Für unser Danchi war er sich zu fein. Aber ich fand es dort toll, ich habe meine Kindheit genossen. All meine Freunde, unsere vielen Abenteuer. Das Gras, die Brunnen. Niemanden kümmerte, was wir anstellten. Ihr könnt euch vorstellen, wie es war, von dort in das große Haus zu ziehen, in dem ich ständig allein war. Mit ihr. Immer. Und nie ausgehen durfte.

Dabei ging ich gern aus, wisst ihr. Auch euren Großvater

habe ich dabei kennengelernt. Ja, in der Disco! Natürlich machte er damals noch einen ganz patenten Eindruck. Und ich, ich war auch nicht übel! Damals hab ich mir das Haar noch mit Pomade zurückgekämmt und meine Augen dick mit Kajal umrandet – Eyeliner-Wings so spitz wie Dolche, silberner Glitter in den Augenbrauen. Ha! Ihr hättet mich mal sehen sollen! Röcke bis hier, Hemden bis da. Ach, Mädchen, genießt eure Schönheit, solang ihr sie habt. Seid sexy, solange ihr könnt!

Wir zogen durch die Clubs, die All-You-Can-Eat-Läden. Haben Pink Lady live gesehen! Zweimal! Ich hatte damals eine Pink-Lady-Mütze und Pink-Lady-Rollschuhe. Toll waren die. Wie? Ihr kennt Pink Lady nicht? Na, die muss ich euch mal vorspielen. Und die Bee Gees? ›Stayin' Alive‹? Auch nicht? ›Ah, ah, ah, ah, stayin' alive, stayin' alive‹? Nein? Ach Mädchen, ihr macht mich fertig.

Wisst ihr, wie man mich damals genannt hat? Birdie. *Ba*di. Wegen meiner Augen, wegen der Wings. Daphne hieß ich da noch nicht. Den Namen hab ich erst angenommen, als ich in Frankreich arbeiten ging.

Aber euer Großvater! Der alte Mistkerl konnte vielleicht tanzen, sag ich euch! 1979 war das, auf einer dieser Partys im Petal Club; Ladies One Night nannten sich die, und für meine Freundinnen vom Danchi und mich waren sie Pflichtprogramm – wir haben nie eine verpasst. Ich, Badi, mit Absätzen wie Samuraischwerter. Gefährlich waren wir! ›I'm So Glad That I'm a Woman.‹ ›Lady Marmalade.‹ ›Le Freak.‹ ›Hot Stuff.‹

Das alles lief, als ich eurem Großvater das erste Mal begegnet bin. Ich tanzte nichtsahnend vor mich hin, die Lichter blitzten, und da sah ich ihn mit seinen Freunden auf der anderen Seite der Tanzfläche. Damals hatte er noch einen Schnurrbart, ein albernes Ding. Wir tanzten erst aufeinander zu und dann um uns herum wie Tiere vor einem Kampf.

Wisst ihr, Mädchen, Männer sind in Wahrheit nie so, wie sie in der Disco rüberkommen. Merkt euch das. Erst zu Hause zeigen sie ihr wahres Gesicht.

Aber gut, Hanami also.

Ich hatte schon eine ganze Weile überlegt, zu gehen. An diesem Tag, mit Eko auf dem Philosophenweg, wusste ich, dass die Blumen immer weiter blühen und vergehen würden, wie das nun einmal ihre Art ist. Immer wieder blühen und vergehen. Sollte das mein Leben sein, für alle Zeit? Ich brauchte keine Kamera für diese Bäume. Nichts würde sich je verändern. Aber das Wichtigste, das, was wirklich gerettet werden musste, war Eko. Eure Mutter.

Gleich am nächsten Tag habe ich ein Visum für Frankreich beantragt. Habt ihr eine Vorstellung, wie schwierig es damals war, ein Visum zu bekommen? Und ich musste alles streng geheim halten! Ich habe das bisschen Haushaltsgeld gehortet, das euer Großvater mir gab – geizig war er, immer schon, weshalb ich genau wusste, was es heißt, nicht mehr auszugeben als unbedingt nötig. Ein paar Wochen gab es nur noch Kartoffeln und Wurzelgemüse zu essen, damit ich bei der Abreise ein wenig Geld in der Tasche hätte. Der Mann, der meinen Visaantrag bearbeitete, wollte ein Schreiben sehen, das mir erlaubte, mit Eko ins Ausland zu reisen. Fast hätte er den Antrag abgelehnt. Wie ich das Visum schließlich doch bekommen habe, ist aber eine andere Geschichte. Die erzähle ich euch mal, wenn ihr älter seid.

Wir brachen auf, bevor die letzten Blüten aufgingen. Ich zog Eko für den Einkauf auf dem Markt an und nahm nur meinen Korb mit, gefüttert mit sämtlichem Bargeld, das ich finden konnte. Euer Großvater hatte immer welches im Schlafzimmer versteckt.

Als wir in Paris ankamen, tauschte ich das Geld, zusammen mit meinem eigenen Ersparten, in Francs um, und wir spazierten den ganzen Nachmittag lang durch die Stadt. Zu meiner Überraschung gab es auch in Paris Kirschbäume, ebenfalls in voller Blüte. Im erstbesten Hotel nahmen wir uns ein Zimmer. An diesem Abend – endlich allein mit eurer Mutter, endlich frei – fühlte ich mich ungeheuer frisch und leicht. Die Last, die mich so lang niedergedrückt hatte, lag mir nicht mehr auf den Schultern.

Die Bäume müssen ihre Blüten abschütteln. Für sie, das wurde mir jetzt klar, war diese äußerliche Schönheit nur Ballast, wie spröde Fingernägel oder zu langes Haar. Wenn die Blüten abfallen, können die Bäume ihre knorrigen, nackten Finger ausstrecken und Sonnenlicht und Regen atmen. Die warme Jahreszeit meines Lebens hatte gerade erst begonnen.

So, junge Damen, jetzt braucht Grand-mère aber mal was zu trinken und *une petite sieste*. Machen wir ein Päuschen, ja?«

»Ist gut, Grandma«, antworteten Yumi und Yoko. Kiki war eingenickt. Es war früher Nachmittag, und sie hielt noch manchmal Mittagsschlaf.

Daphne zog ihr Tuch über die Schultern und quälte sich hoch von dem harten Stuhl, gestützt auf das helle Holzgerippe, das sich um ein dünnes Polster wand. »Warum kauft eure Mutter nur so hässliche und unbequeme Dinger«, sagte sie, ehe sie die Treppe hinauf ins Gästezimmer verschwand.

Yoko sah Yumi an und fragte: »Ist das wahr? Ist das Ma wirklich passiert?«

»Ich weiß es nicht. Sie meint ja, wir sollten Grandma besser nicht alles glauben.«

»Stimmt.«

Die Mädchen, neun und sieben, zogen sich ihre Schuhe an und gingen im Garten spielen, bauten ein Fort aus alten Laken, die über den Lehnen der Terrassenstühle hingen.

Torpor

Dezember 2026

Die Vormittage verbringst du mit Meditation. Beim Meditieren siehst du Gärten vor dir – die Gärten deiner Kindheit. Die Gärten von Kyoto, Karesansui-Gärten, Sand und Steine, sorgsam arrangiert, still, ruhevoll.

In deinen Meditationen vereinigen diese Gärten sich mit anderen, die du im Laufe deines Lebens besucht hast. Gärten in Paris, Sizilien, Suzhou und Guizhou. Der Kies eines Steingartens strömt von einer Reisterrasse hinab auf die nächste. Wie Wasser. Der Klang von Steinen, die auf Steine fließen, in alle Ewigkeit.

Die Gärten sprudeln vor Leben. Die Blume, der Bonsai, die Hummel. So viel Trost. Du atmest ein und wieder aus. Niemand kann deinen Garten anrühren. Beim Meditieren bist du ganz allein.

Die Hecken des Jardin du Luxembourg erheben sich zwischen Gelehrtensteinen aus dem Garten des bescheidenen Beamten in Suzhou. Ein Kolibri, so klein wie deine hohle Hand – nein, kleiner noch, ein Kolibri-Küken – schwirrt durch die Löcher in den Steinen. Ein großer Koi in einem nahen Teich schwimmt träge hin und her, sperrt das groteske Maul im trüben grünen Wasser auf. Er beobachtet dich.

Du öffnest die Augen und findest dich auf deiner Terrasse wieder. Die Sonne scheint; drinnen staubt das Mädchen die Schränke ab. Du gehst in die Küche und machst dir eine Tasse Mugicha mit Eis.

Der Anblick des Kois hängt dir noch nach. Was wollte er von dir? Wer hat ihn bloß in deinen Garten eingeladen? Angst und Ekel überkommen dich, als dir klar wird, dass er den Kolibri verschlingen wollte. Er wollte, dass du ihn mit ihm fütterst.

Du setzt dich an deinen Schreibtisch und legst dir deine Farben zurecht. Der orangene Seidenfaden ruft nach dir. Der Koi möchte lebendig sein, möchte erschaffen werden. Nein. Du greifst stattdessen zu Smaragdgrün, Grasgrün, Königsblau. Schwarz und Grau für die Federn. Weiß für den weichen Bauch. Eine kleine Onyxperle für das Auge.

Früher musstest du deine Kreationen erst skizzieren und dann die Zeichnungen auf den Stoff übertragen. Heute fädelst du einfach die Nadel ein und legst los. Das Design siehst du vom Anfang bis zum Ende vor dir, visualisierst den Weg dahin. Wie eine Malerin, die ein Porträt mit einem Augenlid beginnt, statt mit dem perfekten Oval eines Gesichts.

Jahre mit Nadel und Faden haben deine Sehkraft geschwächt. Nach einer Stunde Sticken legst du eine Pause ein und schlägst dein Naturlexikon auf:

Der Kolibri wird drei bis fünf Jahre alt.

Der Kolibri erinnert sich an jede Blume und jedes Vogelhaus, die er jemals besucht hat.

Wenn der Kolibri erschöpft ist oder nicht genügend Nahrung bekommt, verfällt er in eine winterschlafähnliche Starre, die man »Torpor« nennt.

Kolibri-Küken sind so groß wie ein Knopf und können nicht fliegen.

Kolibris gehen keine lebenslangen Bindungen ein.

Bis zum Mittagessen wirst du mit der Arbeit fertig sein, weil du danach deine Jüngste aus der Kita abholen musst. Dann holst du deine mittlere Tochter aus der Förderklasse – sie ist noch nicht bereit für die normale Schule. Aber während sie ihren Mittagsschlaf halten, wirst du noch einmal meditieren. Bevor aus dem Getrappel von vier kleinen Füßen das von sechsen wird. Dann, um sieben, das Platschen von Badewasser auf kühlen Kacheln; um acht die Schreie und Proteste beim Insbettbringen; um neun das »Daddy!«, wenn er nach Hause kommt und alle wieder aufweckt, wo sie gerade bei der letzten Gutenachtgeschichte einschlummern.

Und schließlich, endlich, die Stille ab halb zehn. Er in seinem Arbeitszimmer, du an deinem Schreibtisch. Alle Lichter brennen, und du befestigst den schimmernden Onyx an dem niedlichen Gesicht des Vogels.

Kurz bevor du selbst ins Bett gehst, vor dem knappen »Gute Nacht«, wirst du dich noch einmal in deinen Garten zurückziehen, der mit jedem Besuch wächst und sich verändert. Der japanische Garten. Der chinesische Garten. Der wilde, nachgesäte englische Garten. All die Gärten deines Lebens, die Flora und die Fauna – tief im Erdreich umschlingen sich all die unterschiedlichen Wurzeln. Sonne. Atem. Wind. Duft. Ein Streifenhörnchen knabbert eine Kastanie, und nass und schwer schält sich ein Schmetterling aus seinem Kokon.

Herzensmädchen

Februar 2020

Doroteia war fast vierzehn Monate alt, als ihre Eltern mir eröffneten, sie würden zurück nach Portugal ziehen. Mir blieben nur noch zwanzig Tage mit ihr.

Ich war geschockt, obwohl das nicht mein erster Abschied von einer Familie war. Das Ende kommt meistens abrupt, und richtig darauf vorbereitet ist man nie. Im einen Moment spielt man mit den Kindern noch Fangen im Park oder kauft mit ihnen auf dem Markt Gemüse für das Mittagessen, im nächsten steht man auf der Straße, allein mit seinem Koffer und – wenn man Glück hat – einem roten Umschlag mit einer Abfindung. Sein Kind sieht man meist nie mehr wieder. Teias Mutter sah überall hin außer in meine Augen, als sie sagte: »Ayi, können wir uns mal kurz unterhalten?« So ging es immer los, wenn sie mich um etwas bitten oder mir sagen wollte, was ich verbessern konnte. Stumm hielt ich meine Tränen zurück, während sie mir die Details erläuterte. Ihr Mann saß schweigend neben ihr. Es sei wegen dieses Virus', der in China ausgebrochen war – Teia sollte draußen spielen können, sie müsse ja auch demnächst in die Kita, und Shanghai sei da einfach zu gefährlich. Sie hätten überlegt, mich mit nach Portugal zu nehmen, mir eine Arbeitserlaubnis zu besorgen, aber das sei leider doch nicht praktikabel.

Ich war natürlich bestürzt. Und wütend. Weil sie mir so kurzfristig Bescheid gaben, weil sie alles so klammheimlich geplant hatten, weil sie mir Teia wegnahmen. Aber ich hatte die Kleine auf dem Arm; sie schnupperte mir am Hals und rief »Ai, Ai«, und ich strich ihr über die perfekte kleine Wange und sagte: »Ist ja gut, Ai ist ja hier.«

»Für Teia wird das sicher schwer«, sagte ihre Mutter. Und einen kurzen Augenblick darauf: »Für uns alle.«

Meinte sie damit sich selbst, die bis mittags ausschlief und Teia in deren ganzem Leben noch keine einzige Windel gewechselt hatte? Oder ihren Mann, der nur nach Feierabend zehn Minuten mit der Kleinen spielte, bevor ich sie baden musste? Oder mich, die praktisch jede Minute mit Teia verbrachte, seit sie drei Wochen alt gewesen war? Ich hatte gehofft, ich könnte bis zu meiner Rente in ein paar Jahren bei ihnen bleiben. Vielleicht noch miterleben, wie Teia ein Geschwisterchen bekäme, oder wenigstens, wie sie selbst größer würde.

»Und das steht fest?«, fragte ich.

»Ja. Wir haben schon Flugtickets, am zehnten Februar reisen wir ab.«

Ich entschuldigte mich, übergab Teia an ihre Mutter und ging in mein Zimmer. Hinter mir schloss ich die Tür. Mein Zimmer war auch Teias Zimmer – ich schlief auf dem Fußboden gleich neben ihrem Bettchen, auf einer Kindermatratze. Sobald Teia groß genug für ein Kinderbett wäre, würde sie die bekommen. Die ganze Zeit schon, dachte ich, hatten die sich auf diesen Tag vorbereitet, den Tag, an dem ich sie verlassen müsste. Ich legte mich auf die Matratze, vergrub das Gesicht im Kissen und ließ meinen Tränen freien Lauf. Bedacht darauf, dass sie mich nicht hörten – ich wusste ja, wie dünn die Wände in dieser Wohnung waren –, verdaute ich die Neuigkeit, bis sie real wurde. Ich nahm ein

Deckchen aus Teias Bett, sog ihren Duft ein. Eigentlich war es teils ihr Duft und teils meiner. Unsere Gerüche hatten sich vermengt. Ich besah mir die Decke mit den rosa Lämmchen, und zum ersten Mal in diesem Haus – Ehrenwort! – fragte ich mich: Würden die überhaupt merken, wenn dieses Ding nicht mehr da wäre?

Erst langsam wurde mir der Ernst der Lage klar. Mir blieben zwanzig Tage, um einen neuen Job und eine neue Bleibe zu finden. Aber wie sollte das gehen, wenn ich nicht vor die Tür durfte und vermutlich niemand Vorstellungsgespräche abhielt? Alle hatten Angst vor dem Virus. Teias Eltern ließen mich nicht mal den Müll rausbringen. Wer würde da schon ein neues Kindermädchen bei sich einziehen lassen?

Dann kamen die Geldsorgen. Würden Teias Eltern mir noch den ganzen restlichen Monat bezahlen? Und was war mit dem Bonus, den ich zum Mond-Neujahr bekommen sollte? Ich nahm meinen ganzen Mut zusammen, vergewisserte mich per Handykamera, dass ich nicht zu verheult aussah, und ging hinaus, um zu verhandeln.

Teias Mutter hatte sie auf dem Arm. Als ich aus dem Zimmer kam, streckte die Kleine sofort die Händchen nach mir aus. Ich nahm sie, umfasste ihr Bäuchlein. Nur noch zwanzig Tage. Ich würde ihre ersten Schritte und ersten Sätze verpassen, nicht erleben, wie frech sie mit zwei wäre. Fast kamen mir erneut die Tränen. Teia steckte mir den Finger in die Nase, und aus alter Gewohnheit sagte ich: »Nase. Na-se.«

Teias Mutter setzte sich aufs Sofa und bat mich zu sich. Ich nahm Teia auf den Schoß – seitwärts, damit sie sie auch sehen konnte.

»Mein Mann kennt so ein Onlineforum, in dem Expats ihre Kindermädchen empfehlen, da wird er Sie eintragen. Wir helfen Ihnen, so schnell wie möglich was Neues zu finden.« Dann übersetzte sie das Gesagte für ihren Mann ins Englische. Er nickte. Er war Portugiese und hatte sie vor vier Jahren hier in Shanghai kennengelernt.

»Danke«, sagte ich. »Aber ich kann mir kaum vorstellen, dass man derzeit so leicht etwas findet.«

»Wir werden Sie wärmstens empfehlen«, sagte sie.

Ich nickte nachdenklich. Was blieb mir schon anderes übrig? Ich musste es ansprechen. Für mich einstehen. »Und was hatten Sie wegen meines letzten Gehalts gedacht?«

Sie sagte, sie würden mir noch den ganzen Monat bezahlen und meinen Bonus anteilig verrechnen. »Und falls Sie nicht rechtzeitig eine Stelle finden, können Sie hier wohnen bleiben, bis unser Mietvertrag ausläuft, wobei die Wohnung dann natürlich leer sein wird.«

Teias Vater fiel ihr ins Wort, und sie sprachen unter sich. Ich verstand nur ein paar Brocken, »Ayi«, zum Beispiel, »Tag«, »Teia« und »gehen«. Bis zu diesem Augenblick war ich eigentlich stolz darauf gewesen, in den letzten Jahren bei dieser ausländischen Familie so viele englische Wörter gelernt zu haben. Jetzt aber, wo ich hier saß, mit Teia auf dem Schoß, und über meine Zukunft grübelte, darüber, was meine Arbeitgeber mit mir vorhatten, erkannte ich, dass ich fast nur nutzloses Zeug aufgeschnappt hatte, von den Lernspielsachen, die ich Teia zur Ablenkung beim Windelnwechseln vorsetzte: »Vogel«, »Banane«, »Sonne«, »Mond.«

Ich ließ den Blick durch die Wohnung schweifen – ein kleines Apartment im Erdgeschoss, zwei Schlafzimmer, ein Bad, kaum Licht durch die Fenster und schimmlig-feuchte Böden im Sommer. Ich war glücklich gewesen in dieser engen, düsteren Bude, und das obwohl ich im Haus meine Straßenschuhe anlassen musste, weil Teias Vater, ganz Europäer, die seinen nicht gern auszog.

Aber wie wäre es hier ohne Teia? Wie sollte ich ohne sie

hier wohnen? Wie sollte ich überhaupt ohne sie leben? Erleichtert dachte ich an eine Gruppe, in der ich bereits Mitglied war und in der ich meine Dienste anbieten konnte. Meine Gedanken sprangen hin und her zwischen dem Tragischen und dem Praktischen.

Jetzt war aber erst mal Zeit für Teias Mittagsschlaf. Ich trug sie in unser Zimmer, hielt sie fester als nötig. Plötzlich bereute ich all die Male, an denen ich – mitten an einem langen Tag mit Teia – müde, gereizt oder gelangweilt gewesen war. Hätte ich doch bloß gewusst, dass diese Tage gezählt waren! Ich strich die dunklen Locken zurück, die seit Kurzem Teias Gesicht umrahmten. Betrachtete die vom Schlaf schweren Augen, die dichten, langen Wimpern. Den Herzmund, die dünnen Lippen, das spitze Kinn. Sie war das schönste Mädchen, das ich je gesehen hatte. Aber stimmte das wirklich, oder war ich als ihre Ayi bloß voreingenommen? Ich schaukelte sie sanft im Arm und ging, über mein Bett hinwegsteigend, denselben Achter wie immer, wenn ich sie in den Schlaf wiegte. Eigentlich war das gar nicht mehr nötig, aber ich konnte sie noch nicht loslassen. Nicht heute.

Als Neugeborene war Teia eine hässliche kleine Kröte gewesen. Kaum einen Monat alt, ein breiter Mund, der ihr halbes Gesicht einnahm, runzlige Augen, dazu schütteres Haar und eine hohe Stirn wie ein Mittfünfziger auf bestem Weg zur Glatze. Als Ayi wünscht man sich immer einen niedlichen Schützling, ein hübsches, gutmütiges Kind mit festem Schlaf. Teia war nichts von alledem.

Von Anfang an war sie launisch gewesen. Nahm man ihr ihr Lieblingsspielzeug weg – einen handtellergroßen Plüschhund –, schrie sie sich fast die Lunge aus dem Leib. War ihr Fläschchen leergetrunken, schrie sie sich fast die Lunge aus dem Leib. Gab man ihr umgehend ein neues Fläschchen, schrie sie sich fast die Lunge aus dem Leib: Es war zu spät, man hatte seine Chance auf Wiedergutmachung vertan. Wie dieses Baby schreien konnte! Und dazu der Blick aus ihren großen, braunen, runzligen Augen, der zu sagen schien: Ich verstehe alles, ich gebe dir die ganze Schuld und werde dir niemals verzeihen.

Teia schlief jetzt fest auf meinem Arm. Was ich mit diesem Kind an Wutanfällen ausgestanden hatte! In hohem Bogen fortgeschleuderte Fläschchen, Spielsachen und Kleider. »Warten Sie nur ab, bis sie mal zwei ist«, hatte ich zu ihrer Mutter oft gesagt. »Da kommt noch ganz schön was auf uns zu.«

Aber ich würde das nicht mehr miterleben, würde sie nie zu einer vorlauten Göre werden sehen, nie die Chance erhalten, sie in die Schranken zu weisen, sie zu verhätscheln oder ihre neugierigen Fragen über die Welt zu beantworten. Ich legte sie in ihr Bettchen. Dort schlief sie am besten, und ohne einen richtigen Mittagsschlaf wäre sie den ganzen Nachmittag lang quengelig. Trotzdem konnte ich mich nicht zügeln: Ich streichelte ihr über die Stirn, strich ihr durch die weichen Löckchen. Sie regte sich, und ich wich vorsichtig zurück.

Vor Teia hatte ich schon mehrere Babys betreut, immer Mädchen. Sie und ihre Familien waren alle ganz in Ordnung gewesen, mal mehr, mal weniger kompliziert. Was ich für diese anderen Kinder empfand, war jedoch nichts im Vergleich zu Teia. Selbst die Gefühle meinem eigenen Sohn gegenüber, der daheim im Dorf bei seinen Großeltern aufgewachsen und jetzt selbst im heiratsfähigen Alter war, wirkten daneben dumpf. Vielleicht lag das daran, dass ich Teia bereits seit ihren ersten Lebenstagen kannte. Oder daran, dass ihre Mutter sie nicht hatte stillen wollen, weshalb fast immer ich sie fütterte, mit Fläschchen, Tag und Nacht.

Vielleicht lag es auch an der Kraft, die mich ihre Wutanfälle kosteten. Aber was es auch sein mochte, Teia war etwas Anderes für mich, etwas Besonderes.

Kindermädchen war ich erst vor sieben Jahren geworden, nach dem Unfall. Den werde ich nie vergessen. An dem Tag legte mein Sohn die Aufnahmeprüfung für die Sekundarschule ab. In Dongbei tobte ein Schneesturm, und ich war bei der Arbeit, ich hatte die Schicht einer Freundin an der Wurstschneidemaschine übernommen. Sie hatte ein Vorstellungsgespräch in einer anderen Fabrik, am anderen Ende der Stadt. Ich war in Gedanken. Sollte ich mir auch eine neue Stelle suchen? Ich wurde älter, und den ganzen Tag am Fließband zu stehen und auf die Würste zu stieren, machte meinem Hals langsam zu schaffen. Sollte ich mir ein paar Tage frei nehmen, nach Hause fahren und nach meinem Sohn Xiling sehen? Ihm die scharfen Reiskuchen machen, die er so gern hatte, ihm viel Glück bei seinen Prüfungen wünschen? Genau an diese Reiskuchen dachte ich, als ich mir die Klinge mitten durchs oberste Gelenk des linken Ringfingers schnitt. Das Blut sprudelte sofort heraus, doch ich brauchte erst einen Moment, um es zu begreifen, um den Schmerz zu realisieren. Schon sprangen die Frauen links und rechts von mir herbei. Sie alle hatten Ähnliches schon mal gesehen: ein Finger, ein Nagel, ein Stück Fleisch, der Großteil einer Hand.

So kam ich also wirklich früher nach Hause. Mein Sohn hat seine Prüfung nicht bestanden, und ich sah mich nach einer neuen Stelle um. Meine Hand war erst nach gut drei Wochen wieder heil. Ich behandelte mich selbst zu Hause, mit Mullbinden, in Alkohol getränkten Tüchern, Jod und frischem Schnee. Es tat höllisch weh. Manchmal spüre ich den Schmerz noch heute: Es fühlt sich an, als wäre das fehlende Fingerglied noch dran.

Eine Bekannte schlug mir schließlich vor, ich solle doch in Shanghai als Kindermädchen arbeiten. Da würde ich gut verdienen, doppelt so viel wie in der Fabrik. Und wenn ich bei der Familie einzog, könnte ich mir das Geld für Unterkunft und Essen sparen. Ich stellte mir vor, zurück in die Fabrik zu gehen und wieder fingerdicke Würstchen mit Schweinehack zu stopfen, das genauso blutrot und zermatscht aussah wie meine Wunde in den ersten beiden Wochen. Dachte an das Fieber, das mich tagelang im Griff hielt, während ich gegen die Infektion ankämpfte. Niemals wieder wollte ich dahin.

Ich rief meinen Mann an, um ihm mitzuteilen, dass ich überlegte, als Kindermädchen nach Shanghai zu gehen. Er arbeitete damals gerade in Ningbo, wo man ein neues Einkaufszentrum baute. Er schnaubte verächtlich. »Glaubst du wirklich, mit dem Finger kannst du auf Kinder aufpassen?« Ich hatte ihm täglich Fotos und Videos von der Genesung meiner Hand geschickt. »Diese Shanghaier werden so oder so nicht wollen, dass Leute aus dem Norden ihre Kinder hüten. Und mit der Krüppelhand? Viel Glück!« Doch seine Zweifel spornten mich erst recht an. Seine Grausamkeit in unseren ersten Ehejahren sowie die ständige Schürzenjägerei hatten Narben hinterlassen, die niemals heilen würden. Endgültig entschieden war die Sache, als er Xiling erwähnte. »Du hast ja nicht mal dein eigenes Kind aufgezogen. Wie kommst du darauf, du könntest die anderer Leute erziehen?« Da legte ich auf und buchte ein Ticket nach Shanghai.

Ich hatte unseren Jungen sehr wohl aufgezogen – bis ich ihn mit eins meinen Schwiegereltern anvertraut hatte, um zuerst in der Spielzeug- und dann in der Wurstfabrik zu arbeiten. Ganz unrecht hatte mein Mann aber nicht. Was hatte ich damals schon gewusst? Was wusste ich heute? Bei Xilings Geburt war ich sechsundzwanzig gewesen und hatte wenig Lust aufs Muttersein gehabt. Ich wollte arbeiten, Geld verdienen und meinem Mann entkommen. In jenem ersten Jahr mit meinem Sohn hatten mir meine Eltern geholfen. Andererseits zogen Frauen auf der ganzen Welt Kinder groß – wie schwer konnte das also schon sein?

Meine Bekannte gab mir die Kontaktdaten einer Agentin, und ich fuhr mit dem Bummelzug nach Shanghai – vier Tage dauerte die Reise. Ich bezahlte für einen dreitägigen Kurs in Kinderbetreuung, bekam ein Zertifikat und bestand eine Gesundheitsprüfung in einer städtischen Klinik. Diese Dokumente verhalfen mir zu meiner ersten Stelle: ein fünf Monate altes Mädchen, um das ich mich kümmerte, bis es zwei wurde. Viel leichter – und besser! – als die Arbeit in der Fabrik. Die Bezahlung stimmte auch. Nach dem ersten Baby kam das zweite, etwa für ein Jahr, dann ein Kleinkind. Dann kam ich zu Teia.

Zwei Nächte vor Teias Abreise hatte ich noch immer keine neue Stelle. Die Eltern packten eifrig die letzten Kisten für die Spedition, und Teia war nervös und aufgekratzt, ahnte eine große Veränderung voraus und verstand nicht, wieso und wohin all die Möbel verschwanden. Auch ich war unruhig. Ich brauchte Arbeit, ein geregeltes Einkommen. Nicht nur, weil ich meinem Sohn ein Haus bauen lassen wollte, in dem er irgendwann einmal mit seiner Frau wohnen könnte, sondern auch, weil sich zu Hause im Norden eine Familienkrise abspielte. Der Mann und die Tochter meiner kleinen Schwester waren wegen Finanzbetrugs verhaftet worden, und die ganze Familie legte zusammen für einen dicken roten Umschlag für die Polizei, damit wir sie besuchen durften. Eine längere Pause von der Arbeit konnte ich mir nicht leisten.

Ich hatte schon Anzeigen in verschiedensten Gruppen gepostet, mich an eine Agentur gewandt, die meinen ganzen ersten Monatslohn einstreichen würde, und mehrere Video-Gespräche mit potentiellen Arbeitgebern geführt, als ich endlich jemanden fand, der mich vielleicht einstellen wollte: eine Großfamilie aus Shanghai, was mir gar nicht so lieb war. Großeltern waren anstrengend, immer zu Hause und oft Besserwisser. Viele hatten andauernd Redebedarf. Letzten Endes entschied sich die Familie aber ohnehin gegen mich. Die Agentin sprach es zwar nicht offen aus, aber Fakt ist, sie wollten einfach kein Kindermädchen aus Dongbei. So waren diese Shanghaier nun mal, hielten sich immer für was Besseres.

Ich griff nach jedem Strohhalm, schrieb in jeder freien Minute Nachrichten, hing die halbe Nacht am Handy und verschickte Bewerbungen. Ich bat meine Freundinnen, ihre Freundinnen zu fragen. Teias Eltern waren fertig mit mir. Sie ließen mich nicht putzen und nicht kochen, wollten nicht, dass ich beim Packen half. Mir war das nur recht, weil es mir Zeit für Teia ließ – und für die Jobsuche.

Gerade, als ich mir einen Schlafplatz im Arbeiterwohnheim buchen wollte (das obere Stockbett in einem Achterzimmer, mit Bad auf dem Flur und freier Kost, wenn ich dem Koch beim Zubereiten der beiden täglichen Kantinenmahlzeiten half), schrieb mir eine Bekannte von Teias Mutter. Um die Ansteckungsgefahr geringer zu halten, wollten ihr Mann und sie statt ihrer Tagesmutter lieber ein Kindermädchen, das bei ihnen einzog. Wir verabredeten ein Videogespräch für denselben Abend, nach Teias Schlafenszeit.

Ich kauerte im Eck der kleinen Küche und wartete. Punkt acht kam der Anruf, und gutaussehende Gesichter drängten sich vor den Bildschirm. Sie wirkten nett. Ein Kindermädchen, das bei ihnen wohnte, hatten sie noch nie gehabt. Mit meinen Lohnvorstellungen erklärten sie sich sofort einverstanden, obwohl ich gewagterweise zweihundert pro

Monat mehr verlangte, als Teias Eltern mir bezahlten. Wir waren eben alle verzweifelte Menschen in seltsamen, verzweifelten Zeiten. Nur zwei Fragen stellten sie mir. Die erste war, ob es in Ordnung für mich wäre, die Wohnung eine Weile lang nicht zu verlassen, bis die Sache mit dem Virus sich beruhigte. Das war kein Problem für mich, ich hatte ja sowieso keine anderen Pläne. Außerdem wollten sie zu meiner Überraschung wissen, ob ich selbst Bedingungen hätte, eine Mindestgröße für Zimmer und Bett, zum Beispiel, oder einen eigenen Fernseher. So etwas hatte mich in meinem ganzen Arbeitsleben noch niemand gefragt. Warum sollte ich so was verlangen? Also sagte ich, wahrheitsgemäß, ich bräuchte nur einen Platz zum Schlafen. »Bloß eins sollten Sie wahrscheinlich wissen«, fuhr ich fort und zeigte ihnen meinen halben Finger. Sie fragten, wie das passiert sei, und der Vater übersetzte mein Chinesisch für seine Frau in eine andere Sprache. Ob mich das irgendwie einschränke, wollte er wissen, und ich sagte Nein, für die Arbeit spiele das keine Rolle. Damit war es entschieden. Am Nachmittag nach Teias Abreise würde der Vater mich abholen.

Teia merkte, dass an diesem letztem Tag etwas besonders war, begriff aber nicht was. Sie krabbelte kreuz und quer durch die Wohnung, betatschte die Koffer und quietschte vergnügt. Etwas Neues: Das freut Babys immer. Vermutlich glaubte sie, in ein Restaurant zu gehen oder mit ihren Eltern einen Ausflug zu machen, was hin und wieder – nicht sehr oft – vorkam. Ich passte auf sie auf, während sie all den neuen Platz zum Spielen in der Wohnung auskundschaftete. Dann kam der Lastwagen, und ihre Eltern trugen das letzte Gepäck auf die Straße.

»Machs gut, meine Teia«, sagte ich, während wir ihren Eltern die Tür aufhielten. »Du wirst mir schrecklich fehlen.« Teia dachte, wir würden uns von ihrem Vater verabschieden, der sich morgens immer zum Arbeiten im Schlafzimmer verkroch. Sie winkte unablässig und rief: »Bye-bye, Dada.« Ich küsste ihr die seidig weichen, eher gelben als rosigen Wangen. Was das betraf, kam sie nach ihrer Mutter. Ich betastete ihre Hände und die Füßchen, rubbelte und knabberte an ihren Zehen, wie sie es immer so gern gehabt hatte, und ihr lautes Lachen wärmte mir das Herz und füllte es zugleich mit Kummer. Nie wieder würde ich dieses Gezwitscher hören, dieses schelmische Kichern. Meine Teia! Ich drückte sie so fest, dass sie mich von sich schob, doch ich hielt trotzdem ihr Köpfchen fest und küsste ihr wieder und wieder und wieder die Wangen. Über die meinen rannen Tränenbäche; ich konnte sie unmöglich zurückhalten.

Als es Zeit war, Teia abzugeben, hätte ich gern Fotos gemacht, wollte sie jedoch nicht mal lange genug loslassen, um mein Handy aus unserem Zimmer zu holen. Ich drückte sie und küsste ihr ein letztes Mal die Wange. Teias Mutter klopfte mir auf die Schulter, sagte, es tue ihr leid, dass es so kommen musste, und ich sei das beste Kindermädchen gewesen, das sie sich nur wünschen konnte. Mir war das peinlich. Ich wischte mir die Tränen ab und schaute weg.

Dann nahm sie ihre Tochter, und ich sah ihnen hinterher. Es ging alles so schnell. Im Fortgehen linste Teia über die Schulter ihrer Mutter zu mir und rief: »Ai? Ai?« Da brach ich zusammen. Die Tränen strömten nur so über mein Gesicht, und mein Mund verzerrte sich zu einer traurigen Fratze. Teia ließ mich nicht aus den Augen, und ich sah darin einen ihrer legendären Wutausbrüche aufziehen. Oh, wie gern wäre ich zu ihr gelaufen, hätte sie fest in die Arme geschlossen und getröstet, wie nur ich es konnte! Ihre Mutter würde bald nicht weiterwissen, wäre müde und frustriert. Linkisch würde sie Teia den Rücken tätscheln und sich ringsum nach Hilfe umsehen. In Gedanken war ich bereits durch die Tür und bei Teia im Auto, um ihr zu helfen, diese schwere – erste – Reise zu bestehen. Doch ich durfte mich nicht rühren, weil ich die Tür aufhalten musste, für die ich keinen Schlüssel hatte.

Die neue Familie kam mir vor wie aus dem Bilderbuch. Die Mutter jung und hübsch, Japanerin; der Vater reich und gutaussehend, aus Shanghai. Die Wohnung war geräumig, hell und modern, eingerichtet in verschiedenen Grautönen.

Ich bekam ein eigenes Zimmer, mit Fenstern vom Boden bis zur Decke und einem Blick auf die Wolkenkratzer von Shanghai aus dem dreißigsten Stock – eine ganz andere Liga als das kleine Zimmer im Parterre, das ich mir mit Teia in der Vorstadt von Pudong geteilt hatte. Hier hatte ich ein Doppelbett mit unglaublich weichem Bettzeug, dessen Waschzettel ich nicht verstand, weil er auf Japanisch war.

In der ersten Nacht fühlte ich mich so einsam, dass mir die Tränen kamen. Das kleine Mädchen, Yumi, schlief in ihrem eigenen großen Zimmer durch, und ohnehin wollte der Vater sich, falls sie doch einmal aufwachte, unbedingt selbst um sie kümmern. Ohne irgendeine Aufgabe saß ich auf der Kante meines breiten Betts und blickte hinaus auf die Lichter meiner Wahlheimatstadt. Genau wie man sich auf dem Land Shanghai vorstellt. Ich dachte an Teia, die zum ersten Mal im Leben ganz alleine schlafen musste. Bestimmt glaubte sie, ich hätte sie im Stich gelassen. »Wo ist Ai Ai?« Ob ihre Mutter wissen würde, was zu tun war, wie man das Fläschchen zubereitete, das Teia um fünf Uhr morgens immer erwartete?

Solche Gedanken hielten mich noch lange wach. Sorgen um Teia, größtenteils, ergänzt durch plötzlich aufwallende

Wut auf ihre Eltern, gefolgt von Verständnis für deren Lage und Akzeptanz der Realitäten meines Berufs.

Während ich die letzten Tränen dieser ersten Nacht in meinem neuen Zuhause vergoss, sagte ich mir, ich würde sicher bald genauso an Yumi hängen, die fast exakt in Teias Alter war, so herrlich pummelig wie ein kleiner Kürbis und – das zeigte sich jetzt schon – um Längen sanftmütiger.

Mehr als sechs Jahre war ich nun bereits in Yumis Haushalt angestellt. Zu Anfang hatten ihre hübsche japanische Mutter und ich uns oft über unterschiedliche Vorstellungen von Kindererziehung in die Haare gekriegt. Ein neues Zuhause braucht nun mal immer eine gewisse Eingewöhnungszeit. Außerdem war ich nicht gewohnt, mir die Arbeit mit einer engagierten Mutter zu teilen. Doch ich war nicht mehr jung, als ich zu Yumi kam. Die Vollzeitkinderbetreuung hatte ihren körperlichen Tribut gefordert, und mit der Zeit genoss ich die Zusammenarbeit. Sie passte auf die Kleinen auf, während ich kochte und putzte, und widmete ihre Freizeit ihrer Leidenschaft für Stickerei, einem Hobby, das mit der Zeit zu einem kleinen Onlinehandel gedieh.

Im Lauf dieser sechs Jahre brachte sie noch zwei weitere Kinder auf die Welt – beides Mädchen, beide ebenso sanftmütig und hübsch wie Yumi und sie selbst. Mit jedem neuen Baby zogen wir in eine größere Wohnung. Von dem grau möblierten Wolkenkratzer-Apartment ging es ein paar Straßen weiter in den fünften Stock eines alten Wohnblocks mit Blick auf einen Park, und von dort in eine gigantische Villa mit sieben Schlafzimmern und einem großen, eingezäunten Garten. Offenbar verdiente der Vater nicht schlecht – er arbeitete immer bis spät, aber was genau er machte, habe ich nie richtig verstanden.

In der Villa bekam jedes der Kinder ein eigenes Zimmer

im ersten Stock. Die Eltern schliefen in einer Suite im zweiten und hatten jeweils ein Arbeitszimmer. In seinem stand ein großer, stets mit Blaupausen, Linealen und Blättern voller Zahlen bedeckter Zeichentisch vorm Fenster. Gegenüber, an der Wand, standen große Computer. Wegen seiner Vorliebe für Sonnenblumenkerne musste ich die Tastaturen dauernd abstauben. Das Arbeitszimmer der Mutter war ein Stickzimmer, mit Regalen voller regenbogenbunter Fäden, mit seidenen, von unzähligen Nadeln gespickten Nadelkissen und vertrackten Stickereien von Bäumen und Blumen an der Wand. All die kleinteiligen Materialien mussten ständig aufgeräumt werden. Selbstverständlich hatte auch ich mein eigenes kleines Zimmer, im Erdgeschoss, gleich neben der Küche und dem Spielzimmer. Wenn ich Freunden und Verwandten Fotos der jeweiligen Wohnungen und Häuser zeigte, waren sie jedesmal beeindruckt. Und ich wohnte dort auch wirklich schön, obwohl es doch ziemliche Arbeit machte, all die großen Zimmer sauber zu halten.

Im Frühling, bevor Yukiko, die Jüngste, in die Vorschule sollte, teilte Yumis Mutter mir mit, die Familie wolle im Sommer nach Lissabon fahren. »Wenn Sie mögen«, sagte sie, »könnten Sie sich dort bei Teia melden und sich mit ihr treffen. Ich weiß ja nicht, ob Sie noch Kontakt zu ihr haben.« Sie hatte es nicht vergessen – so war sie eben. In meinem ersten Jahr in der Familie hatte sie mich gelegentlich nach Teia gefragt, und ich hatte Teias Mutter ab und zu nach Neuigkeiten angepingt. Mit den Jahren kamen diese jedoch immer spärlicher.

In der ersten Zeit hier schaute ich mir, während Yumi schlief, oft alte Teia-Videos auf dem Handy an. Yumis Mutter zeigte ich sie nur, wenn sie ausdrücklich darum bat. Ich weiß ja, dass die eigenen Schützlinge für andere nie besonders interessant sind. Auch später dachte ich manchmal an Teia, vor allem, als Yumi älter wurde und all die Veränderungen durchlief, die Teia ebenfalls durchlaufen würde – erst laufen und dann rennen lernen, der erste Schultag, die erste Ballettstunde. Doch mit der Zeit nahm Yumi – und dann auch Yoko und Yukiko – mich immer mehr in Beschlag. Meine Bindung zu Yumi wurde stärker. Zu ihren Schwestern fand ich viel leichter einen Draht, weil ihre Mutter dank ihrer Stickereien inzwischen mehr zu tun hatte und weniger an ihnen klebte. Gerne will ich glauben, dass auch ihr Vertrauen in mich gewachsen war.

Die Reisevorbereitungen waren hektisch und aufregend. Die Familie fuhr häufig ins Ausland – mindestens zweimal im Jahr, seit man wieder reisen durfte –, und nahm mich jedesmal mit. Bisher war ich mit ihnen schon in Thailand, Korea, Deutschland, Singapur, Italien und den USA gewesen. Außerdem begleitete ich die Mädchen und ihre Mutter jeden Sommer einen Monat nach Kyoto und aufs Land in Frankreich. Dank ihnen kam ich wirklich viel herum. Zwei Tage vor dem Flug nach Lissabon hatten die Mädchen bereits gepackt, Yumis Mutter ging durchs Haus und prüfte nach, ob auch alles sauber war, und ihr Vater blieb lang im Büro und arbeitete vor für die kommende Woche. Erst da bekam ich endlich eine Antwort von Teias Mutter:

> Hallo! Meine Güte, ist das lange her! Wie geht es Ihnen? Wir würden Sie auf jeden Fall gern sehen – wo werden Sie denn unterkommen? Entschuldigung wegen der späten Antwort, ich schaue nicht mehr oft auf WeChat.

Ich sah die Nachricht ankommen und wartete, hoffte, sie würde auch ein Foto oder Video von ihrer Tochter schicken. Nur zu gerne hätte ich gesehen, wie Teia heute aussah, wie ihre Züge sich in die eines kleinen Mädchens verwandelt hatten. Aber es kam nichts.

Als Antwort schickte ich einen Smiley. Dann schrieb ich ihr unseren Reiseplan: die Daten, den Namen des teuren Hotels, in dem wir zwei Suiten reserviert hatten, ja sogar unsere Flugnummer. Teias Mutter antwortete: *Vielleicht Nachmittagstee am Sechsten?*

Ich lief in die Küche, wo Yumis Mutter über den Mülleimer gebeugt nach Flecken suchte und irgendeinem seltsamen Geruch nachschnupperte. »Yumi Mama?«, sagte ich, und sie schreckte hoch, einen leicht abwesenden Ausdruck im Gesicht. Offenbar war sie in Gedanken, oder sie war unzufrieden.

»Ja? Übrigens, der Eimer müsste mal ausgespült werden, wenn Sie einen Moment haben.« Sie zeigte in den leeren Mülleimer.

»Sofort«, sagte ich. Yumis Mutter formulierte ihre Anweisungen immer als unverbindliche Bitten, aber ich wusste, dass sie prompte Ausführung erwartete. Also stellte ich den Eimer unter den Wasserhahn auf der Terrasse und drehte das Wasser auf.

»Teias Mutter hat geantwortet«, rief ich von dort.

»Schön! Und sind sie noch in Portugal?«

»Ja, und sie fragen, ob wir uns am Sechsten zum Tee treffen könnten.«

Yumis Mutter dachte einen Moment nach, ging im Kopf vermutlich das Programm durch, das sie vor jeder Reise sorgfältig ausarbeitete. Ich spülte den Eimer aus und ging wieder hinein. »Das passt perfekt«, sagte sie, als ich wieder vor ihr stand. »Da werden wir noch nicht lange in Lissabon sein und können uns von denen Tipps von Einheimischen holen. Die sollen uns zum Tee unbedingt bei uns im Hotel besuchen, dann können wir sie auch kennenlernen.«

Diese Antwort fand ich zugleich erleichternd und bestürzend. Einerseits wäre es schön, die Familie als Puffer für Verlegenheiten da zu haben, andererseits machte mir Sorgen, wie viel Zeit mir so noch mit Teia bliebe – ob sie genügen würde. Ich sah bereits vor mir, wie Yumis Mutter die Unterhaltung mit einem freundlich drängenden Strom aus Fragen nach Restaurants, kindertauglichen Museen und Geheimtipps abseits vom Touristentrubel dominierte.

»Vielen Dank, das werde ich ausrichten«, sagte ich und ging auf mein Zimmer, um Teias Mutter zu schreiben.

Portugal war das schönste Land, das ich je gesehen hatte. Italien kam am dichtesten ran, aber von unserem Hotel in Lissabon aus konnte man ringsum fast überall das Wasser sehen.

Es gab so viel zu sehen auf der Welt. Hätte ich das schon als junge Frau gewusst, hätte ich meine Laufbahn als Kindermädchen für ausländische Familien früher begonnen. Bis zu meinem vierzigsten Lebensjahr war ich ja nicht mal aus Dongbei herausgekommen.

An den ersten zwei Tagen in Lissabon machten wir eine Rundfahrt mit der Straßenbahn und besuchten einen Strand. Überall gab es nur Fleisch, Schinken und Meeresfrüchte, nirgendwo frisches Gemüse. Die fünfjährige Yoko, die am meisten an mir hing, bekam so schlimme Verstopfung, dass ich ihr eine Stunde lang die Hand halten und den Bauch streicheln musste, während sie auf der Toilette saß. Yumi hatte schon als kleines Kind nur ihre Mutter gewollt, und das hatte sich nicht geändert. Yukiko, die aufgeschlossenste und mutigste der drei – und damit die, die am ehesten Teia glich –, hatte sich schon immer gern alleine in die Welt hinausgewagt.

So spazierten wir nun zwei und zwei über das Lissaboner Mosaikpflaster, auf und ab über die vielen Hügel, wovon ich nachts böse Wadenkrämpfe bekam: Yumi und ihre Mutter, Yoko und ich, und schließlich Yukiko und ihr Vater, der seine Kleinste, sein Nesthäkchen, verwöhnte und oft auf seinen Schultern sitzen ließ.

Ich dachte über meinen nahenden Ruhestand nach, über mein Arbeitsleben, über die bequeme, ja geradezu luxuriöse Zeit mit den Yangs. Über die Mädchen, die ich großgezogen hatte. Hatte ich sie geliebt? Na klar, vor allem Yoko! Hatte ich sie auch genauso lieb gehabt wie Teia? Bei einem Pistazieneis, das blassgrün wie ein junger Ginkgo war, stellte ich mir vor, wie Teia zum ersten Mal die köstliche Eiscreme in ihrer neuen Heimat versucht hatte. Dass ich damals nicht da –nicht hier – gewesen war, fühlte sich an, als schnitte mir jemand ins Herz. Nein, ich hatte nie jemanden so lieb gehabt wie Teia. Wie diese Doroteia, die so winzigklein gewesen war, dass ich sie stundenlang auf einem Arm herumtragen konnte. Vielleicht gab es für jede Ayi in Wahrheit nur ein Kind – wie die eine, große Liebe. Natürlich liebte ich auch meinen inzwischen verheirateten Sohn. Aber mit ihm war es anders; in gewisser Weise war Xiling nie wirklich *mein* Kind gewesen. Seinen Sohn, der in ein paar Monaten ein Jahr alt wurde, hatte ich erst einmal kurz gesehen – auch damals hatte ich gearbeitet, war in den Winterferien mit den Mädchen und ihren Eltern zum Skifahren in Dongbei gewesen.

Dann kam der Sechste. Die Mädchen waren nicht mehr ganz so quengelig vom Jetlag, und ich bürstete mir das Haar an diesem Nachmittag besonders sorgfältig, band es zu einem Dutt und zog ein Kleid an. Yumis Mutter trat mir immer wieder mal ein Kleidungsstück ab, und ich hatte zu diesem Anlass extra eines davon mitgebracht. Bevor ich aus dem Zimmer ging, warf ich einen Blick in den Spiegel: Älter, etwas schmaler, aber sonst noch fast wie vor sechs Jahren. Ob Teia mich erkennen, sich noch an mich erinnern würde? Rational war mir natürlich klar, dass sie das nicht täte. Kinder erinnern sich an gar nichts, was vor ihrem zweiten oder dritten Lebensjahr passiert ist. Trotzdem war ich nervös und fürchtete, ihre Erwartungen zu enttäuschen, sofern sie denn welche hatte.

Im Fahrstuhl und auf dem Weg runter zum Restaurant wollte Yoko unbedingt meine Hand halten. Ich war ungeduldig, weil wir bereits zwanzig Minuten zu spät waren, und das auch noch zu einem Treffen in unserem eigenen Hotel. Aber drei Kinder von A nach B zu bringen, und sei es nur ein paar Stockwerke tiefer, dauert eben seine Zeit. Zudem hatte Yumis Mutter in der Badewanne unerwartet lang gebraucht.

Das Restaurant war nur halbvoll, und ich erspähte Teia und ihre Eltern sofort, fast genau in der Mitte des großen, offenen Saals. Ach Teia! Sie war schon ein großes Mädchen. Das hatte ich natürlich gewusst, doch darauf vorbereitet war ich nicht gewesen. Ihr Gesicht war jetzt so lang wie das ihres Vaters, ihr Kiefer ragte ein Stück vor und der breite Mund wirkte inzwischen männlicher. Erwartet hatte ich wohl eine größere Version des Babys, doch von dem war kaum noch etwas übrig.

Yumi sah immer noch genauso aus wie früher, und alle kommentierten stets ihr dichtes, schwarzes Haar. Dass Teia weniger schön sein könnte als Yumi, Yoko und Yukiko, war mir nie in den Sinn gekommen. Vermutlich lag das daran, dass ich die drei weniger liebte – Liebe macht jeden Menschen schöner. Teia war immer noch mein Herzensmädchen. Erinnerungen schossen mir in den Kopf: Wie ich sie in den ersten Wochen ihres Lebens gefüttert hatte, das Spielen auf dem grünen Campus-Rasen in der Nähe der Wohnung.

Teias Eltern waren alt geworden. Ihr Vater war dicker als bei ihrer Geburt, ihre Mutter wirkte ausgezehrt. Wahrscheinlich hatte sie keine Hilfe bei der Erziehung. Ich wusste, dass sie vor dem Umzug nach Portugal ihren Job als Modedesignerin gekündigt hatte.

Ich dagegen war umgeben von Schönheit. In gewisser Hinsicht fühlte sich das an wie ein Triumph: Seht nur die schöne Familie, die mich eingestellt hat! Seht die schönen Mädchen, die ich großgezogen habe, schaut euch nur die hochwertige Kleidung an, das noble Hotel und wie lang ich jetzt schon bei ihnen bin! Als würden Teias Eltern ihren Entschluss von vor sechs Jahren, China wegen des Virus' den Rücken zu kehren und mich so abrupt und niederschmetternd zu entlassen, allein deswegen bereuen. Hatte das Virus sich nicht ohnehin über die ganze Welt verbreitet? Letzten Endes waren sie vergeblich umgezogen. Und doch: Sie hatten Teia, und ich war trotz all dieser Schönheit rings um mich die Verliererin.

Ich konnte mich nicht bremsen. Sobald Yoko am Tisch saß, ließ ich ihre Hand los und ging einmal um den Tisch zu Teia. Ich legte ihr eine Hand auf die Wange und umarmte sie, doch sie rührte sich nicht, sodass ich sie am Ende von der Seite drückte, während sie die Yangs in Augenschein nahm, eine nach der anderen. Worte flossen mir nur so aus dem Mund: »Wie groß du geworden bist, Teia! Deine Ayi kennt dich noch als kleines Baby. Erinnerst du dich noch an deine Ai? ›Ai Ai‹ So nanntest du mich immer, ›Ai Ai‹! O, wie hast du mir gefehlt. Geht's dir denn gut, bist du gesund? Gefällt es dir in Portugal?«

Teia musterte noch immer nur die Yangs. Ihre Mutter unterbrach mich, zog mich sanft von Teia weg. »Es tut mir leid, aber Teia spricht kein Chinesisch. Ist nicht leicht hier – außer mir spricht keiner die Sprache, und seit sie in der Schule ist, hört sie bloß noch Portugiesisch.«

»Sie kann ... gar nichts mehr?« Vor sechs Jahren war ich mit Teia jeden Tag in den Laden gegangen und hatte ihr das Obst und Gemüse gezeigt. Bis zu ihrer Abreise hatte sie schon so viele Wörter gelernt: »Pinqquo«, »Xiangjiao«, »Qiezi.«

Yumi sagte irgendwas auf Englisch zu Teia, und die beiden Siebenjährigen begannen eine Unterhaltung, prahlten voreinander mit ihren Puppen. Ich setzte mich hin und hörte zu, wie die zwei in einer Sprache redeten, von der ich fast kein Wort verstand. Yoko legte ihre Hand in meine, und ich drückte sie sanft.

Auch die Eltern plauderten auf Englisch. Zu Anfang hörte ich noch mehrfach »Ayi, Ayi«, aber sie sprachen viel zu schnell. Kurz war ich nervös, fürchtete, sie könnten sich darüber austauschen, was sie mir jeweils bezahlt hatten. Dann würden Yumis Eltern erfahren, dass ich vor all den Jahren ein wenig geschwindelt hatte, um etwas mehr Lohn zu bekommen. Ich beäugte ihre Mienen: die sanften, hübschen Gesichter links von mir und die fetten, müden gegenüber. Keine Spur von Beunruhigung. Und schließlich wurde mir auch klar, weshalb sie sich ständig auf mich bezogen – ich war das Einzige, was diese beiden Familien gemeinsam hatten.

Teia und Yumi spielten fast die ganze Zeit friedlich miteinander, während ich an raffinierten Kuchen und Broten in den Farben von Babydeckchen, -hüten und -schuhen knabberte. Plötzlich aber kam Unruhe auf. Teia rief: »Nein!« und schlug Yumi kräftig auf den Kopf. Die beiden Mädchen hatten ihre Puppen getauscht, und Yumi hatte begonnen, Teias Baby zu entkleiden, um es im Brotkorb zu baden.

Einen ganz kurzen Moment lang waren alle still, dann sprang alles auf. Yumi schluchzte los, und ihre Mutter eilte zu ihr, um sie zu trösten und auf Beulen zu untersuchen. Auch ich ging zu Yumi, mit ein paar sauberen Servietten vom Nebentisch, mit der ich ihr die Tränen trocknete und die Schniefnase putzte. Yumi war nah am Wasser gebaut; als Baby war sie zu sehr verhätschelt worden. Teia sah uns schmollend an und rettete stumm ihre Puppe aus dem Korb. War sie also genauso frech und ungezogen geworden, wie ich erwartet hatte! Mein Herz raste.

Ihre Mutter schimpfte sie in einer Sprache aus, die wahrscheinlich Portugiesisch war, doch ein paar Brocken Chinesisch waren auch dabei. »Du böses Mädchen!«, hörte ich. Und: »Wie oft muss ich das noch sagen?« Teia verschränkte die Arme vor der Brust und ließ den Blick um den Tisch schweifen. An meinen Augen blieb sie hängen. Ich musste etwas sagen. Vielleicht verstand sie ja doch ein bisschen Chinesisch.

»Man darf andere Kinder nicht schlagen, Teia. Wenn dich was stört, musst du es *sagen*. Du musst deine Gefühle mit Wörtern ausdrücken.« Ich erklärte es geduldig, doch sie wandte sich ab – der reinste Trotz. Fast hätte ich gelacht, gegrinst. Ihre Mutter aber sah mich ungläubig an. »Ayi«, sagte sie, »hier in Portugal mischt man sich nicht in die Erziehung der Kinder anderer Leute ein, danke.« Eine kurze Pause, dann ergänzte sie: »Außerdem versteht Teia sowieso kein Chinesisch, das sagte ich doch schon.« Und als sie sich nun wieder Teia widmete, sprach sie nur noch Portugiesisch mit ihr, ohne die kleinste Spur Chinesisch. Ich sah hinüber zu Yumi, die sich langsam beruhigte. Yumis Mutter hatte uns beobachtet, zupfte jetzt aber demonstrativ Yumis Rock zurecht und strich ihr das Haar glatt. Ich loderte innerlich, war zugleich wütend und beschämt und wusste doch nicht, was ich tun sollte. Also ging ich wieder zurück auf meinen Platz und kümmerte mich um Yukiko.

Ohnehin musste Teias Familie los, und die kleine Kiko wurde langsam quengelig, sie brauchte ihren Mittagsschlaf. Teia musste sich entschuldigen, Yumi musste die Entschuldigung akzeptieren. Dann gingen wir auseinander, und nichts fühlte sich wirklich geklärt an.

Auf dem Rückweg in unsere Suiten, eine miesepetrige Yukiko auf dem Arm, kam mir der Gedanke, dass man höchstens ein kleines Baby je wirklich besitzen kann. Ein unschuldiges Baby kann man lieb haben, umsorgen und anleiten, bis es ungefähr drei Jahre alt ist. In etwa so alt wie Kiko, an der Schwelle zur Kindheit. Danach entfernen Kinder sich nur immer weiter von einem. Aber wo gehen sie hin? Und warum haben sie es nur so eilig?

Was Maßregelung betraf, würde es zwischen Kindermädchen und ihren Familien immer Konflikte geben. Zu diesem Thema hatte eben jeder starke Meinungen. Beim Abschied von Teia war in mir plötzlich alles kalt gewesen – die ganze Wärme, die während der letzten Tage noch in mir geherrscht hatte, war weg. Eine Teia gab es für mich nicht mehr.

Kurz nach der Portugalreise teilte ich den Yangs meinen Entschluss mit, in Rente zu gehen. In diesem Jahr wurde ich fünfundfünfzig, ich hatte chronische Rückenschmerzen, und meinen rechten Arm konnte ich auch nicht mehr richtig heben. Außerdem hatte mein Sohn mich gebeten, ihm bei seinem Kind zur Hand zu gehen.

Die letzten Tage mit Yumis Familie gingen schnell vorüber und waren weniger aufwühlend als gedacht. Seit Lissabon war ich eigenartig bedrückt, so, als könnte ich gar nichts mehr unmittelbar fühlen, als nähme ich die Welt durch einen Schleier war. Ein wenig depressiv, kann man wohl sagen. Ich bedeutete Teia rein gar nichts mehr, und wir konnten nicht einmal miteinander sprechen. Und das, wo sie mir in all der Zeit doch so viel – alles! – bedeutet hatte. Mir war, als wären all meine Anstrengungen vergebens gewesen. Wer war ich für die Babys und Kinder, die ich im Laufe der Jahre geliebt hatte? Die Yang-Mädchen – eines Tages würden auch sie ihr Leben weiterleben und mich vergessen. Sogar Yoko: Statt mir stünde dann eben ihre Mutter an ihrer Seite, wenn sie mit vor Anstrengung rotem Gesicht auf dem Klo saß und heulte. Die kleine Kiko wüsste gar nicht mehr, wer ich war. Bestenfalls wäre ich eine vage Erinnerung, jemand, über den ihre Familie hin und wieder sprach.

Einen Tag bevor ich ging, überreichte Yumis Mutter mir eine dünne, weiche blütenweiße Decke von derselben hochwertigen japanischen Marke wie alles in diesem Haus. Auf der Decke prangte eine unfassbar feine Stickerei: Die Mädchen und ich, wie wir Hand in Hand im Kreis um eine Magnolie tanzten, deren Blütenblätter um uns durch die Luft segelten. Yumis langes Haar wehte im Wind, Yokos war zu dem französischen Zopf geflochten, den sie jeden Morgen wollte. Yukikos Wangen waren leuchtend rot, und auf meinem Gesicht lag ein freudiges Grinsen, in dem ich mich genau wiedererkannte. Ach, diese lieben, süßen Kinder! Diese Decke war das Kostbarste, was ich je gesehen hatte. Tränen stiegen mir in die Augen, doch ich blinzelte sie weg. »Danke«, sagte ich. »Danke.« Und Yumis Mutter erklärte: »Die Magnolie ist die offizielle Blume von Shanghai.« Das hatte ich gar nicht gewusst.

Mit ihren großzügigen Geschenken, dem dicken roten Bonus-Umschlag und den beiden kleinen Koffern, die mich in all den Jahren von Haus zu Haus begleitet hatten, machte ich mich auf den Weg. Meine Arbeit war getan. Die langen, schlaflosen Nächte, in denen ich Babys im Arm gewiegt und Kleinkinder getätschelt, Milch aufgewärmt und winzige Wäsche gefaltet hatte, waren vorbei. Es ging nach Hause.

Die letzten Besuche in meiner Heimatstadt konnte ich an zwei Händen abzählen. Nicht, dass ich etwas gegen sie hatte – oder gegen meine Familie. Aber mehr Arbeitstage hießen nun mal mehr Verdienst. Am längsten war ich vor zwei Jahren dort gewesen, zur Hochzeit meines Sohns. Zwanzig Tage lang war ich geblieben. Meine Schwiegertochter hatte ich damals erst zum zweiten Mal gesehen; sie wirkte nett, auch wenn sie mit zweiundzwanzig doch ein bisschen jung war. Andererseits war ich bei meiner Hochzeit auch nicht älter gewesen.

Nach einer langen, aber bequemen Zugfahrt (die Yangs hatten mir einen Platz im Schlafwagen der Ersten Klasse bezahlt), stieg ich in Jilin in einen Bus um, der mich in vier Stunden in mein Dorf bringen sollte. Die Landschaft ging nach und nach von städtisch in gebirgig über, und kurz vor der Ankunft war die Straße links und rechts von dichten Baumkronen beschattet. Durch die Fenster wehte frische Bergluft herein. So oft hatte ich von meiner Heimat und der üppigen Natur geschwärmt! Die Stadtkinder, die ich in den letzten Jahren aufgezogen hatte, wurden allesamt auf Asphalt und in Autos groß, in Wohnungen und Museen. Plötzlich überkam mich Wehmut. Ich sah Yokos wunderbar rundes Gesicht vor mir, die ebenso runden schwarzen Augen und den geraden Pony, der ihre breite Stirn rahmte. Vielleicht würde ich sie ja mal in Shanghai besuchen, oder sie kämen im Urlaub mal wieder nach Dongbei. Schließlich war das längst nicht so weit weg wie Lissabon.

Aber wäre das besser als das Wiedersehen mit Teia? Zu den Yangs gehörte ich nicht mehr als der Kochtopf, in dem ich immer Yokos liebste Gemüsetaschen zubereitet hatte, nicht mehr als der Fußabtreter, auf dem »Herzlich Willkommen« auf Japanisch stand und auf dem sich an Regentagen alle die schlammigen Schuhe abwischten. Egal, wie ich mich fühlte, ich war nicht die Mutter dieser Mädchen, war nicht diese hübsche Frau mit den zierlichen Händen, die diese ebenso zierlichen Stickereien hervorbrachten: von Bienen umschwirrte Blumen, blühende Kirschen, Dinge aus der Natur ihrer japanischen Heimat.

An der Bushaltestelle sollten mein Sohn und seine Frau mich abholen. Endlich würde ich die Frau besser kennenlernen, die Xiling geheiratet hatte, meine Schwiegertochter. Ob sie wohl wie Teias Mutter wäre, faul, chaotisch und unmütterlich? Oder eher wie die von Yumi, akkurat, fürsorglich und liebevoll? Und was wäre mir lieber? Wenn ich so viel wie möglich helfen sollte, wäre jemand wie Teias Mutter vermutlich einfacher. Andererseits war ich in den letzten sechs Jahren doch eine kleine Ordnungsfanatikerin geworden, in allen Dingen so gründlich, wie Yumis Mutter es verlangt hatte.

Der kühle Wind blies mir ins Gesicht, und mir fiel auf, dass man seit meinem letzten Besuch Laternen entlang der Straße aufgestellt hatte. Ich bemerkte das, weil sie um Punkt fünf alle gleichzeitig angingen. Während ich mich fragte, was sich wohl noch in meiner Heimatstadt verändert haben mochte, kam das Auto meines Sohns die erleuchtete Straße hinauf.

Seine Frau saß auf dem Beifahrersitz und hatte Ping Ping, das Baby, auf dem Schoß. Yumis Mutter hätte das nie zugelassen – wenn es um Kindersicherheit ging, hielt sie sich streng an alle Regeln. Auf unseren Reisen nach Japan waren wir stets vollbeladen mit Klappbuggys und Autositzen für die Kleinen gewesen.

Xiling ließ das Fenster herunter und winkte mir zu, dann

parkte er direkt vor mir, sprang aus dem Auto, um mein Gepäck einzuladen, und hielt mir die hintere Tür auf. »Steig ein, Ma«, sagte er. »Du bist doch sicher hungrig.«

Seine Frau Lei Lei drehte sich grüßend zu mir um und winkte mit der kleinen Hand des Babys. »Hallo Nainai!«, sagte sie mit hoher Stimme. Seit Jahren hatte mich niemand mehr anders als mit »Ayi« angesprochen, und die neue Rolle kam mir fremd vor, als gehöre sie in Wahrheit einer anderen, und ich probiere sie nur einmal kurz an.

Ohne Vorwarnung reichte Lei Lei mir den Kleinen, und wir brausten los. Kaum waren wir von der Haltestelle weg und auf der Landstraße, verschwanden die Laternen. Hätte ich geahnt, dass sie mir das Baby geben wollte, hätte ich mir die Hände mit dem Gel desinfiziert, das jetzt in meiner Tasche im Kofferraum lag. Behutsam hielt ich meine schmutzigen Hände außer Reichweite des kleinen Munds.

Mein Sohn erklärte mir, ich würde vorerst bei ihnen wohnen, weil die Reparaturen an meinem Haus noch nicht erledigt waren. Mit dem Geld, das ich in all den Jahren nach Hause geschickt hatte, waren zwei benachbarte Häuser gebaut worden – eins für mich und meine kleine Schwester, eins für meinen Sohn und seine Frau. Mein Haus musste jedoch neu gestrichen werden, offenbar wegen eines Wasserschadens. Während mein Sohn mir die Details erzählte, quatschte Lei Lei pausenlos dazwischen, rief, ich sei doch sicher furchtbar müde, und spekulierte, wie es in der ersten Klasse sein mochte, ohne sich für meine Beschreibung zu interessieren.

Das laute Geplapper im Auto war vertraut und wohltuend – der Klang meiner Jugend. Ich lehnte mich zurück und genoss es, schaukelte den Kleinen sanft auf meinem Knie.

Er war außergewöhnlich speckig. Sie mussten ihn tüchtig gemästet haben. Seine Wangen hingen, selbst die Lider waren dick. Den Blick auf mich geheftet machte er immer nur: »Ba ba ba ba.« Er kam viel eher nach seiner Mutter als nach meinem Sohn. Vielleicht lag es daran, was ich die letzten paar Wochen durchgemacht hatte, aber ich fühlte mich emotional noch immer ziemlich ausgelaugt und betrachtete den Jungen wie ein Baby im Fernsehen. Und fragte mich, wann ich mir wohl endlich die Hände waschen könnte.

Dann kamen wir an. Die beiden Häuser hatte ich schon oft auf Fotos gesehen. Ich hatte verfolgt, wie Xiling und meine Schwester die Materialien ausgesucht und den Grundriss geplant hatten, und dann auch den eigentlichen Bau. Richtig gesehen hatte ich sie jedoch nur einmal, bei Xilings Hochzeit. Eindrucksvoll sahen sie aus: zwei Bauten aus hellgrauem Backstein, deren Dächer sich spitz in den Himmel streckten. Im zweiten Stock waren sie durch eine gläserne Brücke verbunden. Das war Xilings Idee gewesen, und es machte wirklich ganz schön was her. Zur Hochzeit waren die beiden Häuser mit roten Girlanden geschmückt gewesen, und an jeder Ecke hatten helle Laternen gebrannt. Drinnen war alles voller Leute gewesen – alle Nachbarn wollten etwas von dem Essen abbekommen, das wir in den Wochen davor und danach auftischten, unsere Häuser und Möbel unter die Lupe nehmen und natürlich Xiling und mir gratulieren.

Jetzt, im Abendlicht und ohne all den zeremoniellen Schmuck und das Gedränge, wirkten die zwei Häuser jedoch kahl und elend. Meine Schwester besuchte ihren Ex-Mann und ihre Tochter, sie wurde erst nächste Woche zurückerwartet. Ringsum lagen, soweit das Auge reichte, nur niedrige Hügel und Felder, gesprenkelt mit Häusern und Kornspeichern.

Sie führten mich in ein Gästezimmer. An der Wand hing

ein Foto meines verstorbenen Mannes, von unserer Hochzeit vor über dreißig Jahren. Ich war froh, dass die zwei ein Jugendfoto ausgewählt hatten. So behielt ich ihn lieber in Erinnerung – nicht wie später, als er von Alkohol und Zigaretten schon ganz grau geworden war und ich gar nicht mehr wusste, wer er war, wie viele Jahre wir getrennt waren, mit wie vielen anderen Frauen aus dem Dorf er es getrieben hatte. Rasch packte ich meine beiden Koffer aus und breitete sorgfältig die Decke von Yumis Mutter so über das Bett, dass die drei Mädchen genau in der Mitte tanzten. Das Licht ließ ich aus, und als ich aus der Dusche kam, schien die weiße Decke im Dunkeln zu leuchten.

Die Sonne war untergegangen, und vor dem Fenster erhoben sich schwarz auf schwarz die Schemen ferner Hügel. Mein Zimmer lag auf der Südseite des Hauses, und ich wusste, dass einer dieser Hügel der Begräbnisberg unserer Familie war. In ihm waren bereits meine Eltern, mein Mann und meine große Schwester begraben – und ihre beiden Kinder, die schon als Babys gestorben waren. Bei ihnen lagen drei Generationen unserer Vorfahren. Ich stand vor dem Fenster und blickte hinaus, bis die Nacht zu dunkel wurde und ich die Berge nicht mehr sehen konnte. Essensduft ließ mir den Magen knurren, und ich machte mich fürs Abendessen fertig und schaute nach dem Baby.

Ping Ping krabbelte durch die Küche, wo Lei Lei gerade unser Essen brutzelte. Bei Yumis Mutter durfte ich die Mädchen nie in die Küche lassen, wenn ich mit heißem Öl hantierte. Ich nahm den Kleinen mit ins Wohnzimmer, merkte, dass seine Windel schwer war, und legte ihn auf die Wickeldecke neben dem Sofa.

Ich kniete mich zu ihm. Meine Knie schmerzten ein wenig – nach all den Jahren des Hochhebens, Herumtragens und Wiegens machten die Gelenke mir zu schaffen. Ich nahm eine Windel vom Stapel und breitete sie vor mir aus. Ping Ping legte sich artig hin, guckte mich an und spielte an seinen Ohren herum. Windel auf – eins, zwei, drei, und weg. Überrascht vom Anblick, der sich mir da bot, musste ich kichern. Natürlich war mir klar gewesen, dass Ping Ping ein Junge war, aber der kleine Penis zwischen seinen speckigen Schenkeln traf mich doch unvorbereitet. Nachdem ich über ein Jahrzehnt lang kleine Mädchen saubergemacht und gepudert hatte, hatte ich fast vergessen, wie so eine winzige Peperoni aussah.

Doch auch das war keine Hexerei. Ich schnappte mir ein frisches Tuch und wischte ihn sauber. Ping Ping kicherte. Es war das erste Mal, dass ich den Kleinen lachen sah. Ich lachte auch ihn an und kitzelte ihm die Wange – da kicherte er noch lauter, und ich stimmte mit ein. Genau in diesem Augenblick wurde sein Lachen plötzlich breiter, ein Zittern durchfuhr ihn, und ein warmer Pipistrom schoss mir ins Gesicht. Ein bisschen was bekam ich sogar in den Mund. Ich erschrak, bog mich aber trotzdem vor Lachen.

»Oh, du kleines Monster!«, brabbelte ich an Ping Pings Wange. Ich trocknete mich ab und rief nach meinem Sohn.

»Du wirst nicht glauben, was dein Sohn angestellt hat!«, sagte ich, immer noch kichernd. Xiling trat näher und grinste uns an. Lachte mit mir.

Auf einmal war mir, als erlebte ich noch einmal eine vor langer Zeit vergrabene Vergangenheit. Ja! Damals, vor vielen, vielen Jahren, hatte ich die Windel meines Sohns gewechselt (damals noch eine aus Stoff), und mein Mann stand neben mir, als Xiling mich ganz genauso angepinkelt hatte.

Schnell legte ich Ping Ping die frische Windel an und nahm ihn auf den Arm. Er war weich wie eine Wolke und leichter als Kiko, die schon zur Schule ging, aber immer noch wie eine Neugeborene herumgetragen werden wollte. Plötzlich zwickte er mir in die Nase und ließ ein triumphierendes Quieken fahren.

»Oh, du kleiner Frechdachs!«, sagte ich und fühlte mich jetzt wieder etwas mehr wie ich selbst. »Zwickst einfach deine Oma? Dann zwickt die Oma dich eben zurück!«

Ich kniff Ping Ping in die Nase, und er verzog das Gesicht, er war offenbar nicht sicher, ob er lachen oder weinen sollte. Da drückte ich meine Wange an die seine – mollig, warm und weich – und schnalzte mit der Zunge, um ihn abzulenken. »Ach du, mein kleines Ding! Nicht weinen! Wenn ich dich zwicke, heißt das nur, dass ich dich lieb habe. Weißt du das? Hm? Weißt du, dass Nainai dich lieb hat?«

Aus der Küche wehten die schweren Gerüche meiner Heimat im Nordosten herein, ganz anders als die leichte japanische Kost, die ich bei Yumis Familie zu kochen gelernt hatte. Ich setzte mich hin, um vor dem Essen noch etwas mit Ping Ping zu spielen, kniff ihm in die dicken Beinchen und den Bauch. Niemals wieder würde ich von hier fortgehen, nicht bevor sie mich in unserem Familienberg begruben. Zu meinem Enkel sagte ich: »Du kleiner Schatz. Mein kleiner Schatz. Mein lieber, kleiner Schatz.«

Reihenhausleben

März 2018

Schon drei Monate wohnten Eko und Leo nun in ihrer neuen Wohnung im zweiten Stock eines Shanghaier Reihenhauses. Vor dem Haus gegenüber stand bereits seit ihrem Einzug ein Bambusgerüst, das sämtliche Fenster verdeckte: Der Bezirk war dabei, die letzten Baudenkmäler zu renovieren. Ihre eigenen Fenster konnten Eko und Leo zwar öffnen, aber das dichte Bambusgitter des Gerüsts nahm fast die ganze Gasse ein, ließ kaum Licht in ihre Wohnung und versperrte ihnen vollständig die Sicht nach draußen. Noch ehe die Kleider ausgepackt waren, hatten sie sich bereits bei Lane Life, der Hausverwaltung, beschwert und darauf beharrt, man hätte sie vor ihrem Umzug aus Paris bewusst in die Irre geführt. Wie sollten sie in einer so dunklen Bude leben? Doch der Vertrag war unterschrieben und die Wohnung ansonsten recht komfortabel.

Dürre, behelmte Männer mit gelbbrauner Haut kletterten den ganzen Tag im Bambus herum. Gegen neun Uhr früh tauchten sie auf, gegen fünf verschwanden sie wieder. Leo bekam sie niemals zu sehen, denn er war zu dieser Tageszeit im Büro. Eko aber sah sie und konnte sie praktisch vom ersten Moment an nicht leiden.

Anfangs versuchte sie, die Situation auszublenden, und

ging einfach ihren Tätigkeiten zu Hause nach: putzen, kochen und *Das erste Jahr mit Baby* lesen – schwanger war sie zwar noch nicht, aber ihr Mann hatte ihr den Wälzer gleich nach ihrer Ankunft in Shanghai gekauft. Das Sofa stand direkt vor den Fenstern, und wenn sie darauf saß, stellte sie sich vor, wie die Arbeiter ihr beim Lesen zusahen, mit freiem Blick auf die Abbildungen von Embryos im Mutterleib.

Irgendwann gingen die Männer auf dem Gerüst dazu über, ihre Mittagspause gleich gegenüber von Ekos Fenster abzuhalten. In einer Reihe hockten sie nebeneinander, die Proviantdose in der einen Hand, die Stäbchen in der anderen. Mussten die denn ausgerechnet da essen? Konnten sie das nicht auch unten tun? Sollte Eko jetzt das Unterhaltungsprogramm bei ihrem Mittagessen sein? Eine Frechheit! Wenn sie sich selbst zum Essen setzte, nagte stets an ihr, wie diese Männer dort aufgereiht wie Tauben saßen. Irgendwann reichte es ihr. Sie zog den langen, schweren Vorhang zu und hüllte die Wohnung für die folgenden drei Monate von neun bis fünf in Halbdunkel.

Eines Morgens aber wurde Eko von Geschepper wach, und als sie ins Wohnzimmer ging, um aus dem Fenster zu sehen, war das Gerüst bereits zur Hälfte abgebaut. Lange Bambusrohre schaukelten bedenklich im Wind. Die Arbeiter stapften geschäftig umher, lösten Drähte und zerlegten das Gestänge. Durchs Fenster fiel deutlich mehr Licht, als Eko je erwartet hatte. Die ganze Wohnung war verwandelt. Fast hätte sie getanzt vor Freude über die einströmende Helligkeit. Und gegenüber auf der anderen Straßenseite, ein kleines Stückchen weiter oben, bemerkte sie ein Fenster, das sie noch nie gesehen hatte. Es war klein und fast perfekt quadratisch. Dahinter sah man eine Tür, schwer behängt mit vielen Schichten aus Jacken, Mänteln und Taschen.

In der endlich nicht mehr dunklen Wohnung keimte Hoffnung in Eko auf. Jetzt würde alles anders werden! Sie kochte sich ihren Himbeerblättertee, ging um die Kücheninsel und dachte an ihre Eierstöcke. Mit Gedankenkraft setzte sie ihren Körper in Gang – was auch immer es genau sein mochte, das da in Gang kommen musste. Vielleicht hatte ihr die ganze Zeit nur Sonnenlicht gefehlt, Vitamin D. Bei aufgezogenem Vorhang und weit offenen Fenstern legte sie sich auf das Sofa. Geräusche aus der Gasse drifteten herein: die laute, in Endlosschleife laufende Werbung aus dem Obstladen im Erdgeschoss, ein Eimer Wasser, der zu Boden platschte, die knarzenden Scharniere des Müllschuppens. Vielleicht sag ich's ihm heute, dachte sie.

Leo kam fertig angezogen aus dem Schlafzimmer. »Ach, sieh mal an!«, sagte er. Dann küsste er sie auf die Wange, schnappte sich seinen Fahrradhelm und war verschwunden.

Eko war keine Frau vieler Geheimnisse. Von einer Sache hatte sie Leo aber nie erzählt: von ihrer Abtreibung während des Studiums. Zu Anfang der Beziehung war es ihr unangemessen erschienen, etwas so Heikles preiszugeben. Als es dann ernster wurde, fürchtete sie, ihn zu verprellen, und nach der Hochzeit war es irgendwie auch schon zu spät. Sie zu verschweigen, hatte die ganze Angelegenheit in eine Lüge verwandelt – oder auch in eine Nichtigkeit, in ein unwichtiges Etwas, das mit der Zeit zu einem weit entfernten Punkt schrumpfte. Besser, man blickte nach vorn.

Nur: Wenn Eko nicht bald schwanger wäre, würde man ihr offiziell Unfruchtbarkeit diagnostizieren. Man würde verschiedene Tests und Ultraschalluntersuchungen vornehmen und dabei vielleicht feststellen, dass etwas in ihr beschädigt war. Leo wäre überrascht, schockiert, wütend, vielleicht angewidert. Seine Gefühle zu verbergen, lag ihm nicht; der Arzt würde ihm alle deutlich ansehen. Einen Augenblick lang würde Schweigen herrschen, dann würde der Arzt taktvoll den nächsten Punkt ansprechen. Am Abend, zu Hause, würden Leo und sie jedoch streiten. Nein, schon vor der Haustür würde es losgehen. Sobald sie auf der Straße vor der Praxis waren. Bereits im Aufzug.

Eko, die sich Jeans und ein weißes Hemd übergestreift, ihre Figur im Spiegel bewundert und dabei den simplen Chic ihres Outfits registriert hatte, tigerte unruhig durch die Wohnung. Um vor die Tür gehen zu können, müsste sie zuerst entscheiden, wo sie hinwollte. In einem Kaffee herumzusitzen, war keine Option. Koffein machte sie zu hibbelig, zu empfänglich für einen Anfall: Herzrasen, Atemnot, Kribbeln von den Fingerspitzen bis in die Schultern. Nein. Einfach so drauflos spazieren wollte sie auch nicht – am Ende würde sie sich dabei noch verlaufen. Also nahm sie auf dem Sofa Platz. Schlug ein Buch auf. Zückte ihr Handy und bestellte Zutaten fürs Abendessen.

Abends, als sie in der offenen Küche vor ihrem Gemüse stand und darüber sinnierte, wie hübsch es aussah, so ungeschnippelt und benetzt mit Tröpfchen, bemerkte sie im Augenwinkel eine Bewegung. Sie drehte sich um, und dort, im Fenster – in dem gegenüber, das vorher vom Gerüst verdeckt gewesen war –, stand ein Mann. Mitten in dem Viereck stand er, in einem weißen, ärmellosen Unterhemd. Augenscheinlich war er ungefähr in Ekos Alter – Ende zwanzig – und allein. Seinen Bewegungen nach zu urteilen, wusch er irgendwas ab. Offenbar wollte auch er gerade das Abendessen zubereiten.

Während Eko ihre simple, cremige Pasta kochte, linste sie immer wieder zu dem Mann. Der war jedoch völlig bei der Sache und sah kein einziges Mal zu ihr. Für den Fall, dass Eko schnell den Blick abwenden musste, ließ sie den Fernseher laufen, der gleich neben dem Fenster stand.

Später, beim Essen, sagte sie zu Leo: »Wie's aussieht, haben wir gegenüber einen Nachbarn.«

»Natürlich.« Sein Tonfall besagte: Was du mir da erzählst, ist offensichtlich; was du mir da erzählst, ist dumm. »Wir haben hier ringsum überall Nachbarn.«

Es war ein heikles Thema zwischen ihnen. Als sie sich in Paris für eine der Wohnungen auf der kurzen Liste hatten entscheiden müssen, die Leos Firma ihnen vorgelegt hatte, war Leo für eine im fünfunddreißigsten Stock des neuen Hochhauses ganz in der Nähe seines Büros gewesen. Aber Eko hatte schlimme Höhenangst und auch ein wenig Angst vor Fahrstühlen, weshalb sie für die Wohnung im zweiten Stock dieses Lane-Life-Hauses plädiert hatte. Leo hatte über mangelnde Privatsphäre und schlechte Aussicht gemurrt, am Ende aber eingelenkt.

»Sieht aus wie ein allein lebender junger Mann. Schau nur mal, wie klein die Wohnung ist. Man sieht sie hier vom Fenster aus.« Eko zeigte auf das Fenster, und Leo warf einen Blick hinüber in das erleuchtete Zimmer. Es war niemand da, aber Eko merkte, wie Leo das Durcheinander aus Jacken und Taschen an der Tür taxierte. Auf einem Regal daneben standen Töpfe, Pfannen und kleine, bunte Dosen. Den ganzen Abend hatte Eko aus verschiedenen Winkeln in die Wohnung hinübergespäht und dabei an einer Wand ein Stockbett gesehen. Das Zimmer war ein winzigkleines, vollgestopftes Rechteck.

Draußen – auf der Gasse, in den Straßen – wurde Eko mit Chinesisch bombardiert. Die wichtigsten Schriftzeichen konnte sie lesen, da sie bei einem Auslandssemester in Kyoto auch Kanji gelernt hatte. Mündlich klang die Sprache aber fremd und schrill. Ihre Melodie missfiel ihr, und obwohl sie ab und zu ihr Chinesischbuch durchblätterte, konnte sie noch immer nur »ni hao« und »xie xie« sagen. Das sagte sie oft. Ni hao. Ni Hao. Xie xie. Xie xie. Auf ein Gespräch wollte sie sich jedoch nicht einlassen und hätte das auch nicht gekonnt.

Ihre Nachbarn hielten immer schön ihre kleinen, niedrigen Balkone sauber, auf denen sie hinterher saßen und zusahen, wie die Zeit verging. Alternativ standen sie in ihren Haustüren, die Hände in den Hüften, oder an die splitternden Rahmen gelehnt. Die meisten waren eher alt. Ein winziger, verhutzelter Greis trug jeden Tag einen Klappstuhl auf die Straße, auf dem er dann die Beine überkreuzte und den ganzen Vormittag lang Zeitung las. Gut möglich, dachte Eko, dass er das seit fünfzig Jahren ganz genauso machte.

Eko wusste genau, wie ihre Nachbarn waren. Sie waren auf der ganzen Welt gleich. In Kyoto wie in Paris gafften alte Omas aus mit Spitze behängten Fenstern und stiegen dann Steintreppen hinab, um über ihre Beobachtungen zu tratschen. Worüber mochten ihre Shanghaier Nachbarinnen jetzt wohl gerade tuscheln?

»Hast du gesehen, nebenan ist ein neues Paar eingezogen.«

»Ich hab gehört, die Wohnung kostet mindestens ...«

»Hübsch ist die Frau ja schon. Du weißt doch, was man über Japanerinnen sagt, oder?«

»Und ihr Mann, der ist ja auch nie zu Hause.«

Wenn Eko ihnen auf der Straße begegnete, erlaubte sie sich kein Hallo. Höchstens lächelte sie mal schüchtern einem Kind zu. Besser, ich halte mich von denen fern, fand sie.

Eko mochte China nicht. So, nun war die Wahrheit raus. Leo würde sie jedoch nicht hören wollen. »Ach komm schon, Eko«, würde er sagen, »ist ja nur für drei Jahre. Du musst dem Land schon erst mal eine Chance geben.« Seit ihrer Heirat war Leo oft von Paris nach Shanghai geflogen. Mit seinem kleinen Unternehmen ging es dort steil bergauf, und vor einem halben Jahr hatte er ihr erklärt, das sei die Gelegenheit, es in seinem Leben wirklich zu was zu bringen. Die Firma ließ sich jetzt nicht mehr allein per Telefon, durch seinen COO Bibi und virtuelle Meetings managen; seine Anwesenheit wurde erforderlich. Drei Jahre wollten sie es hier versuchen. In dieser Zeit wollte er von zu Hause aus als Berater für die Pariser Firma weiterarbeiten und parallel versuchen, sein eigenes Unternehmen voranzubringen.

Aber Eko sehnte sich schon nach wenigen Monaten nach Paris, wo Leo problemlos seinen Vollzeitjob wiederhaben könnte. Sogar Kyoto, wo Eko schöne Studienmonate verbracht hatte, wäre wahrscheinlich noch besser. Leo nannte sie einen japanischen Snob. Obwohl sie die französische Staatsbürgerschaft besaß und fast ihr ganzes Leben in Paris verbracht hatte, nannte er sie nie »française.« Was war sie denn nun, ein japanischer oder ein französischer Snob? Klare Sache, sagte Leo, kulturell sei sie definitiv Japanerin.

Die Kluft zwischen dem, was Leo dachte, und dem, was Eko fühlte, kam ihr immer tiefer vor. Irgendwann sah sie ihn an, und er war wie verwandelt, fast ein Fremder. Was dachte er über sie, was empfand er? Kannte er sie besser als sie sich selbst? Er beobachtete, analysierte; er sagte, er sei vor allen Dingen fair, genau und objektiv. Hieß das etwa, sie lag selbst falsch?

Was an dieser Stadt stieß sie so ab? Nein, es gefiel ihr nicht, wie die Leute einen in der U-Bahnstation zur Seite schubsten. Es gefiel ihr nicht, wie die Männer sich den Rotz hochzogen, bevor sie auf die Straße spuckten. Und auch die Wohnung an der Ecke zu ihrer Gasse gefiel ihr nicht: Immer, wenn sie bang durch das Gitterfenster im Erdgeschoss linste, stapelten sich in dem dunklen, staubigen Raum Kisten voller Tauben. Ein Mensch war nie zu sehen. Die Vögel waren gefangen. Sie litten. Und das schien niemanden zu kümmern.

Jeden Abend kam der Mann gegenüber um sechs Uhr nach Hause und machte Abendessen. Er war verheiratet, wie Eko mittlerweile wusste: eine kleine Frau, die offensichtlich einen anderen Dienstplan hatte als ihr Mann. Sie kam unregelmäßig nach Hause. Oft kam sie gar nicht. Wenn sie da war, zwang Eko sich, nicht rüberzusehen.

Eines Abends, Leo war geschäftlich unterwegs, schlüpfte Eko gerade ins Bett, nachdem sie die ferne Gesellschaft ihres Nachbarn beim Kochen genossen, allein zu Abend gegessen und das Licht im Wohnzimmer gelöscht hatte, als sie plötzlich Geschrei hörte. Sie erstarrte. Ein Verbrechen? Hier in der Gasse? Sie spitzte die Ohren: Eine Frau brüllte auf Chinesisch, so laut, dass alle mithören könnten. Sie weinte. War hysterisch. Rasend schnell sprudelten die Worte aus ihr heraus, ein qualvolles Kreischen.

Eko spähte aus dem Schlafzimmerfenster, doch die Straße war finster. Weit und breit keine Laterne. Wie sollte sie überhaupt die Polizei rufen? Sie kannte weder die Nummer, noch wusste sie, wie sie auf Chinesisch sagen sollte: »In meiner Straße wird gerade jemand überfallen.« Nicht einmal ihre eigene Adresse hätte sie auf Chinesisch durchgeben können. Auf dem Handy hatte sie eine Notiz mit der Adresse und den nächsten Hauptstraßen gespeichert, um sie Taxifahrern zu zeigen.

Sie ging ins Wohnzimmer, und von dort aus sah sie augenblicklich, dass der Überfall nicht auf der Straße stattfand. In dem quadratischen Fenster gegenüber schrie die Ehefrau. Ihr Mann blickte zu Boden. Das Fenster stand weit offen. Dass das gesamte Viertel ihren Streit hörte, schien die beiden nicht zu kümmern. Eko duckte sich unter das Fensterbrett. Es war zwar dunkel im Zimmer, doch sie wollte nichts riskieren.

Ihr Herz hämmerte. Immer wieder brüllte die Frau denselben Satz. Eine Frage. Eko erkannte das chinesische Wort für »Wieso«. Die Frau verlangte eine Antwort, schlug am Ende jedes Refrains mit der Faust auf irgendwas, um der Forderung Nachdruck zu verleihen. Ach, könnte Eko sie doch nur verstehen! Sie stellte sich das plausibelste Kreuzverhör vor: »Wieso hast du das gemacht, hm? Wieso?« Sie stellte sich eine andere Frau vor. Hatte er die lediglich angeschaut und dadurch seine eifersüchtige, unsichere Frau provoziert? Oder war er wirklich zu weit gegangen? Vielleicht fragte sie auch nicht »Wieso?«, sondern »Wieso schon wieder? Wieso tust du mir das immer wieder an?«

Langsam hob Eko halb den Kopf über das Fensterbrett und schaute zu, wie sich die Frau endlos wiederholte. Es war, als wollte sie nie wieder damit aufhören. Der Mann sah immer noch zu Boden. Beschämt wirkte er, fand Eko; doch, er hatte etwas ausgefressen, und zwar nicht zum ersten Mal. Bei den Einzelheiten mochte sie sich aber täuschen. Vielleicht war er ein Spieler, und das sauer verdiente Geld der beiden war bei einem abgebrühten Zocker gelandet.

Plötzlich hob die Frau die flache Hand und schlug dem Mann mit Schwung ins Gesicht. Eko hielt die Luft an, doch der Mann zeigte keinerlei Reaktion. Die Frau wiederholte ein letztes Mal ihre Frage, dann brach sie schluchzend zusammen. Der Mann fing sie auf und half ihr, sich zu setzen – vermutlich unten auf das Stockbett, doch diesen Teil des Zimmers konnte Eko von ihrer Warte aus nicht einsehen, und sie wagte nicht, sich zu bewegen. Leise schloss der Mann das Fenster.

Eko wartete noch einige Sekunden ab, bevor sie auf alle viere ging und lautlos ins Schlafzimmer kroch. Ihr Bein war eingeschlafen. Sie machte die Tür hinter sich zu, stieg in ihr Bett und zog sich die Decke über. Dann lag sie noch eine Weile wach und sah in Gedanken wieder und wieder die Ohrfeige vor sich.

Eines Abends, als sie wieder mal gemeinsam, aber getrennt, mit ihrem Nachbarn kochte, stellte Eko fest, dass sie keine Eier mehr hatte. Eine Hand in der Hüfte und in der anderen den leeren Karton stand sie da und dachte nach. Sie konnte zum Einkaufszentrum ein paar Straßen weiter gehen, oder einfach runter zum Obstladen, wo es himmelblaue Hühnereier gab. Allerdings unterbrach sie nur sehr ungern eine Tätigkeit. Würde es auch ohne Eier gehen? Nein, das würde Leo nicht gefallen. Er brauchte ein dünnes, luftiges Omelett auf seinem Curryreis. Also musste sie wohl los. Mit einem Seufzer warf sie die Packung in den Müll. Schon jetzt konnte sie hören, wie Leo fragte, warum sie überhaupt eine leere Packung im Kühlschrank gelassen hatte.

Um ihren Aufbruch etwas hinauszuzögern, drehte sie sich noch einmal nach ihrem Nachbarn um. Zu ihrer Überraschung sah dieser sie direkt an. Sie erstarrte. Er griff neben sich und hielt ein einzelnes blaues Ei hoch.

Sie nickte. Ja, genau das war ihr Problem. Grinsend hob er einen Finger, als wollte er sagen: Moment! Dann machte er kehrt und ging zur Tür hinaus. Eko schaute ihm hinterher, doch zu sehen war nur noch die geschlossene Tür.

Auf welcher Etage wohnte er eigentlich? In der zweiten, wie Eko, oder in der dritten? Sie wurde immer nervöser. Wie lang mochte er brauchen? Es klingelte. Eko ging zur Sprechanlage und sah auf den kleinen Bildschirm. Da stand er und hielt das Ei dicht vor die Kamera. Was sollte sie tun?

Sie konnte ihn ja schlecht einfach dort stehen lassen, oder? Was würde er dann von ihr denken? Wie würde er sich rächen, wenn sie ihn zurückwies? Schließlich wusste er, wo sie wohnte. Und das Ei brauchte sie wirklich – zwei Eier, genauer gesagt. In den Obstladen oder das Einkaufszentrum konnte sie jetzt nicht mehr. Das Essen wäre ruiniert. Leo wäre sauer. Der ganze Abend, ja vielleicht sogar der ganze nächste Tag, wäre von seinem Unmut gefärbt, und sie müsste auf Zehenspitzen um ihn herumschleichen. Nein, besser sie nahm doch einfach das Ei an. Einfach nur das Ei.

Sie drückte den Summer und hörte zu, wie er die Treppe heraufkam. Ihr war, als könnten ihr vor Angst jeden Moment die Beine wegklappen. Aber: das Ei! Sie versuchte, an nichts anderes zu denken, nur an das eine, blaue Ei. Ihn konnte sie ja behandeln wie jeden x-beliebigen Lieferjungen: die Ware annehmen, sich bedanken, und dann schnell die Tür zu. Er klopfte. Ausgesprochen sanft. Einfach auf und wieder zu, sagte sie sich, und zog den Riegel zurück.

Da stand er nun und streckte ihr das Ei hin. Er war größer als erwartet, doch das kam vielleicht nur von dem Schreck, ihn direkt vor sich zu haben. »Xie xie«, sagte sie und nahm das Ei. Und so sehr sie sich auch bemühte, ihn nicht zu berühren, merkte sie doch erschrocken, wie ihr Zeigefinger seine Handfläche streifte. Sie wurde rot, ihre Hand am Türknauf zitterte.

Von der Schwelle aus sah er sich um, linste in die Wohnung. Wenn er sie ebenfalls durchs Fenster beobachtet hatte, musste er das alles bereits kennen. Dennoch ließ er sich Zeit. Dann sah er Eko wieder an, zeigte lächelnd auf sich selbst und sagte: »Neo.« Seine Stimme war ein wenig hoch für einen Mann. »Eko«, erwiderte sie. Mehr gab es nicht zu sagen. Er winkte kurz zum Abschied, nickte ihr zu, tat das aber ausgesprochen ernsthaft, sah ihr genau in die

Augen. Sie wandte sich nicht ab, war eingeschüchtert, als wäre er ein wildes Tier. Kaum war er auf der Treppe, schloss sie die Tür und eilte ins Schlafzimmer.

Eko versteckte sich; sie wollte nicht, dass er durchs Fenster sah, in welchen Zustand er sie versetzt hatte. Sie war zugleich wie gelähmt und elektrisiert. Sie hatte das Ei. Hatte ihm aufgemacht. Jetzt lag sie auf dem Bett und rang nach Luft, das Ei neben sich auf der Decke. Sie dachte an die sanfte, beinah mädchenhafte Stimme. An den so vertrauten und doch fremdartigen Namen. Neo.

Die folgenden Tage waren die reinste Tortur. Aus dem Fenster wollte Eko nicht schauen. Auf die Straße konnte sie nicht, weil sie Neo dort hätte in die Arme laufen können. Auch zum Morgenkaffee mit Leo ging sie nicht. Stattdessen zog sie den Vorhang wieder zu.

Immer, wenn Eko an die Tür musste, umging sie mit Bedacht die Stelle, wo Neo gestanden hatte. Wurde etwas geliefert, machte sie einen großen Bogen darum, so als stünde er noch dort und ließe sie nicht durch. Er hatte ihr ein Ei vorbeibringen wollen, mehr nicht. Dennoch brachte sie es nicht über sich, Leo davon zu erzählen. Er würde ihr vorwerfen, sie sei unorganisiert, weil sie nicht rechtzeitig neue Eier besorgt und die leere Schachtel im Kühlschrank gelassen hatte. Er würde behaupten, sie lasse sich wieder mal von ihrer Angst beherrschen. Er würde ihr vorhalten, wie immer den leichtesten Weg zu wählen und sich von anderen aus der selbstverschuldeten Patsche helfen zu lassen. Er würde sie bedrängen, die Macht über ihr Leben zurückzuerobern. Doch Eko wollte all diese Worte nicht hören. Sie hatte sie bereits so oft gehört.

Das Neo-Geheimnis brannte in ihr. Sie spürte, dass in Gestalt ihres Nachbarn eine gefährliche Möglichkeit aufgetaucht war. Aber was konnte sie tun? Am ersten Tag nach dem Ei sagte sie sich, dass sie ihn nie wiedersehen würde. Aber was war mit dem Fenster? Das konnte sie ja schlecht für immer zu lassen, erst recht nicht jetzt, wo es in der Wohnung endlich hell war. Nur wegen einem Ei würden sie sicher nicht umziehen.

Bis zum Wochenende hatte Eko sich etwas beruhigt. Sie hatte nichts verbrochen – nur ein Ei von einem netten Nachbarn angenommen. In Paris hatte ihre Mutter sie häufig zu diesem oder jenem Nachbarn geschickt, um einen Teelöffel Vanille zu borgen, oder einen Liter Milch. Damals hatte allen immer irgendwas gefehlt, und das ganze Haus hatte geteilt.

In ganz Paris herrschte ein Gefühl von Nähe. Dieses Paris – ein Dorf, verglichen mit Shanghai – war ein freundlicher Ort. Darüber dachte sie inzwischen oft nach. Was sollte man daran finden, in einer so gewaltigen Stadt zu wohnen, mit fünfundzwanzig Millionen anderen Menschen, die alle nur hierhergezogen waren, um Geld zu verdienen? Shanghai war eine Stadt voller Fremder. Vielleicht hatte sie genau das an diesem Haus verlockt: die Idee der Gemeinschaft in einem traditionellen Shanghaier Stadtviertel.

Bevor ihre Mutter und sie in ihre geliebte kleine Wohnung im Fünfzehnten gezogen waren, hatte Eko mit ihr in einem winzigen Apartment im Zwanzigsten gewohnt. Jeder hatte dort ein Fenster auf den Hof. Die Älteren sahen den ganzen Tag zu, wie die Kinder herumtobten und Ehefrauen sich unterhielten und Lebensmittel tauschten. Wie abgetrennt vom Rest der Welt fühlte der Hof sich an, und im Grunde war er das auch. Die steinernen Mauern des Wohnblocks erhoben sich wie Festungswälle rings um ihn, ein Eindruck, den die schweren, eisernen Geländer an den Treppen noch verstärkten. Vom Hof aus sah man sämtliche

Wohnungstüren, von denen viele offen standen. Küchendüfte waberten daraus hervor und mischten sich quer über die Etagen. Eko hatte alle im Haus gekannt. An lauen Abenden saß man dort gemeinsam auf der Treppe oder spazierte durch den Hof, tauschte Klatsch und Witzeleien aus. Es war eine ganze Welt.

Als sie das nächste Mal wagte, einen Blick auf den kochenden Neo zu werfen, blickte der zu ihr auf und lächelte. Sie nickte. Kurz darauf stand er vor ihrer Tür.

Von da an kam er praktisch jeden Abend. Als kleinen Witz brachte er jedes Mal ein Ei mit und hielt es vor die Kamera, wenn er bei ihr klingelte. Er half Eko beim Kochen, und sie brachten einander die chinesischen und französischen Namen von allerlei Obst und Gemüse bei: Aubergine, Tomate, Baby-Pak-Choy. Es war, als hätte Eko einen Sous-chef und einen Sprachlehrer in Personalunion. Im Schnippeln, Würfeln und Waschen war er unschlagbar. Seinen Gesten für »Kochen« und »Schlafen« entnahm sie, dass er offenbar abends in einem Restaurant kochte. In ihrem Kühlschrank wurden die weißen und braunen Eier nach und nach von blauen verdrängt.

Oft dachte sie beim Kochen mit Neo an Paris. Sie sprach kaum ein Wort Chinesisch und er keine Fremdsprache, aber sie bekamen auch so Cassoulet, Pommes Dauphine und Soupe à l'oignon hin. Jetzt, wo jemand ihr die halbe Arbeit abnahm, probierte Eko mit Freuden kompliziertere Gerichte aus, von denen sie einige seit ihrer Kindheit nicht gegessen hatte. Am Tag, nachdem sie miteinander Profiteroles gemacht hatten, brachte Neo eine einzelne Teigtasche mit Schweinefleisch und Schnittlauch mit, frisch gefüllt und fein mit Mehl bestäubt. »Chinesisch«, sagte er und warf den weißen Klumpen in kochendes Wasser. Als er an die Oberfläche seines milchigen Bads stieg, fischte Neo ihn mit Stäbchen heraus, nahm das kochend heiße Ding zwischen zwei Finger und pustete darauf. Dann führte er es Eko an die Lippen, und sein Blick klebte an ihrem Mund, den Zähnen, der aufreißenden Teighaut und dem Dampf.

Neo war objektiv schön. Jede Frau hätte ihn attraktiv gefunden, fand Eko. Er war ein herausragender Vertreter seines Geschlechts, sah viel besser aus als Leo. Größer war er obendrein, und wenn er da war, fühlte die Wohnung sich plötzlich sehr klein und voll an. Eko mochte dieses Gefühl.

Sie wusste genau, was Neo für sie war: ein Geschenk, ein Mensch, der ihr dabei half, ihre kurze Zeit in China zu genießen. Er machte ihr das Leben leichter. Leo würde das nicht verstehen. Der wusste zum Beispiel genau, dass in China alle Haushaltshilfen hatten. Aber als Eko irgendwann die Möglichkeit angesprochen hatte, dass jemand bei ihnen putzen könnte – bloß ein, zweimal im Monat –, hatte sie natürlich sofort einen Vortrag zu hören bekommen: eine Analyse ihres faulen Wesens, das höchstwahrscheinlich daher stammte, dass sie als Kind von ihrer Mutter zu sehr verhätschelt worden war.

Es sei keine Frage des Geldes, sagte er, sondern eine des Prinzips. Warum sollte Eko sich vor Hausarbeit drücken, nur weil ihr die keinen Spaß machte? Alle mussten Dinge tun, die ihnen keinen Spaß machten. »Ernst des Lebens«, nannte man das. Und sie ging ja nicht mal arbeiten. Selbst bei wachsendem Wohlstand war Leo mit der Zeit immer knickriger geworden. Diesen Zug hatte sie ihm zu Beginn gar nicht angemerkt, und er gefiel ihr überhaupt nicht.

Vielleicht hatte sie eine günstigere Verhandlungsposition zusammen mit einem eigenen Einkommen aufgegeben. Würde er ihr eine Haushaltshilfe auch verweigern, wenn sie selbst arbeiten ginge? Müsste sie dann überhaupt noch darum bitten? Aber vielleicht hatte er ja recht; es war wirklich nicht zu viel verlangt, dass sie sich um den Haushalt kümmerte. Wenigstens fürs Erste würde sie es tun.

Neo schien das Schnippeln Spaß zu machen. Nebenbei spülte er ab. Während der ersten zwei Wochen wussten sie, wenn das Essen erst einmal im Ofen war, nichts miteinander anzufangen. Zwar kosteten sie die fertigen Speisen, aßen sie aber nie zusammen, weil sie ja für Leo gedacht waren. Sie räumten auf, Eko schenkte Neo ein Glas Wein ein, und dann zeigten sie auf Dinge und nannten deren chinesische und französische Namen. Viel zu früh schrieb Ekos Mann stets, er habe die vierzigminütige Heimfahrt angetreten. Wenn diese Nachricht kam, gab sie Neo zu verstehen, dass es Zeit war zu gehen.

Eko war nicht dumm. Sie wusste, was mit Neo unvermeidlich werden könnte, was sie mit der Entscheidung, ihm die Tür zu öffnen, in ihr Heim gelassen hatte. Aber Neo unternahm keinerlei Schritte in diese Richtung, also wartete sie ab, zugleich erregt und beklommen angesichts der Macht, die sie anscheinend über ihn hatte.

Um das Schweigen auszufüllen, redete Eko mit der Zeit immer mehr. Ohne Furcht vor seinem Urteil, erzählte sie Neo Dinge, die sie Leo nie erzählt hatte, ja von denen sie nicht einmal selbst gewusst hatte, dass sie sie in sich trug. Einmal erzählte sie von ihren Jobs in Paris. Ihren Abschluss hatte sie in Marketing gemacht, aber die Stelle bei einer PR-Agentur, die sie direkt danach bekam, war ihr zu stressig und zu kompetitiv gewesen. Schon beim Anziehen am Morgen hatte sie Panikattacken gehabt. Auf Leos Drängen hatte sie einen zweiten Abschluss in Innenarchitektur gemacht, wofür sie seiner Ansicht nach Begabung hatte. »Schon deine Studentenbude war ja so schick eingerichtet«, hatte er gesagt. Sie freute sich darüber, dass ihr Glück ihm derart am Herzen lag, und war gerührt, wie klar er ihr wahres Wesen erkannte. Eko zog die Gesellschaft von Gegenständen und Kunst häufig der von Menschen vor und genoss in ihrem neuen Job zutiefst, wenn sich nach viel Planung und Arrangement in einem Raum alles zusammenfügte. Unentschlossen wie sie war, konnte sie zehn Minuten damit zubringen, eine Lampe auf einer Kommode erst zwei Zentimeter nach links, dann wieder nach rechts zu schieben. Doch es waren genau diese kleinen Details bei der Erschaffung eines perfekten Tableaus, die leise Erfüllung in dieser Arbeit, die ihr daran am besten gefielen. Sie mochte die Stille des Designs – und dass ein Innenraum, im Gegensatz zum Außen, eine Landschaft unbegrenzter Möglichkeiten war. Weiße Wände konnten Leopardenmuster, bunte Kleckse oder modernes Monochrom annehmen, ganz so, wie es Eko und ihren Kunden gefiel. Leuchten konnten hängen, pendeln, sitzen, stehen oder schweben.

Gerade mal ein halbes Jahr hatte sie dort gearbeitet, als Leo nach Shanghai gewollt hatte. Ekos Firma war klein und hatte keine Filiale in China. Als sie ging, versicherte ihr Chef ihr, sie könne jederzeit wieder bei ihm anfangen. Und doch war Eko teils auch froh darüber, die Stelle aufzugeben. Obwohl die Arbeit zu ihr passte, machten das Büro und die Kollegen sie doch nervös.

Ohne Chinesisch hatte sie in Shanghai so gut wie keine Chance, Arbeit zu finden, weshalb Leo und sie entschieden hatten, sie solle sich auf ihre künftigen Kinder konzentrieren. All das erzählte sie Neo beim Kochen, und seine stumme Gegenwart tat ihr gut.

Sie erzählte ihm von Leo, der nach seiner Promotion in Statik in Paris durchgestartet war, und von ihrem Umzug nach Shanghai. Leo war in seiner Arbeit ein Naturtalent.

Nichts war ihm so zuwider wie Unordnung und Risiken. Nichts mochte er lieber als Genauigkeit. Schon oft waren sie im Lauf ihrer Beziehung aneinandergeraten, weil Ekos Haushaltsführung nicht seinen Erwartungen entsprach. »Ich bin doch nicht dein Dienstmädchen!«, hatte sie ihn einmal angeschrien, nachdem er ihr zum hundertsten Mal vorgemacht hatte, wie man ein Bett korrekt bezieht. »Korrekt« hatte sie es seither nie wieder gemacht. Sie machte es ordentlich, wie jeder normale Mensch, aber nie so, wie Leo es ihr gezeigt hatte, obwohl sie zugeben musste, dass es auf seine Weise viel hübscher aussah.

Man konnte durchaus sagen, dass Eko sich im Lauf der letzten fünf Jahre langsam von Leo entliebt hatte. Zum Teil schob sie das darauf, dass sie keine Kinder hatten. Derselbe Trott hatte schon viel zu lange angedauert. Sich selbst und anderen erzählten sie, sie würden warten. Aber auf was? Sie waren zunehmend gelangweilt voneinander, oder vielleicht auch enttäuscht. Eko kam sich immer stärker selbst vor wie ein Kind und hatte das Gefühl, Leo wolle sie ständig erziehen. Für das Leben, vielleicht? Für die Arbeit? Für die Mutterschaft? Das ständige Feedback laugte sie aus.

Manchmal sah sie urplötzlich die Zukunft vor sich, Leos strenge Stirn über den runden Augen. Äußerlich wirkte er immer wütend, obwohl er gut aussah mit seinem kantigen Gesicht, das einen überraschte, wenn er – was er oft tat – lächelte und über irgendetwas stundenlang lebhaft erzählte. Er hatte zu allem eine Meinung: Wissenschaft, Politik, die Zukunft von Shanghai und China; wie Eko kochte und sich kleidete, welche Bücher sie las und wer ihre Freunde waren. Sie malte sich einen gealterten Leo aus: wütender, noch attraktiver, noch lebhafter. Ihr eigenes künftiges Ich sah sie dagegen viel unschärfer. Neo hörte ihr zu, lächelte und nickte.

Dann erzählte sie ihm von Philippe. Damals an der Uni, noch vor Leo, hatte sie nur eine einzige Nacht mit ihm verbracht, diesem jungen Mann mit den leuchtend diamantblauen Augen. Sie war im ersten Studienjahr gewesen und hatte sofort den umwerfendsten Mann getroffen, den sie je gesehen hatte. Es war, als müsste er Eko nur ansehen, seinen Blick interessiert auf ihren braunen Augen ruhen lassen, um sie in sein Bett zu bekommen. Der Sex mit ihm war nicht gerade unvergesslich – seine Augen, die über ihr im Dämmerlicht wie Neon leuchteten, allerdings schon.

Noch am selben Abend fuhr er sie von seiner Wohnung zurück ins Wohnheim. In einem Jahr, so erzählte er, würde er seinen Abschluss an der Business School machen. Das war das Einzige, außer seinem Vornamen, was sie von ihm erfuhr. Vor dem Wohnheim sagte er: »Danke«, und das war's. Sie wollte ihn packen, ihn behalten, lasziv lachen oder lächeln, ihn heftig, leidenschaftlich küssen. Stattdessen überkamen sie Angst und Unsicherheit, und sie brachte nur ein »Gern geschehen« hervor, bevor sie aus dem Wagen stieg. In den folgenden Wochen wartete sie darauf, dass Philippe sich bei ihr meldete. Wenn er wollte, könnte er sie finden. Doch er meldete sich nie.

Philippe hatte sie geschwängert. Sie fand einen Arzt für den Eingriff, und der gab ihr einen Rabatt angesichts ihres Alters und ihrer Lage. Nur die blauen Augen hatten sie kurz zaudern lassen, alles in allem bereute sie ihre Entscheidung aber nicht. Danach hatte sie zwar ziemliche Schmerzen, doch nach ein paar Monaten war alles wieder im Lot. Bald darauf kam sie mit ihrem Kommilitonen David zusammen, der jedoch immer eher ein Freund für sie gewesen war. Und dann lernte sie Leo kennen, den ernsthaften, älteren, gutaussehenden Leo, der sie so schnell, so durch und durch und mit so viel Gewissheit liebte. Er gab ihr das Gefühl, sie sei der kostbarste Mensch auf Erden, wollte alles über Japan, Frankreich, ihre Kindheit wissen und auch ihre Ansichten zu Kunst und Design hören. Es war, als hungere er so sehr nach ihr, dass er vollständig, mit Herz und Hirn, in ihr existieren wollte. Ab welchem Zeitpunkt war sie selbst in ihn verliebt gewesen? Sie wusste noch, dass sie die Worte ausgesprochen hatte, das Gefühl jedoch erst später kam. Nicht viel später, allerdings. Er war schön, ja. Und stark. Das ließ sich nicht leugnen. Noch wichtiger war aber seine Neugier. Seine Fähigkeit, stundenlang zu reden – und ihr zuzuhören. Und diese reine Liebe, zielgerichtet wie ein Laser, eine Liebe, die sie garantiert nie mehr verlieren würde, wenn sie sie erst besaß. Sie war glücklich. Sie war erfüllt. Sie hörte auf zu rauchen und zu trinken. Sie war die beste Eko, die sie je gewesen war.

Eko hatte sich stets für einen Quell der Fruchtbarkeit gehalten. Ihre jetzige Lage war deshalb ein Schock für sie. Wenn sie keine Kinder haben konnte, was sollte sie dann anfangen mit ihrem Leben? Sie sah Neo zu, dessen schnelle und geschickte Hände mit den starken Armen und Schultern kontrastierten, und fragte ihn, wie sie nun ihre Tage ausfüllen sollte, die ihr in diesem neuen Licht, aus dieser kinderlosen Perspektive, viel zu zahlreich vorkamen. Neo gab keine Antwort.

Leo würde erwarten, dass sie arbeiten ging. Wenn sie nicht schwanger wurde, würde er zwar taktvoll eine angemessene Weile warten, ehe er das Thema anschnitt, doch dann täte er es garantiert. Eko hatte sich das unvermeidliche Gespräch schon vorgestellt. Jetzt spielte sie es Neo vor: »Und was willst du jetzt machen?«, würde Leo fragen. »Wie lautet dein Plan?«

Aber Eko hatte keinen Plan zur Arbeitssuche. Ihr war klar geworden, dass sie Büros nicht mochte. Selbst in der

Pariser Innenarchitekturfirma hatte es sie viel gekostet, mit den schillernden, materialistischen Kollegen mitzuhalten. Sie waren so ausgereift, so kenntnisreich, hatten alle einen so erlesenen Geschmack. Wie und wann waren die nur so trittsicher geworden? Manchmal versetzte sie sich bei wichtigen Entscheidungen in ihre Mutter. Was würde Daphne dazu sagen, was würde sie anziehen, was würde ihr gefallen? Doch diese Nachahmung war anstrengend. Lieber blieb Eko zu Hause. Und hier, an diesem fremden Ort, in dieser unbekannten Stadt, war das nicht mal verkehrt. Zu Hause fühlte sie sich klein, aber auch sicher. Sie hatte immer gewusst, dass sie eine gute Mutter wäre.

Inzwischen dachte sie oft über Adoption nach. Das fände sie prima. So ein chinesisches Baby, eines vom Land vielleicht, das könnte doch was sein. »Was hältst du eigentlich von Adoption?«, würde sie Leo demnächst fragen, ganz beiläufig, als wäre ihr das nur zufällig gerade in den Sinn gekommen. Im Kopf spielte sie die Frage immer wieder durch und modulierte ihren Tonfall. Doch sie ahnte jetzt schon, dass Leo von der Idee nichts halten würde.

Während sie Neo von Philippe erzählte, merkte Eko, dass sie diese Geschichte all die Jahre nicht aus Angst für sich behalten hatte, sondern zum Schutz. Sie hatte sie für sich behalten wollen. Sie war ihr Juwel, das Abenteuer ihres Lebens. Noch immer sah sie deutlich die blauen Augen vor sich. Neo konnte zwar kein Wort verstehen, aber die Geschichte zu erzählen, hätte sie trotzdem fast ruiniert.

Der Moment, in dem die Sache zwischen Eko und Neo sich veränderte, kam beim Coq au Vin. Sie standen dicht nebeneinander und schnitten Pilze. Eko spürte das Knistern zwischen ihnen. Neo sagte nichts. Dann legte er das Messer weg und seine Hand auf ihre. Eko hielt inne, ließ ihn gewähren. Eine gefühlt sehr lange Weile ließ er die Hand einfach dort liegen – auf ihrer, die immer noch das dünne Messer hielt. Dann zog er Eko endlich an sich. Sein Blick wirkte so ängstlich, so unsicher. Seine Lippen zitterten. Sie war gerührt von seiner Angst, und ihre eigene verflog.

In der Woche darauf lagen sie eines Abends beisammen, die Köpfe am Fußende des Betts. Aus dieser Perspektive sah ihr Zimmer völlig anders aus. Sie legte die Hand auf Neos Kopf, strich ihm durch das struppige Haar. Mit ihm war Stille angenehm. Mit Leo verbrachte sie kaum einen stillen Moment. Eko und Neo hatten keine gemeinsame Sprache, und sie genoss diese Atempause, die Entlastung davon, immer beweisen, rechtfertigen, planen zu müssen.

Hinter einem großen Fenster ein Haus weiter bewegte sich ganz sacht ein Vorhang. Von ihrem üblichen Platz im Bett hatte Eko nie irgendwelche Fenster bemerkt, und sie hatte keine Ahnung, wer dort wohnte. Überhaupt dachte sie kaum noch an irgendwen, der in der Gasse wohnte, nur noch an Neo, dessen Gegenwart so groß schien, dass sie die ganze Wohnung ausfüllte, sogar von jenseits der Gasse. Dieses Fenster lag jedoch näher und blickte direkt auf ihr Schlafzimmer. Sie streifte sich ein Shirt über und hielt ihr Handy hoch, das Zeichen für Neo, dass es Zeit war zu gehen. Sie kommunizierten immer nur durch Gesten und Raten.

Von diesem Tag an waren ihre Ängste wieder da. Hatte der Besitzer des Obstladens ihnen zugesehen? Oder der Mann, der unten an der Straße Teller und Schalen von einem Handwagen verkaufte? Die Frau, der dieser gewaltige Tumor im Bauch wucherte? Eko wollte nun erst recht nicht mehr vor die Tür. Wer da draußen hatte sie gesehen? Wer da draußen hatte über sie geredet?

»Diese Ausländerin, stell dir vor: Die war im Bett mit Neo!«

»Ja, ja, die steht auf unsere chinesischen Männer!«

»Hätt ich das gewusst, hätt ich's auch mal bei ihr versucht!«

Den Vorhang ließ Eko jetzt wieder meistens zu. Abends wollte Leo manchmal gern etwas trinken gehen, und Eko kam widerwillig mit. Während sie – oft Händchen haltend – durch die Gasse schlenderten, kam es ihr vor, als gingen sie an einer Jury vorbei. Hinter all den dunklen Fenstern und dünnen Vorhängen schauten ihre Nachbarn zu und wussten: Das ist die mit der Affäre.

Verbittert fragte Eko sich, wie viele chinesische Affären in dieser Gasse wohl bereits begonnen und geendet haben mochten. Was sollte an ihrer anders sein? Wenn sie nach draußen ging, hielt sie den Blick so viel wie möglich auf dem Boden. Wo sie jedoch zufällig doch einmal Blickkontakt mit jemandem hatte, mit dem Obsthändler oder dem Müllmann, blitzte sie ihn kalt und selbstgerecht an: Na los, verurteile mich doch, wirst schon sehen, ob's mich interessiert!

Dann aber tippte sie rasch den Code für ihre Haustür ein und rannte die Treppe hinauf, wo ihr einmal, zweimal die Schlüssel aus der zitternden Hand fielen. Sobald sie drin war, schloss sie hastig alle Vorhänge und Fenster, die Leo morgens aufgemacht hatte, und brach auf dem Sofa zusammen.

Ab und zu hatten Leo und sie noch ihre guten Momente – dann fühlte Eko sich wieder wie früher. Wie die Studentin, die sich vor langer Zeit in ihn verliebt hatte. Die aufregende Zeit mit Neo hatte sie wieder aufgeschlossener für Glück mit Leo gemacht. Hin und wieder lag sie im Bett und musste plötzlich kichern – über ein neu gelerntes Wort, oder über etwas, das Neo nachmittags mit ihr gemacht hatte. Dann wandte sie ihr Grinsen Leo zu, um seine wahre Bedeutung zu zerstreuen. »Was gibt's denn da zu kichern?«, fragte Leo dann, und sie sagte nur: »Nichts«, strich ihm aber gleich darauf spielerisch über die Wange. Ihre gute Laune steckte ihn an, und sie nahmen ihre wohlvertrauten Positionen ein.

Im April nahm Leo an einer mehrtägigen Tagung teil. Er lud Eko ein, mit ihm im Park Hyatt zu wohnen, wo sie den Pool und das Fitnesscenter nutzen könnte. Aber Eko lehnte ab – Leo wisse ja von ihrer Höhenangst. In Wahrheit freute sie sich darauf, Zeit mit Neo zu verbringen, ihn vielleicht sogar bei sich übernachten zu lassen. Die Vorhänge würden sie tagelang nicht aufziehen.

Doch kaum, dass Leo aufgebrochen war, spähte Eko in das Fenster gegenüber und sah Neos Frau durch die Tür kommen. Und als wäre das nicht schlimm genug, sah Eko auf ihrem Arm etwas, das sie in der winzigen Wohnung nie erwartet hatte: ein kleines Kind, einen Jungen, dem Vater wie aus dem Gesicht geschnitten. Eko war entsetzt. Wo mochte dieser Junge wohnen? Bei seinen Großeltern? Waren Neo und seine Frau etwa Wanderarbeiter? Und wie konnte es sein, dass Neo ihr die ganze Zeit kein Wort von seinem Kind erzählt hatte? Aber natürlich hatte er das nicht getan: Er erzählte ihr so gut wie gar nichts, er konnte ja kaum mit ihr kommunizieren.

Mit dem Rücken zum Fenster warf Neo den Jungen immer wieder in die Luft. Seine Frau drängelte sich dazu und kitzelte das lachende Kind, wenn es in den Armen seines Vaters landete. Die ganze Zeit über hatte Neo ein Kind gehabt. Eko stand hinter der Schlafzimmertür und linste ums Eck, ob Neo sich umdrehte, sie wollte sein Gesicht sehen. Was sie dort erwartete? Den Anblick von Glück.

Doch Neo drehte sich nicht um. Auf einmal wurde Eko

übel. Sie rannte ins Bad und kniete sich vor die Toilette. Nichts. Sie würgte. Die Übelkeit legte sich nicht. An den nächsten beiden Tagen kehrte sie in Wellen wieder. Endlich ging Eko ein Licht auf. Sie eilte in die Apotheke und kaufte einen Test. Dafür musste sie das Foto eines Tests auf ihrem Handy suchen und es der Apothekerin vorlegen. Zu Hause, bei abgeschlossener Tür und zugezogenen Vorhängen, stellte sie fest, dass sie schwanger war.

Drei Tage lang erzählte Eko niemandem davon. In diesen Tagen war Neos Sohn bei seinen Eltern, Leo im Hotel, und Eko kniete vor dem Klo. Ihr war schlecht, und sie dachte nach.

Sie waren vorsichtig gewesen. Sehr wahrscheinlich war es also nicht. Doch selbst wenn das Kind von Neo wäre, wollte Eko nicht den Platz seiner Frau im Stockbett übernehmen. Ihr wurde klar, dass sie Neo nicht liebte, oder zumindest nicht genug. Sonst wäre sie doch wohl bereit dazu gewesen, ihm überall hin zu folgen, sich jedes Bett in jedem Zimmerchen mit ihm zu teilen, ihn vor seinem quadratischen Fenster zu ohrfeigen und zusammenzubrechen.

Am Ende des dritten Tages hatte Eko beschlossen, Leo von ihrer Schwangerschaft zu erzählen, Neo jedoch nicht. Neo hatte ein Kind. Sobald die Entscheidung gefallen war, konnte Eko es kaum noch erwarten. Sie würden ein Baby bekommen, und das Leben wäre, wie es sein sollte. Allerdings wollte sie es Leo nicht zu Hause sagen. Sie wollte es ihm an einem Ort erzählen, an dem Neo nie gewesen war und wahrscheinlich nie sein würde.

Die Hotelbar des Park Hyatt lag im 87. Stock des World Financial Center, im Geschäftsviertel Lujiazui. Eko war schon zweimal dort gewesen. Einmal, vor mehreren Monaten, in der ersten Zeit hier in Shanghai, zu einem Dinner-Date mit Leo, und kurz darauf noch mal zum Nachmittagstee. Leo nahm sie gern mit in hohe Gebäude, damit sie sich ihrer Höhenangst stellte. Nur auf diese Weise könne sie die überwinden, sagte er. Die Fenster boten einen Panoramablick über Shanghai, und ringsum erhoben sich die übrigen Wolkenkratzer von Lujiazui. Wie sie hießen, wusste Eko nicht. Beim ersten Essen hier hatte sie große Angst gehabt – der Expressaufzug hatte ganz leicht geschaukelt, und sie musste die Augen schließen.

Diesmal aber nahm sie den rasenden Aufzug vor lauter Kampf gegen die Übelkeit kaum wahr. Und als sie wieder festen Boden unter den Füßen hatte, bemerkte sie als Erstes das erstaunlich beruhigende Interieur. Tiefe Sessel mit weißen oder beigen Polstern verteilten sich in einem großen, offenen Raum. Der Himmel draußen war hellblau und so opak wie ein Wandgemälde oder eine Tapete. Sie setzte sich ans Fenster und blickte hinab in die Stadt: eine harmlose Ansichtskarte. Dennoch raste ihr Herz. Sie hatten zwar immer ein Baby gewollt, aber würde Leo sich jetzt wirklich freuen? Eine Kellnerin fragte, ob sie ihr etwas bringen dürfe, und Eko suchte irgendetwas nicht zu Teures von der Karte aus. Dann schrieb sie Leo: Ich bin im Hotel. In der Hotelbar. Kommst du mal vorbei, wenn du Zeit hast?

Kurz darauf kam Leo auf sie zu, gefolgt von der Kellnerin mit Ekos Tee. »Das ist ja 'ne Überraschung! Bist du ganz allein hier raufgekommen?« Eko nickte, und Leo nahm Platz. Beide sahen sie der jungen Frau zu, die den Tee einschenkte und nach einer leichten Verbeugung davonging. »Alles okay?«, fragte Leo.

»Ich bin schwanger«, entgegnete Eko. Eigentlich hatte sie aufgeregt und fröhlich klingen wollen, stattdessen klang sie ängstlich und verschüchtert.

Leo beugte sich über das Tischchen und nahm ihre Hand. »Bist du sicher?«

»Ja, Leo, ganz sicher. Ich habe drei Tests gemacht. Mir geht's miserabel. Und ich habe meine Tage nicht bekommen.«

Leo strahlte. »Wir kriegen ein Baby!«, flüsterte er und drückte fest ihre Hand. »Aber wie?«

Eko zuckte die Achseln. »Glück gehabt, vermutlich«, sagte sie. »Aber vielleicht sollten wir vor der Geburt in ein Haus mit Fahrstuhl ziehen. In ein Hochhaus.« Sie deutete zum Fenster. »Siehst du? Ich habe keine Angst mehr.«

Als Neo das nächste Mal am Fenster ein Ei hochhielt, schüttelte Eko den Kopf. Sie war zufrieden – Leos Fröhlichkeit und Anerkennung waren ansteckend. Am Abend zog sie alle Vorhänge zu, um allein mit dem Baby zu sein, allein mit sich selbst. Mit einem ganz neuen Gefühl der Sinnhaftigkeit las sie noch einmal das Schwangerschaftsbuch.

Leo begleitete sie zu ihrem ersten Arzttermin. Im Ultraschallraum rieb ein Helfer ihr ein kühles Gel auf den flachen Bauch. Schweigend blickten sie alle auf den kleinen Bildschirm. Ein Blob tauchte auf, und Ekos ganze Aufmerksamkeit galt sofort nur noch ihm, der Betrachtung seiner Form und Bewegungen. Dann erschien ein zweiter. Eko spürte, wie sich die Welt entfernte. Als wären die zwei Blobs vergrößert worden, und sie könnte außer ihnen nichts mehr sehen und hören. Sie füllten ihr ganzes Bewusstsein aus. Weit im Hintergrund nahm sie die Worte des Arztes wahr – in gestelztem Englisch sagte er: »gefährlich«, »Vorsicht«, »Zwillinge«, »Muttermund«. Eko nickte abwesend.

»Eko, Eko!«, rief der Arzt. »Herzlichen Glückwunsch. Haben Sie irgendwelche Fragen?« Leo war sprachlos, sah sie glückselig an.

»Ja«, sagte sie. »Darf ich noch reisen?« Sie wollte nur schnell weg, von niemandem gesehen werden.

»Was für eine Reise meinen Sie denn? Einen kurzen Ausflug oder einen Langstreckenflug?« Mit schräg geneigtem Kopf dachte er einen Moment nach, bevor er sich selbst seine Frage beantwortete. »Nun, es ist sehr wahrscheinlich, dass ich Ihnen im letzten Trimester Bettruhe verordnen muss. Im ersten raten wir von Reisen gewöhnlich ab, aber vor allem, weil es den werdenden Müttern da meist nicht sonderlich gut geht. Schauen wir doch mal, wie es den Babys im zweiten geht. Kann sein, dass Ihnen da ein kleines Fenster für Reisen bleibt.«

Auf dem Heimweg kamen Eko und Leo an ein paar Männern vorbei, die in der Nähe des Geschirrhändlers in ihrer Straße herumstanden. Eko spürte ihre Blicke schon aus einer Querstraße Entfernung. Einer von ihnen – der Obsthändler – trat vor, als Leo und sie näherkamen, und sagte: »Ni hao!«

Sie blieben stehen. Die Tür war nur ein paar Schritte entfernt. Die Sonne war untergegangen, der Himmel wurde dunkler, und die Männer verwandelten sich langsam in Schatten. Ob sie es ihr ansahen? Dass sie schwanger war?

»Ni hao«, grüßte Leo zurück. Eko flehte den Mann wortlos an, nichts von Neo zu verraten.

»Sie mögen China?«, fragte der Obsthändler auf Englisch.

»Ja, ich bin Chinese«, sagte Leo.

»Sie mag auch China«, sagte der Mann und zeigte auf Eko.

»Ja«, antwortete Leo.

»Sie mag China!«, teilte der Obsthändler seinen Freunden mit. »Arigato!«, fügte er hinzu, und sie lachten los. Auch Leo lachte.

»Was ist denn so lustig?«, wollte Eko wissen.

»Keine Ahnung«, antwortete Leo. »Lass sie doch.« Lächelnd winkte er den Männern zu und sagte: »Schönen Abend noch.«

An diesem Abend, nach dem Vorfall unten in der Gasse, traf Eko eine weitere Entscheidung. Nein, sie mochte China nicht – auch nach all den Jahren kannte Leo sie kein bisschen. Sie würde sich von ihm trennen. Vielleicht nicht sofort, aber ganz sicher irgendwann.

Bevor man ihr die Schwangerschaft ansah, zogen Leo und sie in eine Hochhauswohnung mit weitem Ausblick auf die Stadt, genau in dem Wolkenkratzer, in dem Leo anfangs hatte wohnen wollen. »Ja, so muss man in Shanghai leben!«, sagte er.

Sie engagierten eine Tagesmutter, um Eko mit den Zwillingen und dem Haushalt zu helfen. Mit einem Baby käme sie allein zurecht, mit zweien bräuchte sie Hilfe, das sah sogar Leo ein. Eko grübelte. Sie könnte nach Paris verschwinden und nie mehr wiederkehren.

Die Wochen vergingen. Leo und Eko überlegten Babynamen. Eko wollte unbedingte japanische, also schlossen sie einen Kompromiss – ein Baby bekäme einen japanischen, das andere einen chinesischen Namen. Doch im dritten Monat stellte sich bei einem Routine-Ultraschall heraus, dass eins der Babys nicht mehr da war. Wahrscheinlich, sagte der Arzt, war er oder sie vom anderen absorbiert worden. Eko trauerte still. Immerhin wurde ihr Vorhaben so realistischer. Sie würde warten. Zwei Jahre würde sie ausharren, bis die schwerste Phase überstanden war. Dann würde sie mit ihrem Kind nach Paris gehen. Alles Weitere würde sich dort schon finden.

Sich bei Neo zu melden, kam Eko nie in den Sinn, obwohl sie durchaus manchmal an ihn dachte. In ihrer Vorstellung stand er stets im Unterhemd am Fenster und hielt lächelnd das blaue Ei hoch.

Yumi kam zur Welt, und sie war wunderschön. Dichtes, pechschwarzes Haar und Haut wie Butter. Eko betrachtete sie, roch an ihr, konnte die Finger nicht von ihr lassen. Hin und wieder aber dachte sie: Irgendwo in diesem Mädchen steckt ihr Zwilling. Hatten sich dessen Augen mit denen von Yumi vereinigt, oder waren sie noch halb vorhanden und sahen ewig nur das trübe Innere von Yumis Leber oder Milz? Wenn Eko ihre Tochter ansah, dachte sie an beide.

Je le veux, ja, ich will

Juli 2014

Männer gehen immer alleine zum Altar. Eko hatte zwei Stühle in der ersten Reihe freigelassen. Auf jedem davon lag eine hellrosa Rose – die sah er jetzt aus dem Augenwinkel. So war sie eben: lieb, kreativ, aufmerksam. Hielt den Toten einen Platz frei. Und doch tat die Geste ihm auch weh, vor allem, weil er nicht wusste, ob er sich ihretwegen befangen fühlen, den Blick zu den zwei Leerstellen vermeiden sollte, die ihn wie schwarze Löcher einsaugten.

Was war vorhanden? Geist, Trauer, Erinnerungen – und auch die veränderten sich mit der Zeit, verblassten. Was kam danach? Die Frage quälte ihn schon, seit er klein war. Seit sein Vater ihm mit acht vom Tod erzählt hatte, im Sommerurlaub, auf dem Balkon des Hotels mit Meerblick in Fujian, wo Leo zum letzten Mal im Leben die Tränen gekommen waren. Jeder musste sterben. Alle würden aus der Welt verschwinden.

Die Glocken fingen an zu läuten. Eine sanfte Brise ging, der Tag hatte sich – trotz des als fast sicher angekündigten Regens – als sonnig und wunderschön entpuppt. Und dort, am anderen Ende des Mittelgangs, stand Eko. Sehr weit weg kam sie ihm vor. Leo grinste, auch über die Absurdität des Ganzen: ihr hübsches Gesicht, komplett mit Make-up zugekleistert; das schwere Kleid; die Brautjungfern, die ihr die Schleppe schön lang und gerade zogen. Aus dem Glockenturm eines nahen Hotels erschallte »Osten erglüht.« Das Lied tönte über die Häuser längs des Flusses, auch über das Dach ihres Hotels, über ihre Hochzeit. Eko zauderte, wusste offenbar nicht recht, was tun. Man flüsterte ihr etwas ins Ohr, dann stand sie still. Warte einfach ab, bis es vorbei ist, hatten sie bestimmt gesagt. »Osten erglüht, China ist jung, rote Sonne grüßt Mao Tsetung.«

Leo dachte an seinen Vater. Im Lauf der Jahre war das Bild von diesem Mann in seinem Kopf so groß geworden, aufgebläht von den Geschichten seiner Onkel. Eigene Erinnerungen an ihn hatte er nur noch wenige, doch die ging er jetzt immer wieder durch. Der Ausflug in die Berge, als er vier war, die lange Fahrt in einem Zug voller rauchender Leute, sein Vater und er mussten stehen, eine gefühlte Ewigkeit lang. Der Besuch bei KFC in Beijing, der ersten Filiale in China; sie hatten nicht gewusst, wie sie die Pommes essen sollten, und versucht, sie mit Stäbchen aufzupicken. Sein Vater, wie er sonntagmorgens Suzhou-Opern auf dem Balkon schmettert, die Luft erfüllt von diesen dünnen und nasalen Melodien. Oder war das samstagabends gewesen? Und schließlich die Nachbarn, die über die Straße herbeilaufen und Leos Namen rufen. Ein Laster hatte seine Eltern überfahren. Sie waren im Krankenhaus. Leo, wie er rennt – Brust und Arme, damals spindeldürr, pumpen; im Laufschritt quer über die Straße, trotz rasender Autos und Räder; Krankenschwestern, eher angeschrien als gefragt; das Hasten durch das schummrige Labyrinth der Krankenhausflure. Seine Mutter und sein Vater beide hirntot.

Bitte, hatte er gedacht, als man es ihm mitteilte. Bitte, bitte. Wenigstens einen der beiden, selbst wenn er gelähmt ist. Lass bitte einen überleben. In der Nacht starben sie beide.

Besonders in kritischen Momenten wie jetzt spürte er seither immer ihre Abwesenheit – vor allen Dingen die seines Vaters. Als er die höchste Punktzahl im städtischen Mathetest erzielt hatte. Wenn er für Wettbewerbe geübt oder Bestnoten bekommen hatte. Bei der Aufnahme an die Uni. Beim Stipendium für Paris, der Promotion. Den Zeitungsartikeln. Bei Eko.

Und jetzt, wo er heim nach Shanghai kam, um zu heiraten, wo er kreuz und quer über die Erde flog, um die letzten Zeremonien und Feierlichkeiten abzuhalten, was würden sie davon wohl halten? Was hätten sie dazu gesagt? Hätten sie sich so ein Leben je vorstellen können, wo ihr eigenes doch so beschränkt und beengt gewesen war, so bestimmt vom launischen Hin und Her der Politik ihres Landes?

Leo war von Institutionen aufgezogen worden, von Lehrern. Auf dem Papier von den Onkeln und Großeltern, bei denen er die Ferien und Wochenenden zugebracht hatte. Ab dem Unfall: Internat, ab seinem achten Lebensjahr. Alles, was er im Leben erreicht hatte, hatte er allein geschafft.

Weit fort am Ende des Gangs wirkte Eko seltsam unwirklich – wie eine Schaufensterpuppe, eine Minibraut auf der Hochzeitstorte, ein Symbolbild davon, wie eine Hochzeit, das Leben, aussehen sollte.

Er spürte eine seiner dissoziativen Episoden heraufziehen, in denen die Zeit sich scheinbar verlangsamte und er sich fühlte wie von einer Blase geborgen, einer weichen Schutzhülle, die ihm erlaubte, all die Details der Welt ringsum wahrzunehmen und die Dinge wie aus Distanz zu sehen, glasklar und objektiv. Meistens geschah das in zwei bestimmten Situationen: Wenn er ein Matheproblem löste, oder wenn er mit jemandem stritt.

Die Glocken waren verstummt, und das Quartett nahm die Instrumente auf: »Treulich geführt.« Eko schritt auf ihn zu, und er dachte zurück an den Tag, als er sie in Frankreich mit dem Auto von der Party einer Freundin auf dem Land abgeholt hatte. Sie war auf ihn zugerannt, hatte ihn allen anderen als ihren Freund vorgestellt. Miteinander geschlafen hatten sie damals noch nicht. Nicht einmal geküsst hatten sie sich. Er fuhr sie in die Stadt, an den Fluss, und dort saßen sie und betrachteten den tief und tellerförmig über dem Wasser hängenden Mond, dessen silbrige Spiegelung auf den Wellen an diesem kühlen Spätsommerabend genauso bebte, zitterte wie Eko. Dann: Leos Arme um ihre Schultern, sein Gesicht dichter an ihrem, ihre weichen Lippen, ihr Körper, der auf seinen zurücksank.

In den Momenten, in denen er über dem Leben schwebte, glich für ihn alles einem Modell, das er nach Belieben verkleinern und pausieren oder vergrößern und aus allen Winkeln inspizieren konnte. Auch an diesem Abend mit Eko geschah das, bei ihrem ersten Kuss. Am Fluss, im Mondschein. Die Zeit stand still, und Leo sah alles vor sich, ihre gesamte Zukunft: ihr erstes Mal, die ersten Streits, die erste gemeinsame Wohnung in Paris – und ihr Baby, geborgen in Ekos Armen, benannt nach Leos Mutter oder Vater.

Auch Ekos Vergangenheit sah er. In Kyoto, das ungestüme Kleinkind. In Paris, als Teenie, baumelnde Beine an der Seine, vielleicht eine Zigarette im Mundwinkel. Jungs und Männer, die sie früher einmal geliebt hatte, Franzosen, Algerier. Er wollte besser als sie alle sein. Eko, die Fremde – sein gesamtes Leben wollte er damit verbringen, sie kennenzulernen, in ihre Vergangenheit zu reisen, in diese Geschichten, und auch in die gemeinsame Zukunft. Er sah sie alt und dünn, zerbrechlich, aber elegant. Er sah sich selbst. Er sah den Mond, einen See; er sah sie dort Seite an Seite sitzen. Noch nie hatte er die Blase, den Stillstand mit einer Frau erlebt. Das erste Mal war dieser Abend dort am Fluss. Er fasste es als Zeichen auf. Das also war Liebe: das Gefühl, wie Zeit sich aus einem Moment entfaltet.

Andere Beziehungen waren dieser vorausgegangen, auch die überwältigendste, allererste. Als er frisch in Paris gelandet war und Fei getroffen hatte, eine Mitstipendiatin aus Beijing. Doch mit ihr gab es ständig Streit, Fehltritte und Zweifel. War Fei die Eine, die Richtige? Theoretisch war ihm klar, dass niemand perfekt war. Trotzdem konnte er nicht anders, als auf jemanden zu hoffen, der dem näherkam, so nah an Perfektion wie möglich.

Leo wusste, wie unwahrscheinlich eine erfolgreiche Ehe war. Wie schlecht die Chancen auf Glück standen. Trotzdem. Wenigstens versuchen musste er es doch, oder?

Der Monat am Strand in Fujian kehrt zurück – aufs Meer blicken, über den Tod nachdenken, darüber, dass jedes Lebewesen sterben muss. In diesen Urlaub war Leo zum ersten Mal im Flugzeug geflogen. Die ersten paar Tage hatte er ständig darüber nachgedacht, wie er seinen Klassenkameraden davon erzählen sollte, von der Maschine, von den Flugbegleitern, vom Start, den Wolken hoch am Himmel. Niemand in seiner Schule war jemals geflogen.

Leo war bei vielem der Erste gewesen. Die Fahrt nach Beijing. Die Soldaten auf der Straße. Und dann das Hühnchen, die Pepsi, die Pommes.

Zurück in der Stadt war Leos Vater mit ihnen zu einer Genossenschaft gegangen und hatte es irgendwie geschafft, für die Familie ein Apartment mit getrenntem Schlafzimmer zu ergattern, ein echter Luxus. Rückblickend konnte Leo sich die Verhandlung gut vorstellen, die Geschenke oder Zigaretten, mit denen man sich Güter in einer Zeit beschaffte, in der Geld so wenig wert war. Auch sein Vater hatte die Welt aus der Distanz betrachten können.

Wirklich fragen konnte Leo jedoch keinen mehr. Kurz nach Fujian waren seine Eltern gestorben. Als hätte sein Vater das alles geplant, als hätte er Leo auf ihren Tod vorbereitet.

Vom Balkon des Hotelzimmers blickte der achtjährige Leo damals hinaus auf das Meer, das in der Ferne auf den Himmel traf. Er sah den Tod von jedem Ding und jedem Lebewesen, bis weit zurück in die Vergangenheit und vorwärts in die Zukunft. Was sollte das nur alles? Welchen Sinn hatte es?

Dieselbe Hoffnungslosigkeit empfand er, als er vier Jahre später in der Matheprüfung die höchste Punktzahl in ganz Shanghai erreichte. Wenn er der Beste war, gab es keinen über oder neben ihm. Wenn er der Beste war, war er wahrhaft allein. Seine Onkel und Tanten jubelten, bestaunten ihn, riefen ihre Freunde an, schrien es über den Flur, damit die Nachbarn es auch mitbekamen. Aber Leo war überwältigt von seiner Einsamkeit – und von Enttäuschung. Hätte er nicht doch noch besser sein können?

Auf einer langen Busfahrt – zur Mond-Neujahrsfeier bei entfernten Verwandten – erzählte Leo als junger Teenager dem jüngeren seiner beiden Onkel von Stephen Hawking, von der Relativität. Gerade hatte er die *Kurze Geschichte der Zeit* gelesen und war ganz begeistert von dem riesigen Reich des Wissens, das sich ihm auftat. Stundenlang sprach er darüber, ohne Pause. Der Bus, ein einfacher Linienbus, war voll besetzt. Die Sitze hatte man ausgebaut, um Platz zu schaffen, ein paar Bauern hatten drei, vier Hühner im Gepäck. Kurz vor dem Ziel ging dem Bus der Sprit aus, und er kam spotzend zum Stehen. Leo bekam zwar einigermaßen mit, was passierte, war aber mittendrin, seinem Onkel von Schwarzen Löchern und dem Ereignishorizont zu erzählen, und wollte das nicht unterbrechen. Sie alle – Leo, sein Onkel, die Bauern und die Hühner – stiegen aus, setzten sich an den Straßenrand und rieben sich die Hände vor Kälte, bis jemand mit Benzin ankam. Leo redete unbeirrt weiter. Er versuchte zu erklären, was passiert, wenn zwei Schwarze Löcher kollidieren, wie sie nämlich sehr wohl Teilchen ausstoßen (auch wenn Hawkings Stolz ihn das erst hatte zurückweisen lassen!), und sprach von primordialen Schwarzen Löchern und ihrem Zusammenhang mit dem Schicksal des gesamten Universums. Leos Onkel nickte, brummte und hielt links und rechts Ausschau nach dem verdammten Tanklaster. Leo ließ nicht locker, rief immer wieder »Onkel, Onkel!«, um ihm dabei zu helfen, sich auf das Gespräch zu konzentrieren. Dann rumpelte der Tanklaster heran. Leo, sein Onkel, die Bauern und die Hühner stiegen wieder ein, und wenig später waren sie am Ziel. Als Leo und sein Onkel sich zum Ausstieg drängten, glotzten alle ihn an wie einen Außerirdischen, der die ganze Zeit über in einer fremden Sprache gesprochen hatte.

Als Student lieh Leo sich Geld von der ganzen Familie, von Freunden und ehemaligen Kollegen seines Vaters, weil dessen früherer Chef ihm geraten hatte, in Wohnungen zu investieren. Leos Vater hatte immer von einer eigenen Wohnung geträumt. Einige Jahre standen die zwei Apartments in Gubei zwar leer, doch als der Aufwärtstrend am Immobilienmarkt nicht mehr zu leugnen und überall das große Thema war, riet Leos Onkel ihm, sie zu vermieten. Die Preise und die Mieten stiegen – Leo könnte ihm die Wohnungen auch gern einfach überschreiben, dann würde er sich darum kümmern. So billig waren die beiden Apartments gewesen, und heute so viel wert. Mit Zahlen konnte Leo umgehen. Von Werten, Geld und Investitionen wusste er noch wenig, aber mit Zahlen kannte er sich aus, und er wusste, dass sein Vater gewollt hätte, dass er von diesem Wachstum profitierte.

Leo brachte alles in Erfahrung, was es über die Wohnungen und das Investieren in Shanghai zu wissen gab. Wenn er nicht für die Uni büffelte, studierte er den Immobilienmarkt. Dabei – wenn er die alte Firma seines Vaters besuchte, um mit Boss Niu zu plaudern, oder die Zeitungen nach Infos über Bauvorhaben in der Stadt durchforstete – fühlte er sich seinem Vater so nahe, als würde er ihn selbst verkörpern. Bald bezog er Mieteinnahmen aus den zwei Apartments. Wenig später brach er nach Paris auf und stellte einen Assistenten an, um seinen Besitz zu verwalten.

Der Assistent, Bibi, war ein Glückstreffer. Er erwies sich als gewitzt und liebenswürdig. Mit der Zeit baute er das Geschäft aus. Während Leo sich in Paris in die Welt der Physik stürzte, in die Gestalt von unsichtbaren Dimensionen, wuchs in Shanghai die Anzahl seiner Wohnungen.

Bibi, inzwischen COO der kleinen Immobilienfirma, besuchte Bars mit Beamten und Bauherren, beschaffte brandneue Wohnblocks im Zentrum, in der Nähe des Viertels Jing'an. Als die Entwicklung des Shoppingviertels Xintiandi angekündigt wurde, war Bibi zur Stelle. Mit den mächtigen Konzernen, den finanzstarken, viel besser vernetzten Unternehmen konnten sie zwar nicht mithalten, aber sie blieben am Ball.

Am Ende seines Studiums war Leo reich. Das Shanghai seiner Jugend – Bulldozer, Brachflächen, Bruchbuden, Baustellen – gab es nicht mehr. Die Stadt, die ausgesehen hatte wie ein Kriegsgebiet: verschwunden. An ihre Stelle war ein ungereimter Mix aus glatten, glänzenden Glasbauten und gedrungenen traditionellen Shikumen-Blocks getreten.

In ganz Shanghai besaß er Wohnungen, sie sprenkelten die Stadtkarte. Apartments und Familien, Haustiere und Kinder. Mieter zogen in die kleinen Schachteln ein und wieder aus, und Leos Geld mehrte sich. Nach dem Gesetz würden die Wohnungen ihm siebzig Jahre lang gehören. Im Grunde war er selbst nur Mieter; das Land gehörte dem Staat. Leo würde aussteigen, bevor der Vertrag auslief.

Verwaltung von Häusern, von Heimen, den Orten, an denen Menschen aßen, schliefen, starben. Renovierung. Modernisierung. Verspätete Mieten, Verhandlungen, Kündigungen. Die Details fand Leo fade. Für Bibis Marathonmeetings und Telefonate fehlte ihm die Geduld.

Allerdings hatten Eko und er über einen Umzug nach China gesprochen. In einigen Jahren würden sie Paris vielleicht den Rücken kehren und zu Hause eine Familie gründen, ganz neue Möglichkeiten ausloten. In Shanghai würde er eine angemessene Herausforderung finden – etwas von seinem Format, etwas Bleibendes.

Bevor Eko zum Altar trat, hatte ihre Mutter sie als Porzellanpüppchen bezeichnet, aber nicht auf liebevolle Weise. Konnte die ihre Meinung nicht für sich behalten? Die Musik dröhnte Eko in den Ohren. Sie versuchte, im Takt damit zu gehen, doch der war zu langsam. Alle standen da und gafften sie an. Schweiß kribbelte ihr am Haaransatz und unter den Achseln; das Kleid, so stellte sie jetzt mit Bedauern fest, war viel zu groß und schwer, und ihr Gesicht war bedeckt von einer dicken Schicht Make-up. Fast war sie am Ziel, und sie war nicht gestürzt, nein, nicht gestolpert. Ein Blick zu ihrer Mutter: Waren das Freudentränen oder Tränen der Trauer?

Nur einmal, aber unmissverständlich, hatte Daphne ihr gesagt, Leo sei nicht der Richtige für sie. »Du musst nicht nach China«, so hatte sie es ausgedrückt, und darauf hatten sie beide erst mal erleichtert geweint, dort in ihrem Auto an der Rue des Thermopyles. Dann hatte Daphne allerdings zurückgerudert. »Liebe ist nie leicht«, hatte sie gesagt, und auf gewisse Weise seien Eko und Leo sich doch ähnlich, passten gut zueinander: »Zwei große Kinder.«

Doch jetzt war sie gefallen, die Entscheidung. Und viel war ja auch gut, besser, als sie es je zuvor erlebt hatte: der Kuss am Fluss, seine Hände auf ihrem Kleid aus solch dünner olivgrüner Seide, dass sie glaubte, seine Wärme schon auf ihrer Haut zu spüren. Und später die Fahrt mit den Rädern durch die Stadt, bei der sie eine Hand vom Lenker nahm, um im Vorbeifahren eine Blüte von einem Baum zu pflücken, und das Gleichgewicht verlor, der Sturz war nicht mehr zu verhindern, aber er war zur Stelle, fing ihr Fahrrad auf und ihre Hand, nicht zu glauben, wie schnell er reagiert hatte. Später, am Abend, war er noch mal dorthin gegangen und hatte exakt die rosa Blüte von exakt dem Baum gepflückt, die Eko hatte haben wollen. Er legte sie in eine Schmuckschatulle mit schwarzem Samt und sagte ihr, als er sie vor ihr öffnete, sie sei der wunderbarste, leichtsinnigste Mensch, den er kenne. Und seine bloße Nähe gab ihr das Gefühl, alles würde gut. Sie selbst war diese Blume.

Jetzt stand sie am Altar, die Gelübde wurden abgelegt, und der Geistliche fragte auf Chinesisch »Willst du?«, und Leo sagte »Ja, ich will«, erst auf Chinesisch, dann auf Französisch, und sie sagte es auch, erst »Ja, ich will, yuanyi« und dann »Je le veux.«

»Sie dürfen die Braut jetzt küssen.« Es war ein leichter Kuss, nicht wie der am Flussufer. Vielleicht würde kein Kuss je wieder sein wie dieser. Trotzdem, es war ein sehr guter Kuss. Die Menge jubelte, ihre Hand lag in seiner. Das war es also. So fühlt sich Ehe an.

Jetzt, wo Eko vor ihm stand und die Musik verstummt war, löste Leos Blase sich auf. Er kämpfte dagegen an. Wollte sie länger festhalten: ihren Zauber, ihre Ruhe, ihre Klarheit. Doch er hatte nie bestimmen können, wann und wo sie sich die Ehre gab. Die Zeit floss weiter. Der Geistliche wollte sein »Je le veux, ich will« hören, und auch Eko sprach es nach.

Und dann die Fotos. Und das Anstoßen, das Händeschütteln, die herzlichen Hände auf seiner Schulter. Und der langsame Wechsel nach drinnen, als es keine Aperitifs mehr gab, und alle sich ganz ohne Aufforderung in Bewegung setzten. Und schließlich das Einklappen der Stühle.

DANKSAGUNG

Ich danke von ganzem Herzen allen, die an der Entstehung dieses Buchs beteiligt waren: Meiner Agentin Stephanie Delman von Trellis Literary sowie Allison Malecha und Khalid McCalla. Sue Armstrong von C&W. Joey McGarvey von Spiegel & Grau sowie Cindy Spiegel, Julie Grau und dem gesamten Team. Hannah Chukwu und allen anderen bei Dialogue Books. Meinen Mentoren und Mentorinnen Liam Callanan, Joan Silber, Vanessa Hua und Toni Nelson. Deb Allbery. Meinem MFA-Jahrgang, besonders Roseanne Pereira und Joy Deng. Mike Fu und Rose Smith. Anne Horowitz. Yuri Baxter-Neal, Lola Milholland und Shaya d'Ornano. Ihr habt zum Gedeihen dieses Buchs so viel beigetragen – ich bin auf ewig dankbar für eure Einsichten.

Ich danke Lisette für all die Jahre gemeinsamen Lernens und Träumens. Alyson McDevitt, meiner wahren Freundin im Leben wie im Schreiben. Meiner TSLR-Familie. Peter Hagan für die Gespräche über Architektur und Design. Meinem Shanghai-Dorf – Yeye, Nainai und all den Ayis, die unsere Familie so liebevoll unterstützt haben. Alan, der in den letzten dreißig Jahren so viel möglich gemacht hat. Claire, die mich am besten kennt. Meinen Großeltern, die mir sehr fehlen. Meiner Mutter: Du hast mir alles beigebracht. Du bist mein Polarstern.

Hana und Max, meinen Babys: Ihr seid mein größtes Glück. Und Haidong, meinem liebenden, geliebten, unnachahmlichen Shanghaier: Ich liebe einfach alles an dir. Jetzt und in alle Ewigkeit.

ANMERKUNGEN

Die Zitate in »Geboren mit gebrochenem Herzen« stammen aus *Ghost in the Shell* von Masamune Shirow. In »Hanami« wird der 1977 von den Bee Gees veröffentlichte Disco-Song »Stayin' Alive« zitiert. Die Informationen über Kolibris in »Torpor« stammen aus diversen Onlinequellen über Vögel. Das Lied »Osten erglüht«, das in »Je le veux, ich will« erwähnt wird, war in den 1960ern eine chinesische Hymne.